U0112420

星辰陨落之后

〔日〕泽田瞳子——著

董纾含——译

九州出版社
JIUZHOUPRESS

目　录

蛙鸣

明治[1]二十二年，春

---

1 日本年号，使用时间为一八六八年至一九一二年。——译注（本书脚注皆
为译者所加，如无特殊情况下文不再标注。）

吱吱——听到灯笼中的火苗晃动的声响，阿丰迷迷糊糊地扬起脸。她的影子在浸着惹眼污渍的画室墙面蜿蜒而上，庞大得几乎要将自己的主人吞没。清晰可见的轮廓使那一方黑暗愈发鲜明起来。

灯油不该用尽才对啊，不是前一天早上才将灯油加满的吗？想到这儿，阿丰探头瞧了一眼灯笼里的黄濑户[1]碟子，碟身绘着芦叶掩映下的石笼[2]，其中的灯油已经半干了。她只是稍稍动了动身子，灯笼中的火苗就显出一副奄奄一息的模样。

转念一想，他们从昨晚起就在这间画室为父亲晓斋守夜，全家的灯笼都亮了整宿。结果她竟疏忽大意，到今早也未再添补灯油。想到这里，阿丰再次意识到自己是有多么六神无主。

"阿丰小姐，灯油还有储备吗？眼下天色才刚暗，若是不够了，我去敲卖油铺的门，再买些回来。"

1　桃山时代以美浓为中心烧制的陶器，使用黄釉。
2　装有石块的圆筒形笼子，用于河流护岸、控制水流等。

鹿岛清兵卫原本规矩地缩着身子，端坐在房间角落，此刻则一边说着一边站了起来。颜料的粉末撒得地板上到处都是，他的白色日式短布袜已经染上了斑斑群青和橙黄。

虽说是养子，但清兵卫也是东京大名鼎鼎的贩酒商鹿岛屋的第八代当家，掌管着新川一带百余家酒铺的生意。不过清兵卫总会在奇怪的地方表现得小心谨慎，这性格似乎和他的名头有些不符。

去年年末，父亲晓斋的身体突然垮掉，性命危在旦夕。当时也是清兵卫放下手中生意，第一时间赶到病榻前。晓斋去世后，清兵卫立即从店里盘出上百重金，还说"请把这钱用在葬礼上吧"。

在阿丰看来，就算鹿岛清兵卫是父亲的弟子，可是被仅年长自己两岁的清兵卫照顾，她总觉得有些羞愧。但清兵卫却并未将河锅家踌躇迟疑的表现放在心上，从安排葬礼到聘请僧侣，几乎都是他一人主持。

河锅晓斋 —— 以此名作为画号的父亲交际甚广。光是门下弟子就轻轻松松超过了两百人。此外，还有年轻时入门歌川¹家、狩野²家的师兄弟，修习狂言³的朋友，亲近的剧本家和酒友……这么多人林林总总加起来，二十二岁的阿丰根本数不清父亲有多少

---

1 歌川派是日本浮世绘的最大流派，由歌川丰春创立。代表画家有歌川广重、歌川国贞、歌川国芳等。

2 狩野派为日本画派之一，是以中国绘画风格为基础的日本画中的最大流派，以狩野正信为始祖。

3 日本古典戏剧的一种，在能乐幕间所演的滑稽剧。

相识。

话虽如此，但从这一点也正能看出清兵卫作为商人的面面俱到。他在葬礼期间忙前忙后，几乎脚不沾地，前来吊唁者超过五百人，他都能悉数应对，脸上丝毫不显疲态。

"还以为他就是个连钱都不晓得怎么用的笨蛋，没想到哇，真不愧是鹿岛屋当家的！"

见他这般精明能干，连真野八十吉都如此慨叹不已。八十吉是晓斋的密友，也是晓斋门下资历极老的弟子。

"谢谢您，清兵卫大人。灯油还有储备，不劳您费心了。"

晓斋年轻时被师父起了个绰号"画鬼"。他下笔神速，若是正在兴头上，甚至要彻夜长燃灯火作画。

阿丰从五岁那年的春天起就开始跟随父亲学画。为画室的灯笼添灯油，是她最重要的工作。只要日光稍显阴沉，父亲就会叫她点灯，所以她时时刻刻都在挂心灯笼里的火苗。直到今天为止，她还一次都没让灯油烧枯过。所以这次意想不到的疏忽更是令她难过得指尖发冷。

火苗剧烈地摇晃起来，再次发出小虫群聚时的吱吱声。阿丰望着眼看就要烧干的灯油碟，觉得那灯油碟就仿佛是自己的心。

在这东京还被称作江户的往昔，曾有一位画师名叫葛饰北斋。他在五十八岁时游遍西国[1]，画下一幅一百二十叠[2]大小的巨

---

1 日本关西以西的地区，尤指日本九州地区。

2 日本计量单位，一叠即一张榻榻米的面积，约合一点六二平方米。

大达摩图。之后他年逾八十，仍拥有旺盛的作画精力。和北斋相比，河锅晓斋年仅五十九岁便辞世了，别说比不上北斋，就连六十五岁去世的歌川国芳，也要比他长寿呢。

晓斋生来不服输，他一心要把前代画师们的技术统统学到手。结果却如此短命，想必一定心有不甘吧。今年正月，一向勤勉的晓斋十分罕见地搁笔数日，当时为何没想到应该坚持送他去看医生呢？

若千代田的城郭里仍有将军镇守，倒是说不准。但眼下已经改元明治了，医学技术也取得了极大进步。就算河锅家附近的中医没能力救治，东京医学校的那位和晓斋关系亲密的德国医生贝茨也应该有些办法的。若是及时请他看了病，此时的晓斋说不定还在单手举着酒杯，尽情挥毫呢！

阿丰走进三叠大小的储物间，将油壶搬了出来。从油壶倒向油碟中的液体发出咕咚一声响，伴着这声响，阿丰觉得自己喉咙深处也翻滚出苦味。她拼命咽下这苦味，把油纸盖回壶口。正在这时，眼前的拉门被哗啦一声拽开了。

"阿丰姐！刚刚落了颗流星！"

阿丰转过身，沉沉暮色之中，真野八十五郎冲进她的视野。这孩子是在五年前，也就是十一岁的时候拜晓斋为师，成了他的弟子。真野穿着带有家徽的黑色短外褂与和服裙裤，年方十六的圆圆脸蛋上显露出与平时不同的老成模样。

"你小子是不是傻了？进屋来要先打招呼，说声'我回来了'

才对吧？"

八十吉紧跟在他身后走进来，轻敲了自家这毛小子一记。他对着清兵卫微微额首，随后转向阿丰。

"我回来晚了，抱歉啊。寺里已经打点好了。阿丰小姐辛苦了。"

说罢，他大出了口气，在玄关踏板上坐了下来。

"不，叔叔才是辛苦了，一直受您照顾，实在过意不去。"

"你别这么客气，我和那家伙可是从二十来岁开始就混在一起了。"

八十吉从晓斋那里得了一个"晓柳"的画号。自他祖父那一辈起，他们家就在江户川桥开当铺，所以十分精于计算。因此，他才会和儿子留在谷中[1]的一所菩提寺——瑞轮寺那儿，负责清算和支付晓斋葬礼支出的各项费用。

"可是，老爹你也看到了对吧！那流星真大个儿，不是吗？怕不是跟拳头一样呢！"

八十五郎嘟起嘴辩解，头顶再度被老爹敲了一记。随后，八十吉从怀中取出钱袋，走到鹿岛清兵卫面前。他将墨痕未干的账单展开，开始讲解支付给寺里的礼物明细。

"今天的花费都总结在这份账单里了。不过呀，清兵卫大人真是有眼力。葬礼用的点心既没有因为不足而显得难堪，又没有剩余太多。就连瑞轮寺的住持都不住地夸赞，真不愧是大名鼎鼎

---

1 东京都台东区、上野公园的西北地区。有很多寺院和墓地。

的鹿岛屋当家的。"

"这可真是不好意思。我这做养子的，平日里很难摸得到店里的算盘账本，这一次能出份薄力，我已经很高兴了。"

送葬结束后，浩浩荡荡的吊唁队伍宛如黎明的薄雾般转瞬散去，这应该也是清兵卫的安排吧，为的是让阿丰能稍微休息一下。回了八十吉的话后，清兵卫那双明亮的眼眸中露出一丝苦笑，随后转头看向大敞着的拉门外。远处幽暗的夜色之中，邻家的灯火时隐时现，闪烁摇摆。

"说起来，八十吉大人，周三郎大哥没和您在一起吗？他可一直都没回来。"

"周三郎？"

八十吉惊讶地提高嗓门，又和一边的八十五郎对视了一眼。

"这话我倒也想问来着。他明明是丧主，结果丧宴办到一半就找不见踪影了。所以我们都以为他肯定已经回这边来了呢。"

说罢，八十吉和清兵卫几乎同时将目光转向了阿丰。她注意到那二人的眼神之中带着些微的哀怜之情，胸口不由得一阵火烧火燎。

弟弟记六早早脱离自家，做了赤羽家的养子。这次丧宴上还喝得烂醉，于是直接从瑞轮寺回家去了。妹妹阿菊身子骨太弱，守夜到一半就发了烧，都没能去送葬，就一直在主屋卧床不起。还有个姐姐阿富，在阿丰还未懂事时就被祖母领走，后来直接嫁去了别人家。她托词说婆婆年底生了病，甚至连看都没来看过晓斋。所以，能去寻找兄长周三郎下落的，只剩自己了。

"恐怕又是在大根畑那边的家里吧，我去喊他回来。"

阿丰急急忙忙地说道，快速踩上了木屐。

"姐……"

八十五郎喊了她一声，可阿丰没有理会他，直接冲出了画室。

这个位于根岸金杉村的家，是晓斋前年才搬来住下的。它本是阿丰、阿菊和记六的母亲阿近的老家。不过晓斋的家财物什繁多，所以他常年居住的位于汤岛的那个家，还有再之前住过的位于本乡大根畑的家，都原样保留。其中大根畑那所房子，就留给十二年前从养父母那里回来的长子周三郎生活。

阿丰向左瞥见上野的群山，她走下坡道，绕过池之端，大根畑就在眼前了。晓斋在世时，她也曾无数次送饭菜或缝补的衣物给独居的大哥，所以独自走夜路也不觉得多可怕。反而因为现在月亮还未升起，所以阿丰不必太在意胡乱飞起的和服衣角，只顾一口气冲下坡道。

樱花虽早已凋谢，可晚风却惊人的冰冷，直敲着她的脸颊。这冰冷的触感，反而让此刻的阿丰感到舒适极了。

"姐！姐姐呀！你等等我嘛——哇！"

一声惨叫，紧接着传来什么东西摔到地上的声音。阿丰惊讶地回过头，只见八十五郎抱着裸露的膝头，跌坐在来来往往的人群中间，微黑的面庞因疼痛而扭曲。

"你怎么这么傻！明明不用特意来追我呀。"

这五年间，八十五郎的身形已经长得颇有男子气概了，但是在阿丰眼里，仍旧把这个比自己小六岁的男孩当弟弟看待。

阿丰从怀中取出手帕，用唾液微微打湿，正准备按在八十五郎渗着血的膝头上。谁知他却猛地蹦着站起身，用双手抹掉裙裤上的污渍。

"可、可是姐姐你那么慌慌张张地就跑出去了。我老爹说，至少得让你拎个灯笼才行嘛。"

四下一张望，果然，在坡道半路上扔着一个老旧的灯笼。或许是被八十五郎跌倒时甩飞出去了，两个人四处找了半天，也没把最重要的蜡烛找到。而且灯笼柄也从根部直接折断了。

"对不起啊，姐姐。搞成这样，都不知道我究竟跑过来干什么了。"

"没事没事。本来就是个老破灯笼，坏就坏了吧。再过一刻钟月亮差不多就出来了。到时候就算没光亮，回家的路上也不怕呢。"

阿丰拍了拍八十五郎的后背，两个人并肩向前走去。

作为女子，阿丰个子挺高的。但是许久没和八十五郎并肩同行了，她发现对方的身高竟和自己差不多了。或许是因为刚刚像小孩子一般摔了个大马趴，有点儿丢人，此时八十五郎正瘪着嘴。阿丰侧过脸望了望他，小声说：

"你长个子了呢。"

"啊，是啊，很快就要超过我爹啦。不过离周三郎大哥的身高还差得远呢。"

听八十五郎的语气，这孩子似乎还想跟周三郎争个高下。这幼稚的心性和他低沉的声音并不相符啊。想到这儿，阿丰不由得苦笑。

"没办法，大哥长得像个竹竿一样高嘛。我过世的娘也是大高个子。我爹还真是喜欢高个子女人呢。"

晓斋的"娶妻运"实在是糟糕，包含四年前过世的阿丰的生母在内，他一辈子娶过三房妻子，都早他一步离世了。

周三郎是娶过门还没满两年就去世的第二任妻子的孩子。姐姐阿富则是晓斋在尚无妻子时，和妾生的孩子。晓斋为了找个人来照顾起居，于是把她拉来自己家。生过阿富后，这妾便扔下孩子离开了。

"而且话说回来啊，周三郎大哥也真是过分呢。他明明知道就算葬礼结束了，也还有好多事情要商量的。凭什么把所有事都一股脑扔给阿丰姐，自己一个人跑回大根畑了嘛。"

八十五郎生性碎嘴。晓斋生前时不时就要揍他一顿，训斥"你小子，有工夫动嘴皮子不如多动动手啊！"不过眼下这情形，也只有靠八十五郎替自己把心里说不出的牢骚发出来了。想到这儿，阿丰凝望着一片漆黑的道路尽头。

"我说阿丰姐啊，不然就让我去找周三郎大哥，姐姐先回根岸那边吧。你之前不是一直在照顾晓斋师父嘛，肯定很累了。"

原来如此，看来是八十吉特地嘱咐了八十五郎来代自己去找周三郎的。阿丰在心里默默点点头，但回复道：

"谢谢啦。不过没关系的，我自己来就行。而且，你不是也知道嘛，大哥那个人顶不好伺候了。就算我去请，他都不一定会回根岸呢，要是真拜托你去，他可能会更别扭吧。"

"说什么呢！就是因为这样，我才担心你呀。"

汤岛神社的参拜道上，无数灯笼亮着点点光芒，就仿佛在和夜空中的群星竞相闪耀。八十五郎望着那些灯笼的侧脸，像被猛烈的北风吹过一般僵硬。

"这个三月，阿丰姐把自己的工作全抛下，一直不眠不休地照顾师父。明知如此，周三郎大哥每次来根岸时都一副事不关己的样子，净忙着他自己那摊子画画的工作，不是吗？有时候还随手就把我们磨好的颜料拿走。到最后，连葬礼结束的收尾工作也全都扔给了阿丰姐，他未免太自私了吧。"

阿丰紧咬住了下唇。八十五郎说得丝毫没错。想到这个弟弟竟如此关心自己，阿丰真是发自内心地感动。

从风俗画到狂画（戏画[1]）、动物画……甚至连版画、幕画，晓斋都十分拿手。所以每天前来请他绘制的人络绎不绝，直到这年春天晓斋病倒卧床，来客仍是人数不减。实在没办法，晓斋就和委托人商量，把自己手头的工作分一些给真野八十吉和阿丰，甚至还拜托到了在川越西净寺做僧人的法泉等近旁门生。其中分得的工作量最大的，就数画号"晓云"的周三郎了。

阿丰一直在父亲膝边成长，她从五岁的那年春天起，就开始入门学习绘画。和阿丰比起来，十二年前从养父母那儿回来的周三郎时年十七岁，他入门可以算是很迟了。不过，也或许是成年

---

1 滑稽画，以滑稽讽刺为特点的绘画。

后开始学习反而更有成效吧，周三郎的画风很好地继承了晓斋的奔放之感，尤其是水墨画，众门生无人能出其右。

晓斋最初师从擅长锦绘[1]的歌川国芳，之后又入了极重视写生绘画的狩野家门下，经历了一番极为严苛的修行。如此锻炼之后，晓斋得以自由驾驭大和绘[2]、汉画，甚至水墨画。虽是如此，可他门下的众多学生却无人能如他一般掌握各色画风。比如说，真野八十吉更擅长狩野派的画风，而阿丰则专长大和绘。每个人擅长的领域都各有不同。因为其中与晓斋奔放的笔触最为接近的是周三郎，所以自晓斋卧床以来，也自然是阿丰的这位同父异母的长兄最忙碌了。

可与此同时，在晓斋生病期间，周三郎一边频繁地造访他们位于根岸的宅子，一边却只会和日渐消瘦、羸弱下去的父亲说些敷衍话。他每次过来都是放下完成的画作，取走酬金，几乎坐都不坐一下就直接走了。望着长兄离开的背影，阿丰内心时常涌起一种既羡慕又恼火的难言之感。

毕竟自己既要照顾重病的父亲，还要接待前来看望他的弟子们，甚至还要做晓斋的代理人，外出传艺。难得从父亲那里分到一些绘画的工作，她却根本没时间上手。若是一幅小小的挂画，她尚可以挤出睡眠的时间来完成，但是那吉原数一数二的大楼角海老楼的人委托的大幅美人图，从接受委托开始过去两个月了，

1　彩色浮世绘版画。

2　平安时代兴起的日本画流派，指相对以中国风土人情为主题的汉画而言，描绘日本风景、风俗的绘画。

她却连草图都没摸着边儿呢。可再看看周三郎，却是一副假装不清楚父亲病情的样子，一张接一张地画着。

可是，就算她把八十五郎当成自己的弟弟，也不该把这份委屈发泄给他。于是阿丰只好又向八十五郎道谢了一遍，走向汤岛神社下面的林子里。

本乡大根畑的正式地名叫本乡汤岛新花町。过去这片地域住着很多上野宽永寺的武士。不过近些年街里开了不少做皮肉买卖的店，里面都是卖春女，为的是招徕那些去汤岛神社参拜的客人，于是这街道也就变得杂乱且下流起来。

阿丰不愿八十五郎受影响，于是有意避开了能听到三味线弹奏的小巷。到了灵云寺土墙一侧的十字路口时，便向西拐弯，走过一栋栋屋檐交叠的人家，最后敲响了一户被老旧板壁围起来的小屋的门。

"大哥，在家吗？我是根岸的阿丰啊。"

没人回应。但是家中一定是有人的，因为她远远地听到房间深处传来一阵说不上是义太夫[1]还是长歌[2]的微弱声音。

阿丰和八十五郎对视了一眼。

"大哥，我进屋了啊。"

阿丰扬声道，随后推开了拉门。歌声瞬间变得鲜明，音量也更大了。

1　即净琉璃，一种用三味线伴奏的说唱曲艺形式。
2　作为歌舞伎伴奏音乐在江户发展起来的一种三味线乐曲。

——原是梅君，不见芳容，却有暗香袭来。[1]

“是周三郎大哥在唱啊，他还真是好兴致呢。”

八十五郎咂了咂嘴，一边麻利地将阿丰脱下的木屐摆到了室内的混凝土地面上。

晓斋从年轻时起便师从大藏流学习狂言，同时还修习了宝生流的能乐[2]表演样式。不仅如此，他还和当代首屈一指的狂言作家河竹默阿弥关系亲近，时常会去各处的剧场观剧。虽还未到亲手弹奏琴和三味线的程度，但他总是带着阿丰和阿菊跑去一些演员的家中做客。长久的耳濡目染，使得阿丰立即分辨出周三郎唱的是地歌[3]《袖香炉》。

近些年，地歌这种源自京都大阪地区的优美艺术形式，在关东也吸引了越来越多的爱好者。《袖香炉》是距今百年前所作的曲目，为的是追悼一位曾活跃于大坂[4]岛之内的三味线名家丰贺检校。同时，这首歌也常被用在追悼会上。

1　周三郎所唱歌曲为《袖香炉》，是曲作者峰崎勾当为追思自己的老师丰贺检校所作。这一句的歌词“それかとよ香（か）やは隠るる梅の花”之中，巧妙地嵌入了“丰贺（とよか）”名字的读音，同时“丰（とよ）”也与本作主人公“阿丰（おとよ）”的名字双关。

2　日本的一种古典乐剧。能乐演出中的各种角色分化为专职，各有其流派，“宝生流”便属于主角的五大流派之一。

3　使用三味线伴奏的地方歌曲。江户初期之后，成为以京都、大阪为中心流行的家庭音乐形式。

4　一八七〇年，明治政府将“大坂”改名为“大阪”。涉及更名前的历史事件时，一般仍用“大坂”以示时代区别。

周三郎究竟是在什么情况下趁着阿丰她们不知情学习的地歌呢？又是跟哪儿的师傅学的呢？他甚至还学会了模仿三味线的声音。听着大哥情感丰沛的歌声，阿丰原本僵硬耸起的双肩不知不觉地放松了力气。

周三郎毕竟也是他的儿子。就算在晓斋生前表现得再过冷漠，面对父亲的死，他也不可能全无一丝悲伤。他会独自在家如此吟唱《袖香炉》，就是最大的证据。

这样一想，那么丢下葬礼的一摊子事，擅自从寺里回家的行为，也体现出他对父亲的怀念之情有多强烈了吧。

大哥！阿丰又喊了一遍，故意用膝盖很大声地撞了撞内室的隔扇。

——如何追念，亦是徒劳，斯人已然逝去……

听那歌声，周三郎貌似兴致正高，还没有把歌唱完。有那么一瞬，阿丰有些踌躇，心想着是不是应该等他唱完歌再说。不过如果真的等下去，八十五郎可能会更窝火。于是她抢在两段歌曲之间一把拉开隔扇，歌声瞬间止住。阿丰眨了眨眼——

面向庭院的约四叠半大小的里间被改成了画室，这件事她是知道的。可是现在，狭窄的室内竟然一口气摆了四盏灯。炫目的强光照射着屋内，不逊于夏季的室外。周三郎此刻正四肢着地，在一幅被木框装裱着的画绢上作画。

他皱了皱漂亮的眉毛，抬起脸。

"我当是谁，原来是阿丰。"

地板上散落着几张草稿和颜料碟，与大亮的提灯相映成趣，令阿丰联想到了那些盛放在野外的、色彩丰富的花朵。而在这片花海正中间手握画笔的周三郎，则十分随便地套着一件靛染的浴衣，腰上松垮地束着根腰带，根本看不出他刚刚还在深情歌唱。而且那副不修边幅的模样，也完全不像是在几个小时前刚刚为父亲办过葬礼的样子。

"大哥……你在干什么呢？"

"干什么？你这家伙，自己用眼睛看啊，我这不是在工作吗？"

周三郎不耐烦地啧了一声，胡乱将画笔掷到颜料碟里。那张和晓斋并不相似的面颊正不悦地歪着。

或许是刚刚开始动笔吧，那张裱在木框里的画绢仅在靠下位置有一条长长的墨色弧线。阿丰匆忙查看散落在大哥身旁的那些草稿。

晓斋绘画的基础全靠当年在狩野家练习打的底子，所以他也遵循狩野画派的习惯，无比重视写生和打草稿。晓斋常说："一幅画的绝大部分都是靠草稿决定的。如果画不出草稿，那就一定画不出成品。"因为说了太多回，所以哪怕他只开口说了"草稿"两个字，徒弟们就纷纷缩起脖子，一副"又开始了又开始了"的模样。

不仅是周三郎，晓斋门下的画师全都会在正式动笔前先画无数张草稿。有时候还会先在草稿上上色，再回到画绢上作画。

此刻散落在房间里的草稿，没有任何一张是上了色的。可是并列摆在地板上的颜料颜色却相当丰富，阿丰甚至能看出周三郎最终会画出怎样的一幅作品。

画布的中心是一个坐在长凳上的美人。美人梳着横兵库发髻[1]，手握书信，身旁是倾倒的袖香炉。那双在下摆印着梅花纹样的窄袖和服衣角中若隐若现的莹白赤脚，还有那只注视着倒地香炉的三花猫咪，都显出一副端庄的模样。这对擅长粗犷豪放画风的周三郎来说，颇为少见。

"你是在画袖香炉游女[2]图吗？"

"对，如今父亲已经去世，可不能再让客人等下去了。"

袖香炉是一种漆制的球形小香炉，用法是将其藏在袖中，享受香炉散发的微香。那首地歌《袖香炉》唱的是以残香追忆故人。同时，这熏香也可用在怀念已逝恋情的场景之中。如此说来，刚才大哥之所以唱起袖香炉，原来只是因为画到兴头上罢了，或许根本不是在思念父亲……

（可是——）

在阿丰眼中，地上那些五彩缤纷的颜料突然变得暗淡无光起来。她开始绞尽脑汁回忆起这三个月里河锅家承接的所有绘图委托。

遵照晓斋的指示，周三郎接下的委托大多是比较豪迈的画

1　江户后期的一种妇女发型。脑后的发髻大大地向两侧张开成蝴蝶形状，一般为游女发型。

2　妓女。

风。比如为孙子过初节句[1]而准备的钟馗图，捐赠给菩提寺的大江山图。一般美人图的委托大部分都会交给阿丰。周三郎那里应该一件这样的工作都没有才对。

那一瞬，阿丰感觉后背冒出了冷汗。她飞速地对比着地上的草稿和木框里的画绢。看她这副模样，周三郎鼻子里轻哼了一声，随后将扔在木框边上的草稿用两手揉成纸团，照着阿丰胸膛扔去。

"瞧你那模样，好像食儿被抢了的猫似的。你看吧，随便看。"

"你什么意思？"

直直杵在阿丰身后的八十五郎脸已经红透了。阿丰用眼神示意八十五郎别被对方激怒，自己则捡起落在膝边的草稿，展开看了起来。

"大概十天前吧，我去根岸那边的时候，正碰上角海老的人来访——就在你跑去日本桥给父亲买药的当口。我还没等告诉他们你出门了，对方就追问新年那会儿拜托的画什么时候画完，所以我就说，那幅画就交给我来画好了。"

一时间，阿丰有点儿无法理解大哥这句话的意思。她猛地睁大了眼。于是周三郎道：

"你这家伙跟你娘真像啊，迟钝得惊人。"他嘴角浮起一抹冷笑。

"说的就是父亲分配给你的那个《游女图》啊。角海老，那

1　新生儿迎来的第一个节日。女孩为三月三女儿节，男孩为五月五端午节。

个吉原首屈一指的名楼。我嘀咕了一句 —— 那就画袖香炉吧。对方一听，赶紧搓手央求我画，等我答应下来了才回去呢。"

真的是 —— 周三郎十分刻意地大叹了一口气。

"就算是让你画那幅画，但是你这么懒惰，根本不行啊。既然在画师里就是个无名小辈，那别人拜托的画作就应该麻利地完成才是。怎么能让委托人一等再等呢？"

混蛋！一声怒吼炸裂开，盖住了周三郎的声音。八十五郎一个箭步冲了进来，他的后背直接堵在了阿丰眼前。

"你这家伙，竟然敢偷阿丰姐的工作！你这个贼！"

周三郎敏捷地跳起来，躲开了正要抓住自己的八十五郎。

脚下趔趄的八十五郎将颜料碟和木框踢散了，地上瞬间绽开一片片红的蓝的花朵。用胶水套在木框上固定住的画绢发出刺耳的声音，从正中间被撕裂开了。

周三郎揪住了八十五郎脖后的发尾，一把将他扯倒。见他挣扎着要起，便举起手对着八十五郎的脸按下去：

"明明就是个毛头小子，别插嘴我们家的事。"

他的破锣嗓子和纤瘦的身体十分不搭。

"好不容易绷好的画绢这不就不能用了吗？你这家伙，还好意思做我父亲的弟子吗？"

"可恶，放开我！放开我你这混账！"

周三郎的确是会把不悦写在脸上的性格。但是迄今为止，他还从未在河锅家如此动过粗。比起害怕，阿丰对哥哥突然的暴力行为感到十分吃惊。她赶紧去拉架，趁着周三郎手上松劲儿的当口，她一把拽过八十五郎护在身后。

"大哥，快别这样，八十五郎也和我们家人一样的呀。"

"开什么玩笑，他算什么自家人。"

周三郎一副怒不可遏的模样，唾骂道。他用下巴向着八十五郎的方向点了点，又道：

"这小鬼，还有他老爹八十吉，总是用看外人的眼神看我。真是闹得我烦透了。"

"没这回事，你别有这种奇怪的误会啊。"

周三郎故意眯起眼，俯视着阿丰。他脸上鲜明高耸的颧骨痉挛着蠕动起来。

"该不会，你都没意识到？"

估计是在刚才的冲突里咬到了嘴，八十五郎的唇边流出一道鲜血。阿丰一边琢磨着这次可得用手帕给他擦擦了，一边反问道："什么没意识到？"

"拿我当外人的可不止他们两个。我看不是别人，正是父亲他，才是最拿我当外人的吧！"

"你这说的什么傻话啊。"

此时，周三郎的双眸之中突然闪现出凶暴的光芒。要被揍了——阿丰突然意识到这一点，不由得整个身子都缩了起来。

然而周三郎最终却只是叹了口气。他叹气的力气大到那棱角分明的肩膀都缩窄了。周三郎没在意飞溅了一地的颜料和墨水，一屁股坐到了地板上。他两只手搔了搔剃得很短的头发，骂道：

"你真够瞎的。"

他又补充说：

"事先说清楚，我就是因为知道你那个迟钝劲儿，所以才主动承担角海老的工作的。难道不该跟我道谢吗？怎么反倒闹得我要被这小鬼咬啊？"

见对方那副逼着她感恩戴德的态度，阿丰抿紧了嘴。周三郎总是这样子。一种说不清是愤怒还是悲伤的情绪，在阿丰的内心深处回响。

周三郎的母亲产后没有恢复好身体，撇下还是婴儿的周三郎撒手人寰。晓斋无奈，只好靠一名亲戚牵线搭桥，将儿子送去品川的一户商人家做了养子。

而他之所以到了十七岁时又回到了河锅家，是因为他和养父母始终性格不合。于是那个牵线的亲戚便又央求晓斋把他领回来了。从晓斋的角度来看，面对这个和自己乳名相同，都唤作周三郎的孩子的去留问题，他想必也有自己的安排吧。所以才会将那栋位于大根畑的旧居整理好，留给周三郎做住所，又让他做了自己的弟子，开始修习绘画。

阿丰从小就已经习惯了父亲奔放不定的性格，所以面对这个突然冒出来的"大哥"，她倒也没觉得有多困扰。但再看周三郎这边，他一方面开始风雨无阻地每日往返于画室修习，另一方面，他却和成了自己母亲的阿近完全没有交流。和作为同门的阿丰倒是零星地有些对话，有时候他们俩也会并排坐在晓斋面前，参与作画的评讲。可是迄今为止，二人同门之上的那一层关系，大哥绝不会触碰到。

面对这一事实，阿丰既感到沮丧，又有些心安。同时，她甚至还很憧憬周三郎那同父亲十分相似的笔法。自己无论怎样练习，都模仿不来那种豪放不羁的笔触，可兄长却仅仅用了数年时间就学到了手。她甚至感叹——大哥真不愧是父亲的孩子啊。然而大哥却……

一阵烧灼感顺着喉管涌上来，阿丰感觉自己的肩膀开始不断起伏，她拼命忍住颤抖，将视线落到手上拿着的那张草稿上。

简略描绘出的猫咪和装束古典的游女都呈现出晓斋素有的作画风格，看得出，周三郎为了达到这个效果，应该做了相当充分的考量和准备。但是，或许就是因为在各个细节上都用力过猛了，猫和游女，还有夹在二者之间的袖香炉，这个组合看上去十分不和谐，有一种勉强把不同的几张画硬拼到一起的感觉。

阿丰握着草稿纸的手捏紧了。她不假思索地脱口而出：

"要、要是我的话，就不会这么画了。"

"你说什么？"

"这幅画和父亲的风格很像，画出来应该很讨角海老那边委托人的喜欢吧。但是，猫和游女的搭配，迄今已经有好几位画师画过了。除非下巨大的功夫去打磨，否则就算画出来了又有什么意义呢？"

周三郎的笔触气势很足，也很巧妙。这一点阿丰承认。能把父亲晓斋的风格原样呈现出来，这份小机灵劲儿，想必是临摹了相当多父亲的作品才做到的。

但是去世的父亲最喜欢的，是能让人大受震撼的创作。倘若委托人请求他画一幅妖怪九尾狐，他一定会构思一幅曾受尽妖怪捉弄的古印度和唐朝的王子联手谋划陷阱的图。如果有人请他画地狱的阎魔和夺衣婆[1]，他一定会把这两个角色放在美人和小伙子面前，描绘出他们扬扬自得的神态。像父亲这样，一边向古时的画家们学习，一边不断追求奇思妙想的人，若是看到难得的袖香炉主题里僵硬地画着猫和游女，想必只会发出一声冷笑吧。

"那你的意思是，这《游女图》，你能画得比我好喽？"

"是啊，当然可以。我做得到。"

阿丰接住周三郎的挑衅，回敬道。周三郎则轻蔑地用鼻子哼了一声。

大哥之所以是这种态度，其实也很正常。或许是对什么事都全力以赴的性情直接体现在画笔上了吧，阿丰虽然画得不差，但却总有些生硬，缺乏晓斋那般器宇轩昂的壮丽感。

既然如此，干脆就拿自己这生硬的笔法做资本，再进一步又如何？去年夏天，晓斋就命令阿丰去学习古画，她还做了他的熟人、大和绘画师山名贯义的弟子。

山名乃是纪伊藩御用画师的儿子。他修习土佐和住吉两派的绘画，是当代一流的大和绘画师。可是，阿丰越是跟着这位温柔随和的新老师学习，晓斋的那种奔放感就越是从她的画中逐渐淡薄下去。

但是，阿丰觉得这样也好。晓斋的画作风格多彩，仿佛集齐

1　传说中的老女鬼。她会在黄泉岸边的树下剥取死者的衣服。

了天下百名画师之所长。而这种风格，也就只有得名画鬼的父亲本人能办到。一般人光是模仿其中一种风格，就得竭尽全力了。所以阿丰也只能坚持自己拿手的细腻笔触，去创作属于自己风格的画作。

"呵，那就是说，你接下来也想继续做个画师喽？父亲要是知道了倒是会很高兴吧。毕竟那老头儿还挺爱模仿北斋的呢。"

晓斋这一生私淑不匪。其中尤以他的第一个师父歌川国芳所敬爱的葛饰北斋为首。他自认受北斋影响颇深，还模仿《北斋漫画》创作了《晓斋漫画》《晓斋醉画》。他时常目不转睛地端详自己从各种古董店收集到的北斋画作，嘴里不住地念念有词："画得真好，画得真好呀。"

"喂，阿丰，你知道父亲为什么在你才只有五六岁的时候，就开始让你学画了吗？"

周三郎的声音突然压低了。

"父亲那个人啊，其实特别想成为北斋呢。那个懒得出门的老爹，有时会突然去趟日光或者信州，是吧？那也是在模仿北斋。就连让你学画，也是因为他想尽量向北斋看齐呢。"

"你、你瞎扯些什么！"

八十五郎猛地起身，大声打断了周三郎的话。

"怎么可能像你说的那样？师父肯定是因为阿丰姐有才华，所以才让她从小开始学画的！"

"有才华？开什么玩笑。"

周三郎扬起瘦削的下颌，发出一阵冷笑。

"阿丰的画究竟哪儿能看得出才华？父亲他啊，只不过也想拥有一个画师葛饰应为那样的女儿罢了。"

阿丰的肩膀猛地一抖。

葛饰应为，葛饰北斋的三女儿。她曾嫁给北斋一位经商的弟子为妻，后二人离婚，应为便一直协助父亲作画，度过一生。

首屈一指的画师北斋极为忙碌，所以大部分肉笔[1]画的委托他都推给女儿去做。而且据说应为也从不介意在自己的画作上押父亲的落款。

"大家都知道，北斋过了八十八岁还在作画，就是因为应为在他左右协助。父亲一定也想像北斋那样，培养一个左膀右臂，所以才让你学画的。"

不是的……反驳的话语哽在了阿丰喉间。此时，她脑海中恍惚浮现出自己第一次拿起画笔的那天。

那是她刚满五岁的一个春日。因为懂事前就开始拿画室当游乐场，所以对阿丰来说，画笔和颜料碟都是手边的玩具。只不过，一直都对阿丰爱搭不理的晓斋，那天却默默抱起了在画室一角的废纸堆里涂画的阿丰，把她放进自己盘着的腿间坐下。

父亲的手掌抚了抚愣住了的女儿的头顶，随后，在眼前放着的纸张上刷刷地挥毫：

"给。"

父亲把纸塞给阿丰。那上面画着一根结着果子的柿树枝条，

1　亲笔。指并非印刷或复制而由本人亲自书画。

枝条上停着一只眼睛圆溜溜的鸽子。

年幼的阿丰看着那栩栩如生、似要从画中飞出的鸽子，不由得欢呼了起来。一旁的某个弟子则苦笑道：

"阿丰小姐才五岁而已啊，师父是不是给她画给得太早了？"

每当有礼物过来，晓斋都会就近拿起怀纸[1]，画上一幅来代替感谢信，交给来送礼的使者。

面对那些讨要自己每日绘画日记和观音画像的来客，晓斋也都非常大方，说给就给。所以除了每天来学习的门生，画室里还经常会被前来索要晓斋画作的人挤得水泄不通。

"傻瓜！我可不是随便画画的，是在为她做示范呢。"

说罢，晓斋把发出惊愕呼声的门生撇到一边，再度抚了抚阿丰的头。那双手浸满了各色颜料的粉末，十分鲜艳。

"听好了哦，阿丰。这是你一辈子的范本。你要临摹上百回，不，上千回。绝不能让它离你左右。"

如今想想，那时候的晓斋其实也只有四十二三岁而已。但或许是因为折射进画室的夕阳，那张脸在光影之下显得仿佛有百岁般沧桑。当时的阿丰突然觉得他变得不像自己的父亲了，不禁感到有些恐惧。她还不太懂父亲话里的意思，只能轻轻颔首。

从那时到现在，阿丰从未觉得自己喜爱画画。只是因为周围自然而然地摆着画笔，自然而然地围着一群画画的男人罢了。

比她小九岁的妹妹阿菊也是一样，从五岁就开始学画。在以

---

1 日本人外出时随身携带备用的白纸。

绘画为乐趣的东京人眼中，河锅家的年幼女画师是很受欢迎的。

不过，晓斋出门授课时，即便对方反复央求：

"下次请您一定把千金也带来吧！真想让我们家这些没出息的小子看看人家小画师的样子呢。"

晓斋也绝不带阿丰和阿菊同往。

"不管你们俩如何讨厌这手艺，早晚有一天，你们都会像我这样出去教别人学画的。像这种不自在的事，就等到时候再经历吧。在你们出门授艺前，只需要一心扑在磨炼本事上即可。"

记得当时说出这些话的晓斋表情里带着些愠意，太阳穴仿佛别的什么生物一样一跳一跳的。

他那样说，绝不是出于为女儿考虑的父母心。而是因为女儿离成为独当一面的画师还差得很远，却只是因为年龄小就被人恭维到那种程度，他作为画师感到愤怒罢了。从当着阿丰的面，为她示范鸽子和柿子枝的画法那天起，晓斋对她来讲就不再是父亲，而成了师父。

晓斋的门生非常多，他从不区别对待女儿和其他弟子。画得糟了，他就毫无顾忌地大声呵斥；画得妙了，就尽情表扬，赞不绝口。

阿菊自幼身体孱弱，每当换季必然会发烧病倒，连续两三个月不碰画笔也是常有的。万幸，阿丰身心都很健康，一整天里大半的时间她都泡在和主屋一庭之隔的画室里。别人先学白粉[1]的溶

1　用于调整肤色的化妆品，有粉状、膏状和固体状等类型。

法，她却先学会颜料的制法。别人先会用胭脂口红，她先会运笔均匀地画出铁线描¹。自己和父亲之间永远凌驾着一支画笔，长久以来，她每日都是以弟子而非女儿的身份陪伴晓斋左右，一直到前天为止。

"有你这样的弟子在身边，父亲想必也落得清闲吧。毕竟他只需给个眼神，你就又是给画绢上矾水，又是煮胶，样样都给他做好。所以某种意义上，他也的确离不开你。"

周三郎的双眼定定望着眼前的一片虚空，就仿佛那儿正坐着晓斋的魂魄一般。他的眼神饱含力量。

"再看看我，我从品川的养父母家回来的时候，还有那之后，他从没为我画过一张示范画。说到底，父亲都是为了自己考虑，所以才想着培养你做画师的。"

其实，那是因为当时入门拜师的周三郎已经是个青年，所以晓斋应该想着比起给他一张特定的示范画，不如直接作画示范给他看更好。可是，面对此时因怨愤而歪起嘴角的周三郎，就算现在给他解释，他也根本听不进去吧。

"大哥——"

这个词的尾音令阿丰自己都感到丢人地哆嗦着。

"大哥很讨厌我是吧？"

"啊，最讨厌的就是你！"

周三郎几乎一秒都未迟疑地回答道。

---

1 东洋画的线描技法之一，线条没有粗细变化，遒劲有力，状如铁丝。

"你这家伙，竟然直到现在都没察觉吗？"他脸上泛起薄薄一层冷笑。

不可思议的是，周三郎那种歪斜着半边脸、露出牙齿的笑法，竟和晓斋十分相似。

"为什么？"阿丰在心底里低吼着，双手在腹部前方捏紧。

的确，自己是在亲生父母的养育下长大的。可仅是因为这一点，自己就罪孽深重到了要被同父异母的兄长如此憎恶的地步吗？早早离开自家，做了别人家的养子，和养父母整日争执不断……这样的生活，周三郎应该也十分痛苦吧。虽是如此，可这一切也并非阿丰的过错啊。

"算了，要是这些你都清楚，还坚持要做什么女画师，那父亲九泉之下应该也会高兴的。本来像你这种蠢女人，就算再怎么发奋练习，也画不出什么像样的东西。"

说罢，周三郎粗暴地一把夺过阿丰手里握着的草稿纸。又把散落在地上的其他草稿拢到一起，用力一撕。然后，又撕了第二次、第三次……

"角海老那边，我还是让他们再回头委托你去画好了。不过我提醒你，你可是夸下了海口的。要是你这蠢货真的能做到，那就画一幅能让我开口喝彩的作品吧。"

此时，阿丰的耳畔突然响起刚才周三郎吟唱的那首歌。

——斯人虽逝，其德尚存，宛如袂上沉香……

晓斋已经死了。那个画鬼对绘画的执念，就如同燃尽的沉香般消散殆尽，已不存在于这个尘世间了。

对阿丰心怀恨意的周三郎也是一样，再过去三五十载，他也会同晓斋一般老去，最终成为黄泉之人。这刹那间的憎恶，在漫长的人生之中实在虚无至极。可是人却只能追随着自己的内心而活。

一定要画。阿丰想。

她很清楚，自己的画风没有周三郎霸气，笔力也不及父亲出色。而且，父亲之所以让自己学画，个中理由，或许真就如同周三郎所说的那样。

话虽如此，但倘若这就扔掉手中画笔，那么自己将失去和嗜画如命的父亲之间唯一的纽带。而这么做，就等同于对着眼前同父异母的兄长下跪。

"好哇，我会画的。大哥，你就等着瞧吧。不过呢，就算你讨厌我，也应该去根岸那边露个脸，接下来还有不少事情需要商量。"

见阿丰重整气势，周三郎短暂地陷入沉默。他把滚落在地板上的画笔拿在手里摆弄着，随后咂了下舌。

"呵，就算你不说，我也准备抽时间过去呢，有什么好催的，简直是吵死人了。"

光是住所，就有本乡大根畑、汤岛、根岸三处。再加上晓斋毕生收集的古画、古玩，有铃木春信绘制的役者图、菱川师宣的美人图、明代仇英的画轴、南宋毛益的白猫图……阿丰、阿菊还有记六这几个兄弟姐妹要怎么分得这些产业？还有居所的处理、牌位的安排——数一数，要商量的事情真是堆积成山。

倘若是别人，那就只需不管不顾，直接断了联系即可。可是他们是有血缘关系的亲人，他们不单同样以画画为生，将来也必然会打交道——即便阿丰不想，也不得不这样做。

爹……阿丰在心底里喊了一声。

她并非对父亲的死无动于衷。可是一想到马上接踵而来的艰辛，她就忍不住想对草草亡故的父亲恶言一两句。可话虽如此，自己仍是画鬼的女儿，是绝不可逃避的。

八十五郎瘫坐在一边，抿紧的双唇还在哆嗦。阿丰在他那仿佛断线木偶一般的肩膀上轻敲了一记。

"八十五郎，我们走。"

阿丰领头，带着跟跄起身的八十五郎，一步一步用力踏步走出了门。抬头看看天空，明月尚未升起，阿丰突然想，在回根岸的路上，天空中还会有流星划落吗？

就只是一刹那的闪光便好。就只是能够照亮道路的微弱光芒，也能让阿丰在今后的岁月里不再踌躇。可是天空却不知何时覆盖上一层灰色的阴云，就连刚刚进门前还不停闪烁的星星也不见踪影了。上野群山那黢黑的阴影似乎预示着潜入这夜晚的雨。

阿丰快步沿着来路返回，途中，她回头看了一眼自己半步开外的八十五郎。这孩子怒气还未消，仍红着一张脸。

"刚才的事，不要告诉任何人。"

阿丰平静地嘱咐他。

"可是……阿丰姐……"

"你父亲八十吉，还有鹿岛屋的清兵卫大人，他们为我父亲的葬礼奔波了一整日，已经很累了。要是再告诉他们这些有的没的，不是给人家徒增烦恼吗？"

大风突然隆隆作响地吹起来，山中的林木纷纷剧烈摇晃。阿丰单手用力按住被风吹乱的和服衣角。

"可、可是，周三郎大哥做的那些事，阿丰姐事先知情吗？"

八十五郎的音色尖细起来，仿佛又回到了六七岁的少年时代。

"有什么办法呢，大哥就是那种人啊。"

是啊，没办法。如今父亲晓斋亡故，自己和兄长倘若此时彻底撕破脸，那么接下来事情只会变得更加复杂难缠。

弟弟记六早早就被母亲那边的远房亲戚收作养子，又生性懒散，贪图安逸，所以和金钱相关的事情根本没法托付给他。而本就厌恶生身之家的姐姐，还有身体孱弱的妹妹阿菊，就更是无法承担大任了。

只要自己能忍气吞声，就可以保证兄弟姐妹们的安稳。而血脉相连的亲缘关系呢？想来可惜，只要他们仍都活在这世上，即使再怎么不情愿，这种关系都会持续下去。

没办法。阿丰再次对自己说，不由得又加快了脚步。几乎同时，大颗的雨滴啪嗒啪嗒地砸向地面，四周顿时溅起白色的飞沫。

"哎哟！怎么下起雨了！姐，咱们找个地儿避一下雨吧！"

总算找到由头打破沉默的八十五郎大喊道。可阿丰却假装没听见似的，一口气奔向了无人的根岸坂。

阿丰刚出生的时候，这一带挨挨挤挤建起不少宽永寺的子院[1]。听说当时寺院的武士们居住的长屋[2]几乎将山头围得水泄不通。然而年号改为明治后，失去德川家这一大靠山的宽永寺日渐衰落，如今子院大半也都荒废了，没有人居住。

跨过翻越土墙繁荣生长的葛藤，走上架在音无川上的小桥。阿丰大步奔跑，湿透的和服衣角几乎要被她踢飞。桥畔的一户商家门口，正有个身材微丰的中年女人在开店门。这时，她注意到了阿丰他们。

"啊！阿丰小姐！"

她喊道。

这女性是晓斋常去的豆腐店笹乃雪的老板娘佐江。

"巧了，原本就想着一会儿去趟您家的。"

她说着正要走出大门一步，却被强劲的大雨吓了一跳，又缩了回去。

"您快进屋吧。"

她催促着阿丰，随即定睛朝密集的雨隙瞧了一眼：

"哎呀，八十五郎也在呀？你们俩今天一定累坏了吧，这又是去哪儿问候了？"

---

1 又称塔头，指禅宗高僧死后，弟子钦慕遗德，在其墓塔周围盖的小院。也指大寺院内的小寺院。

2 一栋房子隔成几户合住的简陋住房，大杂院。

佐江的丈夫忠次郎，是笹乃雪的第七代当家。这家店本是宽永寺御用的老字号，得名于第五代轮王寺宫公辨法亲王，意为：此店做出的豆腐美丽如同细竹上落着的白雪。

笹乃雪这儿可以在店内饮酒，还提供有酱油浇头的热豆腐和三河岛腌菜来下酒。身体尚康健时的晓斋一到嘴馋的时候，就跑去笹乃雪，甚至大中午就在店里痛饮。有时还会喝得满面通红，在店里的长凳上就开始作画。在胃部患病、整日很难吃进些像样食物之后，他仍旧念叨"如果有笹乃雪的豆腐，我还能勉强吃进一点儿呢"。于是，那会儿几乎每天都要请店里外送浇汁豆腐到河锅家来。

今天笹乃雪的当家人忠次郎也参加了晓斋的葬礼。阿丰快速用袖口擦了擦额发上大滴的雨珠，端正好坐姿道：

"不，我们是正好去了趟大哥家。对了佐江太太，我父亲生前受您照顾了，实在感激不尽。全靠您家每日送来的豆腐，父亲才总算挨过春天的。"

"太客气了！您这是说的什么话。这不是远亲不如近邻嘛。说起来，一想到往后再也见不到他那大口喝酒的模样了，还真是伤感啊。"

佐江抽了抽鼻子，转身折回炉火未熄的店的深处，拿出一副有些旧了的食盒。

"可别打翻了哦。"

佐江叮嘱着，把食盒递到站在店前的八十五郎手中。

"还是您家常点的浇汁豆腐、豆腐白饭。忙了一整天，肯定没什么时间弄饭吧？我本来是和店里人商量着一会儿送过去呢。"

豆腐白饭是在松软的白米饭上铺一层骰子大小的豆腐块，再加上浇头。吃起来既顶饿，又暖身，是晓斋生前的最爱。

"这是五人份的饭，要是不够了，就随时再过来取。"

根岸的家里，鹿岛清兵卫和八十吉应该正翘首等待阿丰和八十五郎回去。那两个人，再加上阿丰两人，再加上正发烧卧床的阿菊，正好是五个人。虽然应该只是偶然，但却好像连佐江这个纯粹的外人都知道，自己和周三郎的关系有多恶劣。

"谢谢您！实在太周到了。让您费心了。"

听到阿丰闷声道谢，佐江似乎误会了她话里的意思，急忙又勉强摆出笑脸道：

"快别这样，见外了呀。"

佐江浓密的睫毛扑闪扑闪地乱眨着。

"雨也真是下得任性呢，乌云这就逐渐消散开了。"

豆腐白饭一旦放过了时间，米饭就会泡涨开，变得寡淡。人家难得一份心意，可不能浪费。想到这儿，阿丰便和八十五郎急急冲进了渐弱的雨幕之中。

正如佐江所说，乌云已不再是黑压压的模样，从云块的缝隙间能看到藏青色的夜空。不过裹挟细雨的风仍旧猛烈，被吹断的幼嫩树枝发出沙沙的响声，向着十字路口杂乱地滚去。

在围筑了一圈板壁的家门口停下脚步，阿丰用力抚了抚胸口，平息自己的情绪。她身后的八十五郎已经不再生气和灰心，此时换成一脸怄气的模样。阿丰瞥了他一眼，目光里带着提醒的意味，随后便用力拉开关得不太严实的大门。

过了主屋的素土地面，阿丰走到中庭池塘上的石桥那里，故意踩得脚下的木屐齿咔咔作响。画室面向池塘而建，阿丰在画室一侧坐下，一边念着"真是的，白跑一趟不说，还被大雨淋了个透"，一边双手绞着湿透的衣袖。

"大哥不知道去哪儿了，大根畑的家里现在空荡荡的没有人。说不定是因为父亲再也没机会喝酒了，他就跑哪儿代饮去了吧。"

"这样啊，您真是辛苦了。今晚这个情况，他出门想必也会淋雨吧。"

八十吉拿着手巾走到檐廊前。

"就是说啊。"

阿丰蹙着眉回道。

八十五郎手里提着餐盒，站在小桥上一副无精打采的模样。阿丰用责备的眼神瞪了瞪他，将餐盒拿到檐廊前。

"这是笹乃雪的佐江太太给大家准备的。她说八十吉大人和清兵卫大人这一天应该都没吃顿像样的餐食。多亏她那么有心呢。"

"哎呀哎呀，这不都是晓斋师父爱吃的饭菜吗？那就把浇汁豆腐供在晓斋师父的牌位旁吧。"

清兵卫越过八十吉的肩头看了看餐盒中的饭菜，将其中一个漆碗端了出来。

"豆腐白饭柔软好吞咽，阿菊小姐应该吃得下。喂，八十五郎！端去主屋吧。"

"喊！我才刚回来呢！也太能使唤人了吧。"

"你说什么？怎么废话那么多？"

听八十吉如此斥责自己，八十五郎的脸拉得更厉害了。八十吉又催促了一遍：快去啊！八十五郎也不应声，还是一副没好气的模样，一把扯过那碗豆腐白饭。

很快，八十五郎走过小桥的背影便融入黑暗之中。八十吉似乎就在等待这一刻到来般，突然板起了脸，转身面向阿丰道：

"说起来，阿丰小姐，就在刚才，我听清兵卫大人讲了一件十分蹊跷的事。说是要把晓斋师父珍藏的观音像卖给他，这件事你知道吗？"

"观音像？！叔叔，您说的是狩野大人的那幅画像吗？"

阿丰的眼光投向了画室深处。在纸张画材堆积如山的画室角落，摆着一个涂了漆的橱子。里面安放着一尊约六十厘米高的观音立像。和摆在立像前的那尊簇新的晓斋灵牌相比，这尊立像色泽朴素，颇有岁月痕迹。

这尊观音像，原本是晓斋从骏河台狩野家，也就是他年轻时修习过的地方得来的。它原是骏河台狩野家第四代当家美信[1]的所有物。美信活跃于第十一代将军文恭院（德川家齐）时代，他忠实信仰观世音菩萨，这尊菩萨正是他从当时的轮王寺宫领得的，可以说是一尊颇有来头的塑像。

自受领这尊塑像以来，狩野家代代小心翼翼地供奉着它，一

1　狩野美信，被称为骏河台狩野家的"中兴之祖"。

直到明治元年，明治维新起，家族凋敝，才将这尊塑像卖掉。因晓斋做过狩野家弟子，出于这一层关系，他便去店铺将这塑像赎了回来。

那已是十年前的事了。但父亲小心翼翼地用薄外套裹着观音像抱回家的样子，在阿丰的记忆之中仍十分鲜明。自此，晓斋便如同侍奉恩师一般，每日早晚都亲手为观音像上香。如此重要的一尊观音像，为什么要卖给清兵卫呢？

"还不止观音像呢。晓斋师父收集的古画、能面，还有他日常积累的绘画日记、旅行日记等，所有这些，统统都要卖给清兵卫大人。"

"等等。这事情我完全不知情啊。究竟什么时候说过这种事？"

该不会是晓斋已意识到自己将不久于人世，考虑到子女的前途，所以才请清兵卫帮忙处置财产吧？但是即便如此，变卖的财产里竟然还包含他那么珍爱的观音像，这一点实在是太过匪夷所思了。

该不会……阿丰脸色突然煞白。而将浇汁豆腐供到牌位后的清兵卫，接上了八十吉的话，跪坐到了阿丰身边嗫嚅道：

"果然如此啊。"

他那瘦削且深陷的双颊紧绷着。

"这件事是送葬的时候，周三郎跑来跟我说的。虽然他说阿丰小姐也知道这件事……但你果然尚不知情。"

"是啊，当然！"

阿丰的声音不由得高起来，随后她立即注意到了这点，急忙用手捂住嘴。万一让八十五郎听到，他肯定会独自跑回大根畑，说不定会做出什么事来。

"哦，不用在意我家那小子。刚才我偷瞄了一眼主屋，阿菊小姐的烧已经退了，现在正无聊得很呢。八十五郎这会儿送饭去，她肯定要拉着他聊天，一时半会儿是不会放他走的。"

原来如此。八十吉从一开始就对一切心知肚明，所以才故意支走儿子的。他这做商人的细致考虑令阿丰心下十分安稳。不过紧接着，她脑海中又浮现出刚才在大根畑作画的周三郎。

不论从谁的角度来看，晓斋的画风都是那般狂放不羁，无法被归类到任何画派之中。然而与此同时，少年晓斋又曾师从狩野家长达八年，且从未有失师礼。从狩野家得来的画号洞郁陈之，他一生都在和自己选择的画号晓斋一起使用。这就是最好的证明。而且晓斋收集购买的古画之中，有非常多来自狩野安信和狩野探幽等狩野家先祖画师的作品。

将所有这些全部卖掉，几乎就等同于践踏晓斋的人生。周三郎憎恶的矛头不单指向妹妹阿丰，甚至还直指他的父亲晓斋，这令阿丰再次意识到，哥哥在养父母家的日子有多孤独。

（如果，父亲没有和我们的母亲在一起……）

这样一来，周三郎就能留在晓斋左右了吗？他就能像阿丰一样，在年幼时就拿到父亲画的示范稿，然后自幼成为他的弟子了吗？会被出入画室的大人们喜爱，会被大家夸赞是晓斋的好帮手吗？倘若如此，那这些本该属于周三郎的所有，如今都被阿丰抢走了。

清兵卫见阿丰紧咬着嘴唇，于是沉静地轻声道：

"阿丰小姐，您听好。我现在暂时还没有回复周三郎大哥，只是告诉他我需要再考虑考虑。"

按清兵卫的说法，周三郎主动提出要卖一千五百日元。眼下一碗荞麦面仅卖两分钱，所以这个金额的确不低。但是考虑到这些古玩古画的由来和数量，倒也不是什么让人惊掉下巴的巨款。这个随意的数额倒是非常能够体现长兄内心的真实活动。

"虽然这么讲有些不合适，但是晓斋师父一直到生命的最后一天，都是由阿丰小姐照顾的。这一点毋庸置疑。假如是阿丰小姐告诉我，想处理师父的遗物，那我会非常高兴地答应下来。可是，提起这事的是周三郎的话……"

不。阿丰打断清兵卫。摆在双膝上的两只手紧紧攥在一起。她看了看一脸震惊的清兵卫和八十吉。

"如果大哥这样要求了，那也没办法。麻烦清兵卫大人您接下这份买卖吧。"

"什么？阿丰小姐，你是认真的？"

八十吉那被密密麻麻的皱纹包裹着的双目猛地睁圆了。

"周三郎是晓斋师父的长子，这的确没错。可是，在给老爹送葬的途中就琢磨着找人收买遗物，这可真是前所未闻啊。清兵卫大人说得对，晓斋师父的依靠无疑是你，阿丰小姐。所以，就算周三郎是你大哥，你也不必如此顾及他的想法。"

八十吉这番掏心窝的话，放到平日里一定会令自己感到非常妥帖安稳。可眼下他的这番慷慨陈词，阿丰却觉得离自己异常遥远。

——父亲一定也想像北斋那样，培养一个左膀右臂，所以才让你学画的。

长兄的这句话，说得并不全对。可是，如今已成一把枯骨、无法再开口说话的父亲，也绝不是毫无打算就把阿丰培养成一名画师的。

毕竟，晓斋的全部身心都只为画而动。他的体内流的简直不是血，而是墨水。就在前天，大家都以为晓斋马上就要撒手人寰的时候，他突然抬起瘦弱的手，催促围坐在自己枕畔的人拿纸笔来。阿丰急急忙忙把笔墨端来，只见晓斋卧在床上，开始用他擅长的戏画勾勒起了正在呕吐的自己和看到这一幕时大吃一惊的医生。随后，他依次望了望围着自己的周三郎、清兵卫、八十吉他们，脸上浮起一抹笑，随后安静地合上青黑的眼皮，也就半刻的工夫，他便咽了气。

要画尽这世间的一切——不论是双目可见之物，还是不可见之物，到死仍在履行画师的义务，这就是晓斋。像他这样的人，绝不可能让阿丰逃脱绘画这一桎梏。可即便如此，她仍是这个人的女儿。

既然自己连晓斋这样的"对手"都能成功周旋，那面对来自周三郎的下马威，她也不必心怀愧疚了。记得母亲阿近去世的时候，自己整个人都沉浸在悲伤之中，和阿菊哭成两个泪人。她们根本顾不得在意他人的眼光，就只是为失去家人而悲痛。想来，失去母亲是四年前的事，但阿丰总有种过去很久很久了的感觉。

"真的可以吗？"

"是的。"

没办法。因为周三郎和自己是兄妹。阿丰紧紧将颤抖的指尖攥成拳头。

"但是，哪些要卖，哪些要留，请由我来决定。因为有些作品我将来在绘画修习上会用到。"

周三郎作为一名画师，有着超乎常人的手腕。再加上他已经确立了自己的绘画风格，所以晓斋所修习的狩野派作品，他大概没必要再留着了。

但是，自己却不一样。她去年才开始修习大和绘，要是想让自己的绘画技艺更进一步，首先就需要把土佐派、住吉派的作品留下。除此之外，倘若能将受此类画风影响的浮世绘等类别的画作也留下，那就更有帮助了。

清兵卫直直地盯着阿丰紧绷的双颊，清瘦的下颌微微点了点。

"我明白了。既然说到这个地步了，那我就接受这提议吧。不过有一点，阿丰小姐，我并非买下了晓斋师父的遗物，而是将阿丰小姐选出来的物件暂时保管起来而已。我会按周三郎提到的金额付他钱，但请把这笔钱当作给遗族的慰问金好了。"

"这可使不得，清兵卫大人，您不必如此照顾我们。"

鹿岛屋在东京可是屈指可数的酒铺。它的当家人想要买一千五百日元的东西，或许算不上花了大价钱。但如果让人家保管堆积成山的古画古董，还要人家付慰问金，这可就另当别论了。鹿岛屋总掌柜的和清兵卫的妻子一定没有好脸色给他。

"不，阿丰小姐，请您务必允许我这样做。如您所知，我除了学画，还学漆艺、音曲、舞蹈，甚至连摄影我都学。那是因为我那好不容易来到这人世、继承我家业的儿子仅五岁便夭折了，我为了忘却这悲痛，于是拼死地放浪形骸。但是不论哪一行的老师，都会顾及我鹿岛屋的招牌，对我敬畏有加。唯独晓斋师父不同。只要我画得差了，他就毫不犹豫地呵斥我。有时我没有学艺的心情，他还会轰我赶紧走。"

这与其说是不多顾虑到鹿岛屋的招牌，不如说是得益于晓斋从不巴结任何人的心性。然而此刻清兵卫那一双俊美的眼眸却盈满泪水：

"我真的十分感激他的教诲。"

他继续道：

"实话讲，为了能暂时忘却丧子之痛，对我来说，是画还是舞都无所谓。但倘若洗心革面，意图细心钻研，这世上各个不同的艺术之路，都是那般深刻，一个人穷其一生都无法钻研透彻。而教会我这些的就是晓斋师父。仅凭这一点，他对我来说就是一切艺术的老师。"

"能听您这样说，实在是……感激不尽。"

对阿丰来说，不论她自己如何想，画都是一定要学的。晓斋是她的师父，这由不得她挑选，只有服从。可是清兵卫对晓斋的敬爱却是那般纯粹、真切。面对这样的清兵卫，阿丰觉得炫目极了。

"其实我还有件事想和您谈谈。可以的话，阿丰小姐，能请您搬去我在深川的别院吗？当然不是只有您一人过去，我希望阿菊小姐也能一起搬过去。"

"这不是好事吗？"

阿丰还未回应他的话，就见八十吉猛拍了一记膝头说道。

"就是说啊，其实我也在考虑这件事呢。晓斋师父如今已亡故，阿丰小姐和阿菊小姐是否还适合继续住在这儿？就算记六家离这里没有多远，但是根岸这边这么冷清，让两个年轻的姑娘住着，未免太危险了。"

"深川佐贺町的别院是前前代的主人建来隐居用的，虽有些古旧，但的确非常适合您和阿菊小姐居住。"

"在别院所在的同一条街内，还住着和鹿岛屋交情极深的医生。对身体孱弱的阿菊小姐来说，也不是件坏事啊"——清兵卫仍在解释着。阿丰一边听着清兵卫的话，一边环视着这三间房连接起来的大画室。

在晓斋生前，这地方永远都挤满了弟子和熟人。就连简单拾掇都是件困难事。要想拨开堆积如山的书本画帖，找出古画古董，至少也要花个四五日。而要从其中专挑出自己需要的画作，那就更要再多花几天。而对阿丰来说，整理的这几天，才是她和父亲做最终道别的时候。

"这的确是非常难得的好机会。但我家已经为清兵卫大人添了很多麻烦了，实在是不能再奢求清兵卫大人的照顾了。"

"哎呀，你又为何如此见外！清兵卫大人的认真克己，阿丰小姐也是很清楚的，不是吗？他是为了报答晓斋师父的恩情，所以才这样做的，要是阿丰你能接受这份照顾，晓斋师父九泉之下也能瞑目的。"

正当八十吉蹭坐着离阿丰近了一步时，便听到有很轻的脚步声传来。八十五郎已经从主屋赶回来了。正如八十吉所说，他恐怕是一直陪着阿菊在说话，一直聊到阿菊把饭吃完，因为此时八十五郎手里正攥着一只空碗。

"来得正好，八十五郎，你也说两句吧。要是阿丰小姐和阿菊小姐还在这儿生活下去，你也觉得不放心，对吧？要是她们能搬去鹿岛大人的别院那儿去，我们就能高枕无忧，没什么挂念了。"

听八十吉突然这么说，八十五郎"欸"地喊了一声，僵在了原地。看他那副大张着嘴巴的样子，清兵卫露出苦笑。

"别这么惊讶好不好，虽说是别院，也只是在深川的西边罢了。过了永代桥就近在咫尺了啊。"

"可、可是晓斋师父才刚走，现在姐姐也不在这里住了……再说，姐姐知道这件事吗？"

八十五郎扔下空碗飞奔过来，一把抓住了颇有岁月痕迹的檐廊一端。

"这件事我可没听说过啊！姐姐，求你别去什么深川住了吧！要是你真的跑去那边，那接下来我、我该跟着谁学画啊！鹿岛大人的房子，我哪敢去呢！"

"你这蠢货！怎么能这么自私！为了自己方便就阻挠阿丰

小姐！"

面对八十吉的斥责，八十五郎毫不畏怯。"才不是只为了我自己方便！"他反驳道，一边胡乱将湿透的木屐甩脱，爬上了檐廊。

"老爹你二十多年前就在晓斋师父门下学画了，你倒是无所谓啊。想必晓斋师父也为你做了好多示范吧。而且时不时就有人指名找你画。可是我呢？我入门才五年而已，像我，还有桑原家的里羽[1]、吉田屋的阿吉，我们这些小辈的弟子该怎么办才好啊？"

"这个嘛……"

八十吉和清兵卫面面相觑。八十五郎瞪了瞪这两个大人，一屁股坐到了阿丰身旁。

"如今晓斋师父离世，那我想跟着阿丰姐学画。所以求求姐姐，千万别去深川，好吗？"

实际上，如今晓斋离世，在收拾家财之前需要整理的，正是他门下那超过两百人的弟子。看八十五郎那副简直要扯着她衣袖央求的架势，阿丰在心底里大大地叹了口气。

在晓斋的众门生之中，已经拥有真野晓柳画号的八十吉，还有以画师身份驰名天下的岛田友春、辻晓梦等人，并不会因为师父去世而遭遇不便。而鹿岛清兵卫、寺院住持林法泉，还有那位英国建筑师乔塞亚·康德尔等人，因为身兼其他职业，所以情况也是一样。可是，那些刚刚入了晓斋门下，学画时日尚浅，才摸

---

1 桑原里羽，即女画师绫部晓月，师从河锅晓斋及河锅晓翠（阿丰的画号）。

到一点儿绘画皮毛的年轻人呢？总不能因为晓斋亡故，就对他们弃之不管。

晓斋生前结识了不少巨贾幕僚，这些人的子女也会被送来学习绘画。比如银座和服店吉田屋的养女阿吉，还有旧幕僚桑原三的女儿里羽，元老院议员田边太一的女儿龙子（即后来的三宅花圃）等人。这都是些年龄和八十五郎不相上下的妙龄少女。

"正常来说，剩下的这些弟子都应该由周三郎接手才对吧。"

"快别这样啊清兵卫大人！要是让我认那种家伙做师父，还不如直接把我的画笔折了算了。"

"不过呢，对大部分女孩子来说，绘画也不过是嫁人前要学的一项才艺罢了。如今晓斋师父去世，大部分人估计也就直接转投其他师父门下了。一定要留下的孩子也就我家八十五郎，还有桑原家的里羽这俩人吧？"

"是，我也是这么想的。"

就算不这么想，那个生性乖僻的哥哥也并不适合做这些年轻姑娘的师父。阿丰不觉得自己有收徒的本事，可虽说如此，这也是她身为晓斋之女的义务。虽然做不到像父亲那样一天教授几十人绘画，但是一两个人的话总归还能想办法。

见阿丰这个应允的态度，八十吉抚了抚棱角分明的下颌。

"说起来，桑原的女儿性格蛮刚毅坚强的。不如干脆收她做入室弟子，她来这边家里说不定还能成为阿丰小姐的得力助手呢。"

八十吉话音刚落，八十五郎就嚷起来：

"既然要收入室弟子，为啥不收我啊！"

八十吉一秒都没犹豫地骂了回去：

"你这蠢货！就算你还是个小鬼，也不可能让你在全是女孩子的家里待着啊！光是这一点，人家里羽就没什么好挑剔的。从此以后，你的师父就是我了！我会加倍训练你，给我做好心理准备吧！"

桑原里羽的父亲桑原三是父亲晓斋的老熟人。可惜他在五年前就因流行病去世了。当年里羽也是在她父亲的极力恳请下才入了晓斋的门。

里羽比阿丰小三岁，生性沉默寡言，但又刚毅坚强。她那倔强劲儿有时就连晓斋也钦佩不已。绘画的才能虽然还尚未显现，但她始终风雨无阻地坚持学画。那纤弱的身体里，蕴藏着和其他半是玩耍的少女们完全不同的专注与用心。

虽然直接交谈的次数一只手都数得过来，但是如果有她在身边，自己一定会很心安，阿菊想必也会非常高兴。

"话又说回来，阿丰小姐，要是收桑原家的女儿做入室弟子，那就更不能住在这儿了。所以这件事上，还是听清兵卫的安排吧。"

八十吉会如此执拗相劝的原因，阿丰心里也很清楚。毕竟如今根岸这边，田地反而比住户更多些，实在是过于鄙陋。要是几个年轻女孩住在这种地方，对桑原家那边也没法交代。

"能不能再给我点儿时间考虑考虑呢？"

阿丰声音低沉地回答。八十吉和清兵卫对视了一眼，随后，他们似乎双双想起，眼前的这个姑娘就在今天才刚为亲生父亲送了葬，于是急忙狼狈地点头，同时回答"哦，好啊""那当然可以的"。

阿丰抓起扔在一边的食盒，将已经放凉的豆腐白饭和浇汁豆腐取出来，添上筷子，推到了清兵卫和八十吉面前：

"请二位先吃饭吧，我去看看阿菊。"

说罢，阿丰站起了身。

"你也和叔叔们一起吃饭吧。啊对了，我那份浇汁豆腐你也都吃了吧。"

她按下了正准备一跃而起的八十五郎，随即走过被阵雨打湿的小桥。夜风突然平添几分凉意，池塘昏暗的水面荡漾起波纹。不知何处传来一声蛙鸣，随后又被阿丰的脚步声惊到，立即噤声了。

晓斋习惯将工作场所和生活场所分隔开来，他们过去住在汤岛那边时也是一样，在庭院里建了一间小画室。推开主屋的板门转过头，屋檐深深的画室在雨雾之中氤氲，伴随摇晃的灯火，呈现出一派画中景象。

"阿菊，你还醒着吗？"

阿丰脱了木屐和濡湿的短布袜，一只手轻轻揉着脚底。她才刚要跪坐到门边，就听到面向庭院的那间屋子响起沙哑的回应声：

"我醒着呢，姐姐。"

"那太好了，我看你刚刚把一整碗豆腐白饭都吃下了，照这样子，你明天说不定就能下床了呢。"

阿菊的房间点着一盏明亮的提灯，室内笼罩在一片寝室特有的湿气之中。阿丰将手搭在正卧床的妹妹额头，确认她已经退烧后，将拉门推开了半边。

"那是因为八十五郎坐在我床边一个劲儿地劝我再吃点儿再吃点儿，就算我想剩饭都没办法剩呢。"

阿菊今年十三岁，身体明明幼稚且晚熟，语气却总是一副成人模样。她枕边散乱摆着些颜色鲜艳的锦绘报纸[1]，大概是读来解闷儿的。

"说起来，姐姐和大哥是起什么冲突了吗？刚才八十五郎一直嘀嘀咕咕地发着牢骚，说什么周三郎大哥真是过分之类的……"

八十五郎这家伙！阿丰想咂舌，又勉强忍住。

"什么都没有啦。只不过关于葬礼后续的一些收尾工作，和大哥争论了两句。"

"哦？"

阿菊的下巴被薄棉睡衣的衣襟遮住，她抬眼望着阿丰。

这睡衣是用已逝母亲的旧衣服改做的，布料上那鲜艳的波纹花样，衬得阿菊没有血色的皮肤更加苍白了。

"那个……姐姐，现在父亲死了，我们是不是就只能和大哥

1　曾在日本明治初期发行过数年的一种视觉型新闻刊物。用一张锦绘看图说话，报道新闻。

住一起了呀？"

"说什么傻话，没那个必要。而且和他住在一起也太拘束了，谁能受得了？话说回来，你为什么要问这些呀？"

听姐姐这样问，阿菊又将脸更深地埋进睡衣里，随后，她似乎下定决心，一鼓作气地拨开挡住脸庞的布料，坐起了身。

"这件事，我只对姐姐说。"

她紧紧捏着薄棉睡衣。

"我呀，真的好怕大哥的画。虽然爹的画里也常有些阴森恐怖的骷髅或者吓人的妖怪什么的，但是，你不觉得看大哥的画时，会有种无地自容的感觉吗？我每次都会这样，会感觉胸口被揪紧，无法呼吸。"

阿丰非常明白阿菊想要表达的意思。周三郎的画线条非常清晰鲜明，不论是画花鸟还是画狐狸妖怪，线条都一分一厘不会含糊。整幅画的氛围总是带着紧绷感。在阿丰看来，这是为模仿晓斋的画风，做好了绝不踏错半步的觉悟。可是对年纪尚小的阿菊来说，就只能感觉到不舒服吧。

"等身体好起来，我还想像以前那样画画。可是，要是在一直画着那种画的大哥身边，我感觉会很窒息……"

"别担心。大哥待在大根畑那边的家里呢，不会动窝的。"

听阿丰这样说，阿菊瘦得颧骨分明的双颊才放松下来。她放心地大大松了口气，随后撒娇般地笑了。

"那，等我开始练画了，就要让姐姐教！"

"让我教？"

"嗯嗯，是啊！因为爹都走了，也没有别人能教了嘛。"

阿菊理所当然地回应道。可说完这句，她突然皱起了眉，双眼湿润起来，两边的耳垂都染上红色。看来是又烧起来了，而且这次还伴随着头痛。阿菊一只手按着太阳穴，又颤颤巍巍地缩回到睡衣里。

"我最喜欢姐姐的画了。所以，要是能跟着姐姐学画，我一定加倍努力，比和爹学的时候还用功！"

"你这么说，我是很高兴啦。但我的绘画能力和教人学画的细致程度可都远远比不上爹呢。"

"这我当然清楚啦。但是嘛，反正我再怎么努力也不可能成为画师呀。"

阿丰本想抬起手替阿菊掖一掖睡衣领口，可听到她这句话，阿丰的手不自觉地僵住了。然而阿菊却没注意到，她轻合上单薄的眼睑。

"姐姐心里一定清楚，爹教我们学画，不就是想让我们做画师嘛。可是姐姐和大哥都能按照爹的意思成长，只有我，谁看了都知道我不顶用呢。所以呀，我从很久以前就想，与其和爹或者其他人学画，我更想跟着姐姐学，因为姐姐不会硬要按照画师的目标去培养我呀。"

听着阿菊那略带孩子气的回答，阿丰眼前睡衣布料上的波纹仿佛突然晕染开来，显得更加曲折婉转。

搬去深川吧。

这想法仿佛从极深的池沼中冒出的一个气泡，从阿丰的思绪之中猛地浮现出来。

如果还留在现在的家里，世人定会认为阿丰是晓斋的继承者。倘若如此，那大哥必然会更加嫌恶阿丰，嫌恶晓斋。晓斋是父亲，但更是师父。如今他已亡故，自己无论如何也应远离他的桎梏了。

刚才那隔着水池遥望的画室风景，突然再度显现于脑海。

那氤氲于朦胧水汽之中的小小画室，几天前还有无数弟子进进出出。如今却完全没了那番热闹景象，而是沉浸在一片静谧之中，甚至还荡漾着拒人千里之外的凉薄气氛。由人所建、很少改变形状的建筑物，有时也会变换姿态。那自己这样有手有脚的大活人，若是想尝试改变自己和周围的人，又有什么好害怕的呢？

阿菊。阿丰轻轻呼唤，但未得到回应，只听得一阵沉睡的呼吸声。她侧耳细听，伸出手去轻抚妹妹出了油的头发。

池塘一角，又传来一声蛙鸣。

香散见草

明治二十九年，冬

大清早就开始热闹鸣唱的白颈鸦过了中午便愈发聒噪，一月的冷风从大敞着的檐廊吹进来，使得那本就清脆的鸟叫声更显清晰澄澈。阵阵海潮的气息，也似被白颈鸦的歌声捎带而来。

"哎呀师父，还是把拉门推上吧，风这么大，一会儿草稿又要被吹飞了。"

听到跪坐在门边的入室弟子里羽的抱怨，阿丰手上捏着画笔抬起了头。就在此刻，大风仿佛等候多时一般，将她膝头叠放着的一沓草稿倏地吹散在十二叠大的画室之中。

里羽嗒嗒嗒地迅速跑过榻榻米，眼疾手快地将面向庭院的拉门合上。火盆里旺旺地烧着炭火，她一步跨过去，将散落一地的草稿收起来。瘦削的脸颊气呼呼地鼓起来。

"草稿也就算了，最近要交给金花堂那边的七福神图不是也被吹走了？遇到这种事，苦恼的可是师父呢。真是的，师父怎么就不能小心一点儿呀！"

晓斋去世后，性格刚强的里羽来到了阿丰家。到今年的春天，里羽就二十六岁了。四年前，她曾由真野八十吉做媒，嫁给了两国的一户做馒头生意的人家。可是里羽却说"比起守着那些圆溜溜的馒头，我还是更想多看些漂亮的画作"。所以不满一年她便又回到了阿丰身边。自那之后，她就一直住在这个家的二楼，料理着家中大小事务。

"还有，刚才鹿岛清兵卫大人送来了一株白梅的盆栽，树桩可有一抱那么粗呢！毕竟是高四尺的大树哇。现在盆子还在前庭摆着。等咱们后院的那几个年轻人回来，让他们把盆搬进来吧？"

"又送东西？清兵卫大人不是前一阵年末的时候才送来两匹花缎吗？"

"有什么不好啦，就收下呗！梅树盆栽我不太清楚，但是前阵子那两匹花缎不是从他那个爱妾品太[1]缠着他讨要的份儿里多出来的嘛。"

"话是如此，但也是人家送咱们的，这一点并没变呀。虽然我已经和他说过很多次，请他不要再送东西过来了。"

阿丰她们七年前搬来的这栋位于深川佐贺町的房子，占地面积并不算很大。不过，这儿毕竟是江户首屈一指的大商人鹿岛屋当家的隐居之所。从扁柏木制的脚踏板，到雕刻着雪落竹叶纹样的栏间装饰，每一处细节都凝聚着奢华精致之气。庭院一隅借景隅田川那滔滔奔涌而过的江水，还设有扁柏树皮葺顶的茶室和等待室。加上妹妹阿菊，她们三个女人住在这样一所房子里，的确

---

1 品太是明治时代人气极高的新桥名妓。后被鹿岛清兵卫赎身，成为其第二任妻子，改名鹿岛惠津子。鹿岛夫妇的人生极具传奇色彩，森鸥外曾以二人为原型创作小说《百物语》。

是有些奢侈过头了。

这宅子的主人鹿岛清兵卫每个月必会来这儿露个脸，有时候会带些时鲜的柑橘，有时又会带些京都分店贩售的上好锦缎。每次过来，他都饶有兴致地看着阿丰画到一半的作品，对她说：

"您别客气，我只是期待阿丰小姐未来能成长为不逊于晓斋师父的画师而已。"

说罢，他还会开朗地一笑。

晓斋死后约一年间，阿丰接到的工作净是和亡父关系亲密的地本[1]出版方发来的插图委托。不过在六年前，阿丰参加了上野举办的第三届内国劝业博览会，她的作品《树下美人图》得了奖。又过了一年，她画的《佳人咏落花图》在日本美术协会的展览上拿了二等奖。靠这些奖项，近些年挂轴画和扇面画的委托逐渐多了起来。她的师父山名贯义更是对她大加赞赏，称"我已经不必再指导她了"。虽然不免战战兢兢，但阿丰这些年仍是凭着"河锅晓翠"这一画号，在画师江湖之中闯荡了起来。

正如预想的那样，阿丰搬离了之前的家后，晓斋剩下的弟子们就宛如退潮般纷纷散去，转投其他师门，如今留在阿丰身边的就只有里羽一人。阿丰自知自己并不够机灵，所以如此现状反而令她十分满意。

她眼下正在画的，是日本桥那边的出版方伊场仙委托的锦绘《帝国陆军大胜利平壤之图》的草稿。可是，阿丰原本擅长的是

---

1 通俗读物，在江户出版发行的书。

大和绘和狩野派画风的美人图。说实话，她的画风和战争主题的画作风格并不相合，可想到眼下如此世相，又实在无可奈何。

阿丰之前只去过日光、川越一类的地方。平壤这般异国之地究竟是什么样子，阿丰心里没数。排兵布阵是什么模样？枪支能发出多大的声音？她读了很多报道战场情况的报纸，也做了不少功课，去研究包括晓斋在内的画师所创作的战争画。可她还是摸不清思路，所以只画出了些半截的草稿。

"难得送来这么一棵漂亮的梅树，战争画什么的就先推后一下，转换转换心情，给梅花做个写生吧？"

"这可不行哦。不是说好了，正月结束之前要把草稿完成的吗？"

阿丰从里羽手中接过那沓草稿，啪啦啪啦地反复翻动着。会买这种画的主顾，大多数可能连旅顺和平壤都分不清吧。可是如果作画的人心怀迷惑，那这迷惑一定会体现在画中。就算从未目睹过战争，阿丰也需要对此类场景有明确的概念和把握，方才能够作画。

关于这一点，晓斋可以说是相当厉害了。从地面蹿起疯狂舞动的鼹鼠，长出翅膀飞在空中的木鱼，巨大的长脖妖怪……父亲总能轻而易举地描绘出一些明显不存在于世上的动物。和他相比，自己真是十足的半吊子。明明技艺不精，却住着如此豪奢的宅子，阿丰心中着实忐忑。

"所以嘛，里羽就先去画画梅花好了，你画好可以拿给我看看。"

"真的吗师父？那我这就去画。"

晓斋生前已经送里羽画号为"晓月"。她的画风干脆利落，一股不服输的心气跃然纸上。自己这个做师父的明明还在为战争题材的画而苦恼，就这样给徒弟下命令，似乎略有些不合适。可是清兵卫总不时地送东西过来，应该是考虑到这些东西有可能成为阿丰作画的题材吧。可等到把眼前这幅战争图画完，梅花的花期可能都已经过去了。为了不让清兵卫失望，至少也得有人去画一画梅花才行。

身体羸弱的阿菊从年底起就染上了恶性风寒，今日仍在二楼房间里卧床。等到傍晚，后院那帮年轻工人回来，就请他们把盆栽搬去阿菊的房间吧。这样一来，就连卧病在床的妹妹，也能欣赏到早春来临的风景了。

里羽查看了一下火桶中炭火的情况，随后脚步轻快地走出了画室。从她垂下的袖间，隐隐飘出一缕梅花清香，足见清兵卫送来的梅树有多壮丽了。

绘画、漆艺、能乐、镶嵌工艺……清兵卫悟性很高，爱好繁多。这几年，他开始热衷于照相。去年他还在木挽町五丁目建了一家照相馆，名叫"玄鹿馆"。西洋风格的双层建筑之中还设有旋转舞台，用作摄影场景。还安装了电梯，不用爬楼梯就可以直接上楼。照相馆中甚至还开了家餐厅，实在是够夸张的。开业那天阿丰她们受邀前往，被这布置震惊得说不出话来。

同时，在清兵卫的"玄鹿馆"开张前后那段时间，他为新桥的一位年轻艺伎品太赎了身，搬去了筑地的另一处住所，基本不再回总店了。手头的钱财耗尽，他基本都会从新川那边的店里支出，搞得用人们个个焦躁不安……这些流言，连阿丰都有耳闻。

可是，清兵卫一边每日过着尽情浪荡挥霍的生活，一边还会按师父女儿的礼节，细致入微地对待阿丰。为了报答清兵卫的恩情，阿丰觉得至少得将她们三人的日常用度赚出来，为此，她还得再加倍磨炼技艺，成为一个打不倒的优秀画师才行 —— 此时此刻，阿丰又对自己如此强调了一番，再次握起画笔。

"我都说了！我没找你，我找的是那个叫阿丰的女人，快让她出来！"

正在这时，一个女人尖厉的怒喝声从玄关那边飘过来。转眼间，里羽便跑了回来，脸上带着罕有的狼狈表情。她跪坐到屋里：

"师父，您能来一下吗？"

"怎么回事啊？把客人扔到门口，就不管不顾地没影了？明明是借住在这儿吃闲饭的，倒是连女用人都这么没教养呢！"

女人的骂声盖过了里羽的声音，但细听她的口齿却有些含糊。阿丰将画笔扔进洗笔筒中，站起了身。

"究竟怎么了？"

"我刚才出去，正准备画梅花，结果门前就来了辆人力车。上面下来个女孩子，见到我就一口咬上来，质问我是不是河锅丰……"

阿丰推开里羽走向玄关，发现门口站着一个年纪也就十六七岁的娇小女孩。她露出额头，头发梳成时下流行的样式，发间还插着银发簪。女孩此刻正站在屋外的水泥地面上，直勾勾地盯着她。

这女孩眼眸水灵，双颊饱满。那面容既天真无邪，又带着宛如凿斧雕刻出来的紧绷感。可同时，缀着紫色穗子的披风之下，她的腹部却高高隆起。唯有这一处，显得宛如另一种生物般，带着十足的凶悍气质。

大敞着的玄关附近摆着那盆梅花，此刻正飘来阵阵淡雅的芳香。望着枝条上挤得十分紧凑的白色花蕾，阿丰的情绪也稍稍放松了一些。

那女孩将阿丰从头到脚打量了个遍，眼角仿佛施了朱砂一般泛着红，肩膀还不时左右晃悠。此时才刚过午后，但这姑娘看样子似乎已经喝得酩酊大醉了。

"什么嘛，不就是个中年妇人吗？听人说你很受清兵卫大人喜爱，我还以为你是什么绝色美女呢。你这样的平平货色都能被他看上，清兵卫大人也真是不挑食。"

听对方提到鹿岛清兵卫的名字，阿丰皱起了眉。

自打决定要搬来这里，阿丰就已经去拜访过清兵卫的正妻——鹿岛乃妇了。而且，阿丰还数次见过清兵卫的三个女儿和鹿岛家的其他亲戚。可是这个女孩，她从未见过。

"我啊，之前从这个宅子前路过，就喜欢上它了。结果竟然让你这种人住下！虽然筑地那边的住所足够豪华，但我还是不乐意！"

"你，该不会就是品太吧。"

阿丰低声询问，品太小巧的下颌点了点，带着颐指气使的威风。

"怎么回事哦，你都没有一眼认出我？印着我脸的手巾和扇子在木挽町的玄鹿馆卖得可凶了！还有人拎着大箱子过去，装了满满一箱，带回家送给亲朋好友呢！"

为品太赎身，是去年秋天的事。从她腹部隆起的大小推断，估计是品太为了做清兵卫的正式妻妾，所以才有意怀上了清兵卫的孩子吧。

阿丰转过头，对着自己身后表情僵硬的里羽道：

"从画室拿两个坐垫过来吧，还有，端茶。"

"这……真要这样吗，师父？"

"既然是清兵卫大人的妾，也不可能真的把人家赶走吧。"

阿丰在门槛处跪坐下，将里羽拿来的坐垫摆在身边。

"这坐垫真够薄的。宅子明明不比筑地那儿差，这些家用都是你安排的吧。真寒酸。"

品太的手脚都很短小，与尚留稚气的面相相符，带着一股童女的幼态。阿丰本以为，能让清兵卫那样一个嗜好风雅之人为之赎身的艺伎，定是个完美无缺的大美人，所以不由得有些失望。而此刻品太转着眼珠斜目而视，盛气凌人地放话道：

"还给我。"

"还……还你什么？"

"我放在花店的盆栽啊，不就摆在那儿吗？清兵卫大人他呀，一听说有花店送花来，就念叨着什么要送到阿丰小姐府上，马上差人搬走了。那可是我去年和清兵卫大人一道去京都的时候，从那边旅馆的庭院连根挖出来的梅花！非常珍贵的！"

不知是因为过于不甘心，还是已经喝得太醉了，说到这儿，品太的双眸竟然泛起泪光。这下麻烦了，阿丰被闹得有些心烦意乱，她把里羽端上来的茶连杯带托一股脑推到了品太面前。

既然品太是清兵卫暗蓄的小妾，那他差人搬来的梅花就也是清兵卫自己的所有物。大概清兵卫也是出于这样的心理，所以才毫无意识地送到了阿丰这里吧。本是出于细腻的关照才有的举动，结果却事与愿违了。

"那可真是抱歉了。但是啊，这可不是我硬去讨来的梅花，而是清兵卫大人出于好心，主动送过来的。还给你当然没问题，但总归还是要获得清兵卫大人的同意才行呀。"

"你吵死了！叽叽歪歪这些道理，我明白得很！"

品太突然将衣摆折到一旁，猛地将摆在膝前的织部烧[1]茶杯扔向了阿丰。

不知是不是因为里羽对品太很厌恶，那杯茶一点儿也不热，而且还只倒了小半杯。虽是如此，品太这个动作也实在是过于出人意料了，阿丰顿时哑然，只来得及惊叫一声，就立即蹦起身闪到了一边。

"我可是一直好期待好期待那株白梅盛开呢！别跟我废话那么多，赶紧还我！"

---

1 美浓地区烧制的陶器之一。由古田织部指导创始，器型、纹样新颖独特。

品太气得捶胸顿足，这次又双手抓住了门边的坐垫，也不管后退了一步的阿丰，猛地就将坐垫摔向了水泥地面。

"等、等等！你别这么大火啊，再动了胎气。清兵卫大人那儿我会好好求情的，请他把白梅盆栽还给你。"

"你闭嘴！明明也不过是清兵卫大人豢养起来的女人罢了。别装模作样地对我哭丧着脸！"

品太一把甩开阿丰伸到半途准备扶住她的胳膊，转身就走。木屐的屐齿猛烈地撞击着地面，她踩着庭院中的踏脚石冲到门口，又瞪了一眼门边摆着的那盆白梅，随后钻进等候在外的人力车里，一溜烟扬长而去。

"那女孩子怎么回事啊！我这就去新川那边的鹿岛屋总店，去和掌柜的评评理。"

从刚才起就在厨房聆听这边动静的里羽从后门跑出来，气得柳眉高耸。

"我没事啦。你可别去新川。"阿丰急忙制止她。

"清兵卫大人最近不是几乎都不回总店了吗？这时候跑去讲品太的事情，只会闹得乃妇夫人更加不悦。"

"您说得倒也是……"

"本来这盆栽也不是我们主动想要的，就不动声色地还回去吧。之后我会再给清兵卫大人写信解释的，花就送去筑地的宅子吧。"

阿丰努力表现得沉着冷静，但她注意到自己话尾是带着颤音的。品太抛下的那句"被豢养起来的女人"，仿佛一把冰刃直直穿透她的内心。

对阿丰来说，画画不仅仅是为了生计。只有坚持作画，才能维系住自己和亡父之间的纽带。而想要和厌恶自己的异母兄长比肩，也只能依靠自己这自幼修习的技能了。可品太对她的这些苦衷丝毫不知，只是露骨地发泄了一番醋意便拂袖而去。这不由得令阿丰想起了自己的异母兄长周三郎。

就在前年，周三郎以河锅晓云的画号受宫内省调度局的诏令，要画一幅囊括百名布袋[1]嬉戏的《百布袋图》。当时亲临日本美术协会展览会的天皇非常欣赏晓斋的《百福百布袋图》，但听闻作者已经过世了，于是就下诏由其长子周三郎绘制一幅相似的作品。

周三郎受宠若惊地接下诏书，又领得一匹竖七尺、横八尺的绘绢。耗时一百五十天作画，周三郎将《百布袋图》呈与天皇，获赏一百七十五日元 —— 这整件事的来龙去脉，阿丰都是从报纸上读到的。而每每读到他的消息，阿丰都痛切地意识到：周三郎是自己的哥哥，而自己不过是他的妹妹而已。

从过去起，女性画师在江户就不算稀罕。狩野派有清原雪信，浮世绘则有葛饰应为和歌川芳鸟、歌川芳女。这些女画师都留下了很多作品。不过，当今虽然也活跃着野口小苹、奥原晴湖，甚至迹见花蹊等等女性画家，可世人大多认为她们的作品

1　中国五代后梁时期的禅人，名契此。据说他露着肥胖的肚子，背着装有日常生活用具的袋子，拿着手杖在市井中走动。能预测人的命运及天气。是日本七福神之一。

不过是些"妇人所绘"的东西，并没有将她们和男性画师一视同仁。

周三郎接到作画的诏书时，一定会想着"阿丰要是知道了不知做何感想"，露出讥讽的冷笑吧。阿丰明白自己有多不甘心，所以想到这一层，她更是感到极度窝囊。加之，她又设想了一下，如果是自己接到诏书呢？那么她自然想象得到，自己不可能画得像周三郎那样出色。于是，阿丰的心头又紧接着涌上一阵失落与消沉。

"我明白啦，既然师父这样讲，那也没办法。"

里羽有些不情愿地点了点头。此时，敞开的大门闪过一个人影。难道是品太又杀回来了？阿丰定睛一看，发现门边站着一个正在凝望梅花的男人。

"门松才刚撤走，又来了这么一株漂亮的梅花！姐姐，这么贵重的盆栽，要拿它如何是好哦？"

听到那不合时宜的开朗声音，阿丰跌坐回门边。只见记六轻快地踩着前庭的踏脚石晃了进来，见姐姐这副模样，他惊得眼睛溜圆。

"你衣服怎么都湿了？是打翻了茶杯吗？哎呀姐姐，你看上去那么可靠，其实还挺大意的嘛。"

"哦哦，欸，是啊是啊。不过真难得呀，你竟然跑到深川这边来了。"

"我是要去清住町给师父跑腿儿。正好有事要找姐姐商量，就顺路过来了。"

弟弟记六被母亲的远房亲戚——赤羽家收作养子，年纪比阿丰小五岁。他从少年时起就入了雕刻家石川光明的师门，如今在弟子里已经算是数一数二的老资历了。

不过，二人虽然是亲姐弟，但像记六这样过得顺风顺水的孩子，一直都和姐姐阿丰不太投脾气。而且记六自己似乎也有点儿不知该如何同做事过于较真的姐姐相处，所以这七年间，记六造访深川宅子的次数一只手都数得过来，而且除了法事或者节庆日，弟弟也从不见她。所以这次记六来访，阿丰在感到高兴之前先是察觉到了一丝可疑。

"你稍等一下，我还有件事没做完。"

她扔下这句话折回到画室中，给鹿岛清兵卫写了封信。信中并没有提到品太，不过内容主旨就是想要将白梅归还。随后，她将信递给里羽，叮嘱她一定要亲手交到清兵卫手中。待送走里羽，她才把记六喊进了画室。

海风更强了些，吹得木拉门不断抖动作响。门缝漏过的冷风将火盆中的炭块吹得火红。记六环顾着满是胶水味的画室，一副坐立不安的难受模样。不过很快他便规矩地坐好，将他那和晓斋相似的宽下颌向前探过来道：

"那个，其实是我的师弟说，听到了奇怪的传言。就是寺崎广业，那个画画的，姐姐是不是也认识？"

"当然了。如今在东京哪有画师会不认识寺崎？"

寺崎广业拜秋田藩御用画师做入门师父，开始学画。他汲取狩野派的精华，画风端正，如今已是广为人知的画师了。阿丰虽然没有见过他本人，但是自己的画已经有数次和他一同出现在杂志的插画版面上了。

"大约半年前，那位寺崎收了个画号晓宴的女弟子。据说那个女的自称是父亲的私生子。姐姐，这事你知道吗？"

"私生子？"

阿丰惊得欠起了身。记六则点头肯定。

"这件事是直次郎那家伙告诉我的。那家伙认真死板得很，既然他这样说，那肯定不是谎话。"

石川光明和寺崎广业的妻室之间沾亲带故，所以他们两家相交甚久。去年年末，光明六岁的孙女入了广业门下。直次郎在接送石川家的孙女时，从广业的弟子那儿听来了这消息，于是转而告诉了记六。

"那女人年纪在二十岁左右。听说画起画来完全就是个外行。去年夏天初次登进寺崎家大门，她就一口咬定自己的画号是晓宴，是河锅晓斋赐给自己的。可是你也知道，老爹的画风很特别啦，所以寺崎便说，既然自称是晓斋弟子，那你就展示一下师从晓斋的画技到了什么程度吧。于是那人就突然吐出一句：我是他女儿。

"寺崎听罢大吃一惊，于是便又问：那你是河锅晓云和晓翠的妹妹吗？那个晓宴就只回了一句'我们是同父异母'。再之后关于晓斋的事，她就打死也不说第二句了。

"所以寺崎的众弟子都说，这人怕是冒牌的晓斋之女吧。可那个女人却假装不知道大家背地里如何说她，还整日若无其事地去画室练画。最近寺崎那边的弟子们觉得她有点儿奇怪，都对她敬而远之呢。"

"二十岁左右，那就是和阿菊差不多。"

"虽然不太记得了，但是我还小的时候，老爹不是忙得昏天黑地、昼夜不分吗？那阵子他哪有时间出去找别的女人呢？"

"绝不可能"这四个字，阿丰倒是很难说出口。毕竟晓斋其人生性便是离奇古怪。

喝起酒来千杯不让，不论眼前站着的是巨贾还是高官，都要畅所欲言。四十岁不到的年纪，就因为作画犯了不敬罪被捕，那之后发言和行为倒是都收敛了一些。不过即便如此，阿丰记忆之中的晓斋，仍可被称为"奇人"。

听说自家着了火，他会立即拿上画帖赶过去。不是去灭火，而是去对着大火写生。这举动把周围人都看呆了。见路旁饿殍，他会尽情画下其死状，然后心满意足地回家。

阿丰并没有关于父亲沉迷花柳的记忆。不过，父亲的确频繁地被邀请参加一些宴席，所以一定有些事是妻子女儿所不知道的吧。到最后真的闹出了私生子这种事，似乎也算不上太令人意外。

寺崎广业很年轻，年纪与阿丰相仿。听说他广招弟子，非常热心于培养新手画师。所以不论晓宴的出身为何，只要她入了自己这师门，肯定就会悉心指导她。

话说回来，倘若晓宴真的是自己同父异母的妹妹，阿丰自然不能坐视不管。更何况，此人似乎还有成为画师的打算，那就更要重视了。

"这件事……你告诉大哥了吗？"

"没，还没告诉他。总觉得……跟他不好开这个口啊。"

似乎先和阿丰讲出这件事，自己肩上的负担便减轻了许多一般。记六厚厚的嘴唇毫不掩饰地浮起了一抹微笑。

"你这是什么话，既然那个人自称是我们的妹妹，就不能不告诉大哥啊。"

"所以呀，我不是先和姐姐你说了嘛。之后就拜托你再和大哥谈谈，做好善后，不就好啦。我嘛，毕竟表面上都已经不算河锅家的人了。要是为这边家里的纠纷忙活得太紧，又不知该怎么面对赤羽那边了嘛。"

阿丰摆在膝上的双手用力紧握起来。

记六总是这样。遇到麻烦事立即甩给别人，自己则始终一脸置身事外的模样。他脚踩河锅家和赤羽家两条船，灵活处事。越是一副并无恶意的态度，性质越是恶劣。

自晓斋去世至今已过去七年，父亲的作品既有狩野派之精髓，又有浮世绘、戏画，甚至南画[1]之风采。在他生前，作品便已能售出高价。就在前几日刊行的《全国古今名画定》之画师排名中，晓斋之名已经与葛饰北斋相比肩。

晓斋死后，他收藏的古画古玩都暂存于鹿岛清兵卫处，换得

---

1 受中国南宗画（以柔和温润见长的一种中国画）的影响，江户时代中期开始盛行的具有浓厚中国气息的绘画的总称。

了一千五百日元。这笔钱连同其他财物都悉数由几个兄弟姐妹分走。如果晓宴真的是同父异母的妹妹，那么就要重新考虑遗产分配的问题了。也就是说，从记六的角度来看，这个突然冒出来的妹妹可能会抢走他迄今为止正享受着的一部分好处。

我知道了。阿丰简短地回答，略欠起身。

"那我现在就去找大哥谈谈，反正也有好长时间没碰面了，正好。"

"哦哦，这可帮大忙了。说起来，阿菊今天怎么样呀？这阵子毕竟还挺冷的。她不会又感冒了吧？"

看到姐姐准备站起身，记六一副满不在乎的模样，抬头望向天花板。见阿丰不作声地点了点头，记六叹了口气"果然又病了呀"。

"那我上去看看她，然后就回去了。姐姐记得代我向大哥问候一声。"

阿丰用力攥紧了拳头，把"你赶紧回去算了"这句话咽了下去，说：

"我知道了，那你就去看看阿菊吧。再过一小时估计里羽就回来了。"

"好啦！有弟弟在，你有什么好担心的。"

阿丰没有再应声，她用火钳夹起烧得通红的炭火，扔进铜制的灭火壶里。火星飞溅着噼啪作响，那声音听上去空虚异常。

虽然新年已过，三河万岁[1]仍迟迟不撤，挨家挨户地表演着。远处的鼓声隐约传到阿丰耳畔，她眯起眼，望着冬日暖阳下周三郎家的板墙。

自父亲葬礼的那一晚以来，阿丰再未造访过大根畑这边的家。而最近一次见到周三郎，则是在去年春天参加晓斋七周年忌辰活动的时候。

"那就先告辞了。您如此忙碌，我还厚着脸皮打扰，实在失礼了。"

从宅院深处传来清晰的说话声。阿丰听到有脚步声向自己这边靠近，不由得缩了缩伸向门边的手。

"不不，我才是让您多费心了，实在抱歉。请您也替我问候一声您家内掌柜。"

和这恭敬妥帖的措辞正相反，那语气里可没有什么感激之情。这个声音是周三郎发出来的。阿丰心下一急，立马闪身躲到了一旁的小巷里，蹲到了防火水桶的阴影之中。紧接着，她就听到了大门推开时发出的声音。

"好的，我会转告她。不过晓云师父，请如我刚才拜托您的那样，尽早把画画完吧！只要是为了这画，您要的什么绘绢呀，颜料呀，我都会立即给您送到府上的。"

"嗯嗯，我知道了。不过在着手打草稿之前，我必须先去一

---

1 爱知县西三河地区新年伊始的一种表演。正角与丑角结对唱跳，挨家挨户拜年。

趋玄鹿馆。要是都不知道画好的画会挂在什么地方，那就没法定下这幅画的尺寸。"

"原来如此，是这么回事呀。那么，我把这件事也传达给乃妇夫人。"

随后，轻轻的脚步声逐渐沿着小路远去，又响起了大门合上的声音。阿丰两手按着地面起身探头，只见一个身背印有双扇纹样包袱皮的男人一溜烟地跑过巷子。这人根本没发现站在一旁的阿丰，踩着后丸木屐[1]的脚步极轻盈，眨眼间就转过街角消失了。

双扇纹是鹿岛家的家徽。阿丰并不认识这男人，但是从他提到玄鹿馆和乃妇的名字这一点来推断，这个人应该是鹿岛屋的用人。

鹿岛乃妇是鹿岛家招婿入赘的女儿，也是前代鹿岛屋主人的独生女。清兵卫作为鹿岛家的女婿，却屡屡越矩，生活放荡。乃妇对他已是哑口无言。听说最近她已经开始独自掌管家中生意，指挥店中下人。既然如此，乃妇为何要自掏腰包，为清兵卫的玄鹿馆预订一张装饰画呢？而且，她明知阿丰受清兵卫照拂，又为什么偏偏要跑去拜托周三郎来画呢？

一个又一个疑问不断袭来，阿丰站在原地愣愣盯着那男人消失的路口。与此同时——

"请问……"

一个充满迟疑困惑的声音在她身后响起。

1　指脚跟处的屐齿做成圆形的木屐，这种形状的屐齿走路比较稳定。

"请问您有什么事吗？"

阿丰回过头，只见一个抱着桶的中年妇人正疑惑地微微歪头看着她。那桶中盛着些豆腐。妇人颧骨高耸、脸庞微丰、五官端正，虽绝称不上是漂亮女子，但是她的皮肤很白，衬托得她那蓝染的和服领子颜色愈发鲜艳了。

见阿丰一副支支吾吾的模样，妇人突然想到了什么一般，眨了眨眼。

"如果我认错了那很抱歉，但，您该不会是深川的阿丰小姐吧？"

阿丰迟疑地点了点头。于是，妇人那略显憔悴的面容上绽开了一个笑容。

"果然没错！您长得和记六大人很像，所以一眼就认出来了。我家那口子是出门了吗？刚才明明有客人来访，他应该还在家才是。"

女人一把拉开了大门，对着屋内喊道：

"老公，深川的阿丰小姐来了。"

她又轻推阿丰后背，于是阿丰只得一脸迟疑地踏上宅子里的水泥地面。

"阿丰？"

周三郎慢慢悠悠地现身，板着脸低头垂眼瞄了瞄阿丰。他的眼底有一瞬闪过些许光芒。随后，那蓄着乱胡楂儿的下颌迟缓地点了点，催她入室。

阿丰跟在大哥身后，怯生生地走进了用作画室的正厅。这间屋子和七年前一模一样，到处扔着颜料碟和揉起来的纸团。挤得无处下脚。

"真是吃了一惊哦，你竟然跑来这儿找我。"

周三郎一屁股坐到乘板[1]上。他的脸颊比过去丰满了一点儿，不过仍是歪扭着的。阿丰直勾勾地盯着他。

狭窄的室内飘着一股胶水和墨水的气味，或许是对这气味比较熟悉，阿丰并没有许久未和大哥说话的感觉。

"我才是吃了一惊，大哥什么时候娶亲了啊？"

"哦哦，你是说阿绢吗？两年前吧。不过有些内情不便张扬，所以也没找媒人，没办酒席，也没必要专门跑去告诉你们罢了。"

大哥说话的语气还是那般草率随意。不过和过去相比，似乎略微柔和了一点儿。——想到这儿，阿丰不由得又心生疑惑。

"可是，大哥不是告诉记六了吗？刚才，阿绢夫人说见过记六。"

"那是因为记六那小子来我这儿借过钱，没办法才告诉他的。"

"借钱？"

"怎么，你不知道？"

周三郎伸出沾满颜料的手，将摆在房间一隅的烟盘扯到自己身边。他的侧脸显出一副毫不关心的模样，仿佛是在谈论别人的

1　绘制较大型的日本画时使用的工具。绘制时可将画纸平铺于地，绘制者则跪坐在一块垫高的木板上，辅助绘画工作。

家事。

"光是从去年父亲七周年忌辰之后，他就借了三四次了。每次借得也都不多，但是根本没有想还的意思。看他那架势，估计已经和自己的师兄弟借过不少钱了吧。"

看来，记六这次不想来找周三郎也是有原因的。估计他怕周三郎要求他还钱吧，所以才把烂摊子推给了阿丰。可是自己竟然对这件事未察分毫，实在是太迟钝了。阿丰心下一阵懊悔。

"反正事到如今你也没靠画画赚多少钱，就算缠着你讨，也借不到多少吧。记六那小子真是聪明，很知道能靠谁得利呢。"

听到这话，阿丰明显感觉自己脸颊涨红了。可是这时候她越是生气，周三郎就会越得意、越高傲吧。于是阿丰猛地扬起脸来。

"不谈这个。我今天过来，是要商量一下记六听来的某些传言。本乡的寺崎广业门下收了一个自称是我们妹妹的女学生，大哥对这事可有耳闻？"

饶是周三郎，听到这句话时也诧异地锁起了眉。于是阿丰将记六告诉自己的话简略地重复给了周三郎。

周三郎啃着烟管的吸嘴听阿丰讲着，脸上是一副难以揣测的表情。听到最后，他将吸了一半的烟丢进烟盘里。

"真够胡扯的！"

周三郎骂道。

"这娘们不是最近刚开始学画吗？那管她是老爹的女儿还是什么野狗崽子，有什么必要烦心？你和记六也真是的，这种破事你们俩也能如此大惊小怪。"

"可是……"

阿丰本以为大哥会怒气冲冲嚷着要戳穿对方的伪装，却没想到他竟如此释然，不由得略有些狼狈。看到妹妹如此模样，周三郎似乎更加不屑了，他用鼻子轻哼了一声，道：

"同样的话别再让我重复第二遍了。就算她身上真的流着老爹的血，这么大岁数了还画不出张像样的画，那就不算老爹的女儿。"

"大哥，这个理可说不通啊。我和大哥也都是经过常年修习，如今才能吃上这碗饭的。毕竟也不清楚那个名叫晓宴的女子出身如何，要是她迄今为止都没有机会好好练画，那画得不好也是自然的。"

"怎么可能？要是老爹还活着，肯定会说出和我一样的话。老爹一向都是靠画得好坏来评价人的好坏，不是吗？"

怎么能这样讲啊……阿丰叹道。但大哥说得并没有错。记六早早地入门学雕刻，阿富则在很小的时候就由曾祖母那边抚养，除去这两人，那么不论阿丰、阿菊还是周三郎，都是默认被晓斋要求"去做画师"的。所以自己——还有周三郎，在晓斋死后，仍旧不得不继续画下去。

"能做那画鬼之子的人，必然是为了画画舍弃一切的家伙。一个根本没有立下这种决心，还跑去拜那个净画些温暾无聊东西的寺崎做老师的女人，我绝不认她是老爹的女儿。"

画鬼这个称号，是晓斋的师父之一、狩野派画师前村洞和给他起的绰号。因为少年时期的晓斋一旦拿起画笔，便进入彻底忘我之境。晓斋极喜爱这个名字，即便在独立成为画师之后，仍常常自称"画鬼"。

晓斋生来便拥有绘画的天赋，什么样的主题和风格他都能自在挥毫，所以画鬼的活法并没让他吃什么苦头。可是这世上的大部分人就算是有志于作画，仍会为笔下的一点一线而烦恼，为如何描绘双目不可见之物而苦闷。

周三郎是十七岁那年从养父母家回来时开始学画的。对他来说，作为晓斋的孩子，就要呕心沥血，忍耐十足的痛苦。话虽如此，要求晓宴也必须有相同的觉悟，这似乎又太过残忍了。

"那大哥的意思是，就算晓宴真的是父亲的孩子，你也并不在乎，对吗？"

"对啊。说得再明确些，这世上我认可的妹妹就只有一人，就是你。阿富就不提了，根本连面都见不到。阿菊又是那副病歪歪的样子。记六呢，早就放弃学画了。"

门外来来往往表演三河万岁的戏子正大声敲着鼓，那鼓声将周三郎的声音都盖过了。估计是久未保养的缘故吧，鼓声沉闷地跑着调，听上去像是在敲打湿透的榻榻米。

阿丰以为自己听错了，而周三郎则迅速别过脸去，将视线错到一边。他用手里的烟管指了指画室一角。这间房子里的东西全都一副陈旧肮脏的样貌，但在三方[1]上却突兀地摆着一个崭新的袱

1　指三方供案、三孔供盘。由扁柏木制成，盛供神祭品或举行仪式用的台案。

纱[1]包。上面拔染[2]的双扇家徽白得刺目。

"刚才鹿岛屋的二掌柜过来，说是老板娘的要求，要我画幅画给玄鹿馆的等候室用，这包里的是定金。"

"玄鹿馆的……"

"是啊。我告诉他，既然要请人画，不如去找你画好了，反正你不是一直受鹿岛屋的照顾吗？但听说老板娘就是死都不愿意找你，于是就只好来找我了。"

周三郎吸了口烟，又在烟盘的凹面磕了磕烟灰。从他皱眉的模样明显看得出，他十分厌恶被卷进鹿岛家剪不断理还乱的家务事里。

"这件事，清兵卫大人知情吗？"

"虽然没问这么多，但是听二掌柜话里的意思，这应该是老板娘私自做的决定。毕竟自己丈夫在源源不断地把鹿岛屋的钱往照相馆送，她这个做老板娘的估计也想插插手吧。"

如果真是这么回事，那这件事转来拜托周三郎就比较合理了。可是，乃妇夫人一直都对丈夫的浪荡做派不闻不问，如今又为何要主动和玄鹿馆扯上关系呢？想到这儿，阿丰在心里画了个问号。

"接下来就是正题了。如果你那么坚持，那就把这个活儿让给那个叫晓宴的女人算了。倘若她能画出让我赞叹不已的作品，

1　袱纱巾。单层或双层的方形绸巾，用以盖或包礼品。

2　仅纹样的部分保留底色，其余部分染成别的颜色。

我就承认她是老爹的女儿。"

"这……再怎么说这也不行吧。大哥就那么讨厌那个晓宴吗？"

"说什么呢？既然自称是老爹的女儿，这种程度的考验她自然会果断接下。如果她不肯，我就去寺崎广业那儿闹一通，质问他是不是只要收点儿财礼，就什么骗子都能收作弟子？如此一来，那个叫什么晓宴的就不敢再报老爹的名字招摇了。"

玄鹿馆是两栋楼连接起来的建筑，形状很像门合页。从正面走进去，右侧一栋是影棚。左侧一栋则售卖一些印有清兵卫作品的小商品，同时还兼做美术馆，陈列着清兵卫收集的一些书画古董。

周三郎提到的等候室，指的应该是连接两栋楼的中间部分，那里被布置成了一间休息室。不管怎样，让一个近乎外行的姑娘去为那么豪华的房间画装饰画，这是绝无可能的。

"如果晓宴不愿接受并且逃跑了，又该如何收尾呢？到时候大哥还会再负责画下来吗？"

"开什么玩笑，工作已经给出去了，岂能再轻易接手？到时候当然是你来画了。"

见阿丰惊得睁大双眼的模样，周三郎嗓子里发出憋笑的闷响。

"不然呢？还是说，你在老爹去世的时候那样夸下海口，结果依然害怕代替我去接手工作？"

"要是我的话，就不会这么画了。"

七年前，正是在这间画室里，阿丰如此反击周三郎。这句话此刻再次回响在耳边。

当时，周三郎将绘制《游女图》的机会还给了自己。于是阿丰辛辛苦苦耗费了近半年的时间，最终顺利将作品交付到角海老的人手里。画中游女手握书信，轻倚壁龛立柱，梳着古风唐轮[1]发髻。委托人，也就是角海老的楼主，对这幅作品非常喜爱。第二年夏天，整个角海老内挂起的灯笼就全都委托阿丰来画了。

可是，倘若这幅《游女图》是由周三郎来画，他或许根本不会像阿丰那样拖个半年，而是个把月就能完成。而且，和阿丰有意选择古风的意境描绘出来的游女相比，角海老的主人说不定更喜欢周三郎那种灵动的构思呢。

虽心有不甘，但阿丰承认，的确是周三郎的技艺更高超。在晓斋那两百多名门生中，最最彻底地继承到其不羁画风的人，正是大哥。而阿丰只不过是靠着年复一年的努力去拼命进步而已，很可惜，她就是赶不上大哥那能和父亲比肩的手腕。

（可是……）

阿丰仰视着身形挺拔、几乎和隔扇一般高的大哥。她双拳猛地一捶榻榻米，挺身一跃而起。

"我知道了！倘若她真的不依，就由我来负责！不过，到时候你可别跑来嚷着要我把这活儿还给你哦！"

"呵，你这蠢货！我和你这种初出茅庐的画师可不一样，我

1　流行于日本安土桃山时期兵库、堺等地的游女发型。据说借鉴了中国明朝女性的发型，将前发梳成中分，其余头发盘到脑后，打两到四个圈儿，再高高束起。

手头忙得很呢！哪有那个闲工夫专盯着鹿岛屋的工作不放？"

大哥这样说，倒的确不是在嘴硬。画室的一角堆着好几十张草稿，一旁并排摆着大大小小各色木框，已经都绷上了画绢。

倘若是周三郎，一定能轻而易举地在头脑中构思出自己未曾去过的异国的风景，信手拈来地绘出战场上兵士的雄姿吧！不，或许这种工钱少得可怜的锦绘，他根本就不会接手——可是……

（虽说如此，可我毕竟是晓斋的女儿。）

五岁那一年的某个春日，阿丰拿起了画笔，可这并非她自愿的。然而，晓斋或多或少还是准备把她当成未来的画师去培养的。父亲究竟是不是出于效仿北斋的目的去教育阿丰，事到如今也已经无法确认了。不过，只要她和大哥一样，都决定靠画笔为生，她就绝不会对找上门来的工作束手不管。

同样，倘若晓宴也是晓斋的女儿，并且有志于学画，那么不论技艺巧拙，至少她的想法也应和阿丰相同。既然如此，那大不了自己去帮她就是了。

阿丰一声不吭地冲出了画室。或许是被她发出的刺耳脚步声惊扰到，阿绢从厨房那边探出了头。

"啊呀，已经准备回去了？我马上就倒好麦茶了，再多坐一会儿吧！"

"您费心了！我下次再来喝茶吧。"

阿丰急急忙忙地踩上木屐，阿绢却拦住了她。她手里拿着个小纸袋走近，然后笑着说：

"来，张嘴。"

阿丰迷茫地张开了嘴，口腔里顿时感觉到一丝凉意。随即，一股浓浓的甜香在舌尖扩散开来。阿丰措手不及地望着阿绢。

"这是家里收到的礼物，金平糖。要对那人保密哦！别看他那副模样，平时最爱用这糖下酒呢，真是怪脾气，对吧？"

阿绢的单眼皮微微眯缝着露出笑意，随后轻轻地拍了一下阿丰的后背。

舌尖萦绕着甘甜，阿丰就这样走出了小巷。沉闷的鼓声早已远去，取而代之的是北风呼啸，扫乱了和服裙角。摇摇欲坠的围墙上，一只小雀振翅飞起，紧追着炽白的日光飞向高空。

虽然气势十足地冲出了大根畑的宅子，但也不能就这么直接再冲去寺崎广业的画室。首先要让寺崎知道他们兄妹并无敌意，其次再请求寺崎，和她一同面见晓宴。倘若如此，那自己还需要准备点儿伴手礼才是。外貌装束也得再整理一番才行。

不过，眼下还得对付那个墙头草记六。那家伙说不定现在还在自己家里坐着呢。

绕过汤岛的小坡，走过万世桥，路过红砖砌的印刷局，随后，阿丰并未向永代桥的方向走去，而是直奔游客摩肩接踵的银座去了。

此地在阿丰幼年时期曾惨遭大火，现在则已建起一家家西洋风格的商店。如今，宽约十五间 [1] 的大路左右设置了煤气灯和绿化树木，这里已摇身一变成了繁华的商业街。街对面那栋豪华壮丽、极为醒目的西洋风格建筑，是去年年末刚刚竣工的司法局。旁边仍旧围着一圈脚手架的砖瓦顶建筑，是九年前就开始施工的大法院。

深川那边从江户时期至今都没有什么变化，始终是一栋一栋挨着的小屋子。可一到了银座，就仿佛走进了从没去过的外国，一派华丽。阿丰用眼角余光看到沙啦沙啦响着铃铛路过的人力车，随后向着东南方向拐去。

"瞧一瞧看一看！到了银座请来我们照相馆！日本第一就是我们玄鹿馆的手腕！"

刺耳的呼喊声伴着笛子和鼓的演奏，从路前方传过来。一走进装饰着浓艳山茶花的玄鹿馆大门，配乐声就仿佛久候多时似的，忙不迭地又提高了一级音量。身穿清一色碎白点花纹服饰的年轻伙计气喘吁吁地迎面跑过来，脸上堆满夸张的微笑，一副恨不得拉住她双手的亲昵姿态。

"您来拍照吗？还是来买东西呢？"

"暂时都不需要，请让我先歇个脚吧。"

"好嘞，您慢坐。"

伙计似乎也习惯了客人这样的说辞，急忙点头哈腰地将阿

---

1 明治时期根据度量衡法制定的尺贯制长度单位。一间为六尺（约一点八一八米）。

丰引向大厅正面的休息室。随后又立即一阵小跑，到大门口那儿归位。

休息室内不必换鞋即可踏入。这间屋子被装修成了西洋风格，有二十叠那么大。随处可见的长椅上都包着天鹅绒的布料，几名似乎是想来开开眼界的游客正一脸局促地坐在上面。

清兵卫兴建玄鹿馆时，将装修工作全权包给了在工部美术学校任教的意大利建筑师。听说壁纸和日常用具全都十分奢侈地采用了进口商品。那些挨墙边站着的红发碧眼的姑娘们，据说是雇来负责接待外国客人的翻译。也正因如此，让她们身穿和服形制的工作服的确不太合适，于是这几个姑娘穿的都是轻飘飘的洋装，摇摆起来的裙裾宛如报春的蝴蝶一般翻飞。

休息室右手边的墙面上，装裱着一张巨大的画像。画像中，品太正手执绘着麒麟的团扇，头上插着用绯红绉绸贴成的簪子，身穿整件扎染的振袖[1]，那身姿与这极度豪奢的照相馆气质极为相符。

而这张画像的正对面，是一尘不染的一整面白墙。

阿丰仰头望着这面墙。

要想创作一幅能和如此华丽的品太照片对峙的画，绝非易事。颜料也要用上等品，否则就会输给玄鹿馆这华丽热闹的气质。这工作换作自己都会犹豫不已，更何况晓宴了。

（倘若是父亲，他会画什么呢？）

1　长袖和服，多用作年轻姑娘的礼服。

用画去震撼世人——这一点晓斋可从不愿屈居人后。他会不会画出面容发青、年老色衰、大瞪着双眼的幽灵，惹得客人大惊？还是说，会画一幅口衔毒蛇、展开艳丽双翅的孔雀，去和对面品太的画像叫板？不论怎样，他都不会像阿丰这般苦苦烦恼画作主题。

"喂，别站在那儿挡路！"

被某个客人骂了这么一句，阿丰才突然意识到自己正傻傻杵立在休息室的正中间。她急忙道了歉，向角落的柱子旁溜去。突然，她眨了下眼。那儿有一个身材娇小的姑娘正躲在阴影里，一副心神不宁的模样，瑟缩着身子。

见阿丰看过来，小姑娘似乎是躲躲闪闪地想要逃开她的视线，于是干脆背过身子，露出仿佛被太阳暴晒过的后颈。正在这时——

"听说阿照跑来了？真的吗？一旦发现她，立马给我轰出去！"

影棚深处突然传来一阵说话声，那声音颇有些如临大敌的意味。阿丰张望过去，就见一个精瘦细长、身穿洋装的男人，正带着店里的二掌柜快步向这边走过来。阿丰在清兵卫的引见下也跟此人打过几回照面，他是玄鹿馆的掌柜荣次郎。

"是，刚刚带路的小伙计说看到她了，不会错的。但不知她是又想起什么了，还特意跑到这儿来……"

"她想干什么我怎么知道？听说这个阿照如今在新川的总店负责照顾最年幼的小姐，还特别受乃妇夫人宠爱？要是把我们这儿比成住着淀君的淀城，那边可就是住着北政所的大坂城。[1] 她那种转投敌方的家伙，来我这儿能有什么好事？——哎呀，欢迎光临，承蒙关照啦！"

荣次郎边说边跟从自己身边经过的客人打招呼，不停地点头又哈腰。听到他那做作谄媚的奉承话，阿丰不由得苦笑起来，随后，她的视线再次落到一旁的小姑娘身上。

"你怎么了？脸色怎么这么差？"

那姑娘纤瘦的肩膀小小地哆嗦了一下，依稀能看到她额头微微浮着一层汗。某种不好的预感突然在阿丰胸中打起鼓。

"而且我不是一开始就反对你们去雇那种一看就很死脑筋的小姑娘吗？看看！那家伙从我们这儿跑了也就算了，她还跑去找新川的总店做了下家！"

小姑娘的身体抖得更厉害了。阿丰在她旁边跪坐下，说道：

"咱们离开这儿吧。"

她又继续道：

"我可以陪你一起出去，别担心，来，先站起来。"

那姑娘很是吃惊，本就圆溜溜的大眼睛睁得更圆了，她抬起头。不知为何，她手中还握着一个不小的砚台盒，被阿丰的眼角余光瞄到。

1　丰臣秀吉的侧室，名茶茶。浅井长政的长女，母亲为织田信长的胞妹阿市。生有鹤松、秀赖两子。在大坂城陷落之日自尽。北政所原本是关白正室的称呼，后专指丰臣秀吉的正妻高台院（宁宁）。据传，正妻北政所和侧室淀君关系不和，在本作品中则指代鹿岛清兵卫的正室鹿岛乃妇和后妻品太的关系。

"可是……"

小姑娘咬着嘴唇喃喃道，捏着砚台盒的手更用力了些。一阵墨水的清香正飘过来，那一瞬间，荣次郎的脸突然闯进阿丰的视野。他大张开嘴怒吼："啊！你！"

吼声还未消散，小姑娘一把推开阿丰，腾地站起身。

她扒开站在周围的客人，向品太的巨幅画像跑去。荣次郎的吼声似乎在驱着她决意向前，她在画像前站定，用力将砚台盒扔了过去。

墨水的香气猛地在空气中炸开，紧接着，房间各处都传来尖声大叫。

"阿、阿照！你、你在干什么！"

伴随着荣次郎的怒吼声，好几个二掌柜向阿照飞扑了过去。她被当场扭按在地，一脸决然地仰头看着墙面。

品太画像里那原本干净的脸上如今被漆黑的墨水染脏，砚台盒撞击到的位置似乎还裂开了，肖像的肩膀附近开了个大洞。飞溅滴洒下来的墨汁弄脏了墙面和地板，连天鹅绒长椅也被弄脏了。

"你、你这是受老板娘之命吗？你可真是个死心塌地的奴才！"

"不是的，和乃妇夫人没关系！"

客人们逐渐聚拢成了人墙，大家都一脸恐惧地看着被按倒在地的阿照。荣次郎看着这群凑热闹的客人，眼珠一转，突然动作夸张地一拍脑门：

"啊！多么显而易见的谎言！老板娘她，真的就那么痛恨品太小姐吗？品太小姐从未觊觎过她正妻的地位，她只是给热爱拍照的清兵卫大人帮帮忙而已！"

"没有人指使我！我只是……我只是觉得乃妇夫人好可怜……"

"你快闭嘴！"

被漆黑的墨水弄脏的画像里，品太头上那颜色鲜艳的发饰显得格外凄凉。荣次郎气得口眼歪斜，表情扭曲，一把扯住阿照的衣领。

"管你怎么包庇，幕后黑手是谁我们都清楚得很！就算说这种蹩脚谎话也没用！"

荣次郎本就不为鹿岛屋做事，听说他原是清兵卫最开始学习摄影的照相馆光林堂的二掌柜。他对总店鹿岛屋没什么感情，这倒是可以理解，但这话说得着实有些过分了。

阿丰将墨迹斑斑的砚台盒捡起来，从怀中掏出帕子包好。她分开围观的人群，跑到荣次郎身边。

"您看，眼下看热闹的客人有些多，就不要在这儿审问她了，好吧？"

"啊呀啊呀，这不是阿丰师父吗？您怎么来了。"

荣次郎略显狼狈地松开了揪着阿照衣领的手。但是他立马又反应过来，横眉立目，猛地摇头道：

"不行。就算是师父您这样讲，这件事也不能就这么算了。这个阿照，她本来是在我们店里做事的。后来被偶尔来玄鹿馆的乃妇夫人相中了，就跑去了总店。"

不论眼下如何疏远，清兵卫和乃妇仍确切无疑是一对夫妻，所以乃妇偶尔还是会来玄鹿馆露面。有一次，她看中了做事认真的阿照，于是就把她带回去了 —— 荣次郎又解释道。

"单是这件事，我们这边已经对她很恼火了，如今又做出这么过分的事来，那我更不能轻易罢休。我现在就领着她一起去总店讨说法。"

"和老板娘真的没关系，是我自己……我自己想这样做的。"

阿照奋力挣扎着，脸上不知何时已是泪光点点。

"因为，老板娘孤零零一个女人，努力撑起整个鹿岛屋的家计安排，可是老板他却不管不问。我想，一定都是这个狐狸精搞的鬼，想到这儿，我就好气、好恼！"

阿照声音哽咽地倾诉。荣次郎仍旧抓着她的衣领，嘴巴绷得紧紧的。

"你、你们喊警察来抓我吧，我不在乎！但是我究竟为什么这么做，掌柜的，请你如实转告给老板！"

清兵卫这些年大肆挥霍，作风张扬，报纸还给他冠了"鹿岛大尽[1]""今纪文[2]"一类的绰号。另一边，丈夫整日在外寻欢作乐，妻子便只得独自一人张罗家中生意，于是人们对乃妇夫人的评价甚高。再加上今天这档子事传播开来，人们一定会将阿照拥为忠义无双的女佣，而同时，清兵卫必然会面临一波更为猛烈的

1　大富豪，或专指在风月场所挥金如土的客人。
2　当今的纪伊国屋文左卫门。"纪文"指江户时代的传奇富商纪伊国屋文左卫门。

恶言。

荣次郎似乎也感觉再这么下去，事情走向会愈发对自己不利，于是便对押着阿照的几名手下使了个眼色。

"喊，瞧你那翻脸不认人的样子！"

他骂了这么一句，几个人硬是将阿照拎起来，从一众围观的客人眼前推着她向店内走去。

"等等！你们要把那姑娘带去哪儿？"

"只是把她放了而已，阿丰师父不必担心。"

见荣次郎挥挥手似要赶自己走，阿丰不放心地紧跟在他们身后。

影棚后面堆着不少一人多高的木箱子，从中飘出一阵阵刺鼻的药水味儿。几个男人似乎早已习惯了这房间的昏暗，利落地向前走着，随后一脚踹开了后门。

面朝胡同的后门敞开，几个人把阿照放了出去，荣次郎仍旧吊着一双眼，一副颇嫌晦气的模样，骂道：

"不许再来了！要是再让我看到你，一定把你扭送到总店去。你要是不想这样，这辈子就别再踏进玄鹿馆的门槛！"

阿丰从他身子一侧蹭出来，跑向阿照。看她的样子不像是受了大伤，但是扶她起身时，阿丰发现她头发上粘着泥水，手掌心也都是不小的擦伤。

"阿丰师父也别和这小贱人扯上什么关系为好。老板娘那边要是听到什么不好的传闻，吃亏的可是您自己。"

"多嘴，我随时都可以把深川的别院还回去！"

真是的，今天怎么一个个地都在讲些烦人事。阿丰用和服内衬的袖口擦拭着阿照脸上的泥水，她把砚台盒连同包着它的帕子一整个塞进阿照手里，问她：

"能走吗？"

她又道：

"话又说回来呀，你这样可太草率了。这么做，乃妇夫人可是不会高兴的哦。"

这副模样走在大路上，明显会被人好奇地盯着看。于是阿丰选择了一条后巷，和阿照并肩走着。

"可是……可是，没有别的办法啊，老板娘她，实在是太可怜了。"

阿照拎起袖口掩住了脸，大声地抽泣了起来。

"不只是老板娘，还有我正在照顾的那位最年幼的阿才小姐，还有她上面两位姐姐，阿时、阿袖，她们都盼着老板早日回家呢。可是老板却被那种小姑娘迷得神魂颠倒，大掌柜也去找过他了，就连浅草的鹿岛家大叔父都亲自去找过他，他却还是执迷不悟。每次这样一番折腾之后，家里的气氛就会更加萧索，我实在是看不下去了……"

"就算如此，你这么做就过头了呀。还有，你现在这副模样直接回总店的话，店里的伙计们可都要被你吓到了。不介意的话，就先去我家换身衣服吧。反正我家也是清兵卫大人出于玩心才借我住下的。"

听到阿丰这般自嘲，阿照却一脸吃惊地抬起了头。两个人此时正沿着芝居茶屋[1]后门走过新富町的胡同，于是阿丰向着南八丁堀尽头点了点头。

"我是河锅家的阿丰，是个画师。我父亲是清兵卫大人的师父，因为这层关系，我才能住进鹿岛家的别院里。不过，或许在乃妇夫人的眼中，我也算是沾了清兵卫大人放浪形骸的一点儿光吧，不过，也是出于无奈罢了。"

阿照的双脚顿时像被钉在原地一般停下了。河锅 —— 她小声念道，那两个字从她瞬间没了血色的双唇间漏了出来。

"那……那河锅晓翠……"

"哦？原来乃妇夫人和你讲过啊，河锅晓翠是我的画号。"

阿照半张着嘴的那张脸顿时血色全无。她的神色变化实在太过剧烈，阿丰甚至连再说点儿什么的时间都没有，就见阿照转过身，和服下摆乱飞着朝大路的方向而去。

此时新富剧院貌似刚好有戏散场，一旁的十字路口顿时涌上一股人潮，阿照那小小的背影瞬间便被人潮吞没了。

事出实在突然，阿丰一时没能理解究竟发生了什么。她呆呆地站在原地，看到阿照的后脑在人群里时隐时现，愈来愈远。随之而来的是一阵寒气，顺着脊柱一路攀上阿丰的后背，她缓缓握紧了双拳。

该不会，在新川的总店，自己被人描述成了品太那样的人吧？七年前，阿丰决意搬去深川，于是前去拜访夫人时，乃妇就

---

1 江户时期专属于歌舞伎等戏剧剧场、为观众提供饮食的场所。

不相信她是正在修习绘画的画师，而是把她当成诱骗丈夫的女人了吧？

自己是画师。自己和清兵卫之间，没有任何不能言说的秘密。然而，到头来，周围竟无人相信她的清白吗？

每年阿丰会去新川的鹿岛总店拜访一两次，每次乃妇夫人都是一副温柔和煦的模样，脸上始终带着微笑。一想到那表情之下其实隐藏着般若之面[1]，她就感觉自己像怀揣着千斤重荷一般。自己竟大意疏忽到让对方有如此误会，而总店的那些人竟蠢到在这件事上疑神疑鬼！

脚下的步子突然沉重了许多，阿丰拖拖拉拉走过了永代桥，回到佐贺町。正推开家里的大门，就听到房里传来一阵爽朗的笑声。记六还没走？她有些烦闷地站在门里侧，呆望起了那盆白梅。正在这时，一个熟悉的声音在她耳边响起。

"啊！阿丰姐。"

八十五郎从二楼一路跑下，在门槛边跪坐下来。他身穿进口细条纹布夹衣，外披高贵织[2]的短外褂。这身打扮颇为时髦。

"什么嘛，是你来了呀。"

"什么嘛？阿丰姐这话说得好薄情！多亏我来了，记六那家伙才急忙走人了呢。"

"师父，您回来啦！"

---

1 能乐的女面具，头上有两角的鬼面，表现愤怒、嫉妒、苦恼的情感。

2 一种绢织品的名称，可织出正反两面纹样相同的布匹，常用于制作男性和服。

里羽从二楼走下来，端着用来洗漱的水。

"八十五郎大人说得没错哦。"

里羽笑着说道。

"之前记六大人一点儿眼力见儿都没有，明明阿菊小姐都显出疲态了，他还一脸满不在乎。结果一见八十五郎大人来了，记六大人立即慌乱起来，还说什么'我待得有点儿太久了，抱歉哦'，然后就急匆匆地跑掉了。"

"嘿嘿。怎样呀？是不是要对我另眼相看了！"

八十五郎一脸骄傲地挺起胸膛。这个春天，他就二十三岁了。他在父亲的指导下继续修习绘画，前年还独自巡游了京都、大阪，并将各处寺院宝物几乎一个不落地写生了下来。这一番经历可令阿丰羡慕坏了。

不知是幸运还是不幸，八十五郎自家的当铺这些年生意好得不得了。所以八十五郎并不需要吃画画这碗饭。虽是如此，他还是不时地来阿丰这里露个脸，而且还主动帮着阿丰研磨颜料，煮制胶水。看到八十五郎这个弟弟的脸，阿丰总觉得胸中的憋闷感轻盈了许多。

"那可真是谢谢你呀。不过呢，你可要记得，就算年底最忙碌的那阵子过去了，也不能跑我这里来偷懒哦。"

她又看了一眼八十五郎，瞧见他怀里还塞着厚厚的一本账簿。估计是为店里的事出了门，然后忍不住又跑来这边了。

"没事没事！铺子那边嘛，反正我老爹也还精神得很，我能做的事也有限。说起来，阿丰姐，记六那家伙跑来干吗啦？"

阿丰冲洗了双脚，回到画室中。八十五郎跟在她身后，一脸担心地蹙着眉头。见他那副表情，阿丰突然想起了周三郎的话。于是她猛地扭过头问道：

"该不会……记六那家伙，也和八十吉叔叔借了钱吧？"

八十五郎顿时露出一副说错了话的表情，随后又马上意识到这样更容易露馅，于是缩起了肩。不过，他又很快随手扯过近旁的一个坐垫，一屁股坐下去，一脸做好觉悟的模样，点了点头。

"怎么回事啊，我才知道他也会时不时去找大哥借钱……所以，对这件事一无所知的只有我，对吗？"

"对不起啦，阿丰姐。我老爹说，不能让你担心这些，所以让我不要告诉你。"

"我不是想让你道歉呀。都是记六那家伙做得不对。"

记六之所以唯独不和阿丰借钱，大概就是因为知道这么做的话，阿丰会当场说教吧。所以，他就专挑一些不会多说什么的人借钱，亲弟弟用这股子小聪明动的歪心思，让阿丰这个做姐姐的感到十分难堪。

"那 —— 记六这回是终于借钱借到阿丰姐头上了吗？"

"不是不是，他过来是因为其他的事。"

"那就好，那我就放心了。"

八十五郎顿时松了一大口气，露出一个微笑。他那圆脸蛋上的神色本已比过去更为精悍，但此时却突然闪过一丝少年气。

八十五郎死心眼儿，又爱钻牛角尖。如果让他知道有人自称是晓斋的女儿，他绝对会自己跑去验证那个人的身份究竟是真是假。所以，这件事绝不能泄露出去，要好好深藏心底——阿丰如此告诫自己。

"说起来，最近我老爹去参拜了汤岛神社，那边神社的事务所里还摆着晓斋师父画的一对隔扇呢。阿丰姐有印象吗？"

"欸？这还真是头一次听说。或许是我们还住在大根畑的时候，神社委托父亲画的？"

毕竟，晓斋一向下笔神速，水墨画更是不论多大一幅，都是眨眼间就能画好。更何况他们住在大根畑的时候阿丰还是个少女，所以她不清楚父亲当时在外面接了什么工作，也是自然。

"表面分别画了龙和虎，但是里侧是一片空白。我老爹说，要是阿丰小姐能把里侧补上，那天神大人一定会非常高兴呢。"

"且不说神社那边愿不愿意让我补上里侧，单讲那儿能摆着父亲的作品，我就挺高兴的。而且汤岛的梅花也快到开得正好的时候了，应该去那边看看呢。"

"那你啥时候要动身，也别忘喊上我啊。要是把我忘了我可要闹脾气的！"

知道啦。阿丰正答应着八十五郎，里羽便端着燃好的炭块走了进来。她将灭了的炭块扔回火盆中，再让火燃起来，随后又说：

"对了师父，那盆梅花盆栽……"

里羽直接转身，跪坐着冲向阿丰这边。

"您写的信，我确实已经交给清兵卫大人了。但是清兵卫大人连读都没读，就连声说不行不行，梅花阿丰师父必须收下。不论我怎么解释，他都不愿意把梅花搬走呢。"

"这样啊，哎呀，这可真让人头疼了。"

放到平时，阿丰说什么清兵卫基本都不会反对。可这次竟然罕见地如此固执，阿丰的确讶异。里羽催促她烤烤火，于是阿丰把手伸向火盆的上方。

"真没办法。那我明天自己去趟筑地求他好了。再不快些，白梅就要开完了。"

"有劳您啦。我去的时候好像刚好来了客人，筑地那边的别院里有些乱糟糟的，我还看到女佣们都跑去端茶送水了。所以我当时也没机会和清兵卫大人细讲。要是师父亲自去，说不定清兵卫大人会改主意呢。"

到时候再顺路去日本桥买点儿伴手礼，然后去本乡的寺崎广业的画室拜访一下吧。就算明天没法立即见到晓宴，至少也得开个话头，提提这件事。

可是到了第二天，刚吃过早饭，里羽便通报说家里来了一位意想不到的客人。听到来客名字时，阿丰简直怀疑自己的耳朵。

"真的是新川总店那边的用人吗？"

"是的，没错。那人说，之所以空手来访，是想直接请您受累去一趟鹿岛屋总店。还说，这是老板娘的吩咐。"

该不会是阿照把昨天发生的事都和乃妇夫人说明了吧。可是，乃妇夫人可是独自一人便能撑起鹿岛屋生计的刚毅角色，倘若真听阿照说完昨天的事，她理应亲自来找阿丰道谢。可眼下却要阿丰去拜访，那就说明这件事另有隐情。

"我知道了，反正筑地那边也不着急，我就先去新川吧。"

一想到去了那边，鹿岛屋上上下下看向自己的眼光，阿丰就感到心情沉重。可是，倘若自己心生畏惧，那些人反而更会胡猜乱想。想到这儿，阿丰拼命让自己振作起来，调整身姿，昂首挺胸向着隅田川以西的方向走去。

沿新川的壕沟建起的一栋栋储酒仓房，就在永代桥的桥畔。一群男子在寒冬之际仍光着小腿，将酒桶一个一个从船里搬上岸。河中往来交错的小船拍起水花，粼粼波浪反射着朝阳的光辉，将仓库的土墙镶上一圈明亮的金边。

鹿岛屋的店面，就开在新川最繁华热闹的银町上。阿丰一边小心按着被河边的大风吹乱的和服衣角，一边走过小桥。越过人力车和搬运工的头顶，她瞧见了鹿岛屋的招牌，正在这时 ——

"你看！那不是今纪文嘛！"

正在店前统计垒起的酒桶数量的店伙计用胳膊肘戳了戳一旁的朋友。追着他们的视线看过去，正能看到身穿极毛万[1]夹衣的清兵卫向这边走过来。

对清兵卫这样一个从不带随从的风雅人物来讲，他这副模样看上去实在太过朴素了。来来往往的行人认出他，纷纷跟跄着为清兵卫让出一条通道。

---

1 在江户小纹（将细碎的单个印花反复印染）之中，条纹被称为"毛万筋"，毛万筋中每三厘米间的条纹数量决定其名称。其中"极毛万"则是每三厘米间有二十一根条纹，达到远看为纯色无纹路，近看则会被极度细腻的纹路所震撼的程度。

"他脸色可真是白得吓人呢。看来，刚才我们家掌柜说的那个传闻是真的了。"

"哦哦！就是鹿岛屋要和今纪文断绝关系的事儿吧！最近他们那边经常有些自家亲戚模样的人进进出出的，估计这件事终于算商量出结果了。"

"什么？你们说的是真的吗？"

阿丰下意识地插进来问了这么一句。两个店伙计被她惊得顿时倒退一步。估计是被她那气势汹汹的模样吓到，担心出什么事吧。伙计用眼神瞟了瞟清兵卫的方向，压低声音道：

"你可别说是我们说的哦，其实这也都是店里人的说法罢了。因为这鹿岛屋嘛，本来就很讲究品德端正。对店里工人的操行要求也高，而且绝不赊卖……结果这么一家店的主人却是个风流放浪到屡屡登上报纸的人物，肯定会影响店里的信誉嘛……"

清兵卫的脚步看去略有些沉重，和眼前这片繁华熙攘的氛围极不相配。在新川纷扰热闹的人群之中，只有清兵卫的周围像是被生生挖去了一大片，暗淡沉寂。

听店伙计讲，最开始谈及清兵卫从家族中除名的事宜，是在去年的春天。正是他决定斥巨款开设玄鹿馆之后不久。

"我们老板是获了前前代鹿岛屋主人之许在这儿开了分店的，所以关于他们家的私事也常有耳闻。拜托你了，可千万别把这消息泄露出去。刚才鹿岛屋那边的人还告诉我们，这种事是不能说出去的。"

店伙计对哑然的阿丰单手作了个揖，又继续道：

"不过呢，当时鹿岛屋的老板娘说服了他们家族的亲戚，所以除名的事就暂时不再提了。结果他却践踏了老板娘的那番努力，花了三千日元给品太赎身。这最终算是害了自己吧。大概从前一阵子起，我们家老板就不时地跑到鹿岛屋去。看样子鹿岛屋是随时会和今纪文断绝一切关系了……"

"这么说来，这件事可不就是给老板娘脸上抹黑嘛！不过，要是今纪文被逼隐退，那品太该怎么办？"

"反正她就是个看钱行事的女人，估计会很快和他断绝关系，再找金主呗。"

阿丰将那两个开始自说自话的店伙计抛在脑后，分开人群快速离开了。当她掀开挤满店伙计和搬运工的鹿岛屋入口的门帘，再转身回望时——人头攒动之中，清兵卫的身影早已被人群吞没了。

"打扰了！"

她打了声招呼，声音尖得把她自己都吓了一跳。

"我是在佐贺町的别院受您关照的河锅丰。听闻老板娘有事要见我，于是来此叨扰。"

"什么！竟然是晓翠师父？"

一个正在门边准备脱下木屐的男人一脸惊愕地转过脸来。他穿着盐濑御召[1]的夹衣外套，看样子估计不是本地人士。他下颌纤

---

1 绢织物的一种。经温水浸泡和用力揉搓而表面微微起皱的面料，主要用于男性和服。

瘦，天庭饱满，很是惹人注目。看气质又十分温文尔雅。

平时罕有人会直呼自己的画号，阿丰一阵慌乱地仰起头。在此当口，仿佛就等着这一刻到来般，通向房间深处的卷帘拉起，一位三十岁左右、将头发绾得一丝不苟的女子从中探出面孔。她就是鹿岛家老板娘——鹿岛乃妇。

"寺崎师父，晓翠师父。请二位快进来吧。"

寺崎——听到这个名字，阿丰不由得凝视着男人的侧脸。随后，乃妇又唤了一遍阿丰，声音大些道"快请进呀"。

"二位在门外驻足，店里的伙计就不好做生意了。我这边有许多话想和二位讲。请二位快进来吧。"

阿丰有些犹豫地点了点头，走进内室。内室的走廊被擦拭得一尘不染，照料得井然有序的庭院之中，就连山茶也开得分外端庄恭谨。

乃妇转过身领路，白色短布袜一路翻飞着向前，随后，她将二人带到离主屋有段距离的别室，又将尴尬拘谨的二人请到上座，自己则在门边跪坐下来。她脸上细致干净地施粉涂红，背后的拉门板上，花鸟的图案隐约可见。

"如此匆忙喊二位过来，实在抱歉。我家刚刚已经决定让我丈夫退隐了，所以店里店外都在为这件事忙碌。"

"夫人……"伴着轻呼，隔扇背后闪过一个人影。随后，阿照手托茶盘出现在三人面前。而一见到她，原本跪坐着的广业便惊呼着坐起身：

"你、你！你不是晓宴吗？"

"您说什么？"

一边是瑟缩着肩膀的阿照，一边是满脸惊诧的广业，阿丰忙乱地反复看着二人的神色。只有乃妇一脸平静，连眉头都未动一下，一双雪白的手安静地叠放在膝头。

"您二位会吃惊也是自然。寺崎师父，最近我们家阿照似乎是和您撒谎，欺骗了您，就这件事，我向您道歉。"

"欺骗，欺骗了我？那……那她自称是河锅晓斋的女儿这件事……"

"没错，这是她撒的谎。"

怎会如此……广业呻吟着又跌坐了回去。他望着一脸做错事的表情、整个身子缩成一团的阿照，喃喃道：

"可是，又是为何要撒这种谎？"

"这一切都是因为我和清兵卫。给二位带来诸多不快，还请看在我的面子上，多多海涵。"

乃妇为阿丰和广业让茶，随后继续道：

"这个阿照呀，原本是在玄鹿馆做工的女佣。但她实在是对清兵卫和品太两个人的放荡做派看不下眼，于是便对不时会去玄鹿馆的我说，想要来鹿岛屋做事。"

品太在玄鹿馆俨然一副女主人的架势，对馆内的女佣们颐指气使，还丝毫不惮于鹿岛屋的存在，整日口出恶言。性格极度认真诚实的阿照看到清兵卫如此纵容品太任意妄为，实在难以忍受，于是便选择去新川的店里做工。

"按这孩子的想法，清兵卫看中的一切都是我的敌人。所以她一听说深川那边住着清兵卫敬重的女画师，就一门心思想着该如何损毁她的名誉。"

假装晓斋的女儿去拜师，再尽量画些糟糕的作品，再掺杂私生子的流言，这样就能抹黑晓斋和晓翠的名声了。根据情况需要，也可以有意大吵大闹一通，再离开广业门下，将"晓斋女儿"的臭名扩散开……乃妇冷静地如此讲述着。

"一问才得知，昨天阿照还去了玄鹿馆，对着品太的照片泼了墨水……就算不做这些粗野之事，我们家也从很早之前便已商量要将清兵卫逐出鹿岛家了。我本是担心泄露了消息后，店内的用人们会心神不安，所以才没有说出来。这件事是我做得不妥。最终给二位师父带来如此大的麻烦，真是非常抱歉。"

昨天，鹿岛家的亲戚去找清兵卫，传达了大家的一致决议，正式通知他除名的消息。获知此事后，清兵卫便决意来总店辞别。于是，关于除名的事现在所有用人也都知道了。见到这情况，阿照便主动将自己所做之事和盘托出。讲到这里，乃妇毅然对着阿丰和广业伏地叩头谢罪，一边的阿照也急忙学着女主人的样子，一边大喊"万分抱歉"一边伏地叩头。

"啊呀，这可真是为难我啊！请您快快起身！"

广业一副虚弱模样，用手背擦着宽脑门上渗出来的汗水。他一口气将已经变温暾的茶水喝干，随后面向乃妇的方向探身道：

"鹿岛屋当家人的风流之事，我多少也有耳闻。丈夫整日如此做派，您作为老板娘，应该也颇受隐忍之苦吧！家里出现对清兵卫大人的所作所为感到恼火的用人，这也是自然的事。若当阿照此举是出自忠心，则万万不必发怒。希望您也能将迄今为止的沉郁全都忘掉，从此展开一片新生活。"

"好的，就按您的意思。谢谢您如此一番赠言。早就在心中纠结的除名一事终于尘埃落定，说实话，我现在感觉肩头轻松万分。"

乃妇在广业的催促下坐起身，她动作沉着稳重，就连一缕发丝都未见凌乱。

乃妇将鹿岛屋的产业和极尽风流之能事的清兵卫放在天平之上，最终选择了家业，这是事实。这说明她已做好准备，自此以后要一边抚养幼女，一边和忠心于自己的家仆一道撑起家中生意了。

可是——阿丰暗暗攥紧了摆在膝头的双手。

昨天在大根畑看到的双扇纹家徽又浮现在脑海中。如果乃妇真的早就下定决心要除清兵卫的名，就不应该还关心那个糟蹋了大笔金钱的照相馆的装修事宜了。也就是说，她其实最先考虑的应是如何关闭玄鹿馆才对。

"对晓翠师父也很抱歉。不过，即便清兵卫退隐，鹿岛屋依然是受过晓斋师父照顾的，这一点不会改变。自此以后，也请您继续住在深川的别院里吧。"

阿丰静静凝视着面向自己致歉的乃妇。

她沉静地开口道：

"不。万万不可。当着鹿岛家亲戚的面，我还在深川居住实在不妥。"

或许，面对清兵卫的荒唐行为，就算鹿岛家亲戚如何愤怒，乃妇仍想着要和他白头偕老吧。这样一想，也就能够理解乃妇为何要决定为清兵卫深爱的玄鹿馆挂上一幅画了。

话虽如此，清兵卫也是个聪明人。他知道自己的行为多么出格，所以如果乃妇直接告诉他自己的决定，想必清兵卫会很难相信吧。所以乃妇才会暗中拜托周三郎，并想借为玄鹿馆绘画一事，向清兵卫表达自己已接受他的放荡作风了。

然而，怒火中烧的鹿岛家亲戚们却践踏了乃妇的一片苦心，他们冲去清兵卫的别院，责骂他趁早滚出鹿岛屋。最终，清兵卫不得不与家族切断关系，于本日前来辞别。

（而品太她——）

早些时候，阿丰离开深川的家之前，清兵卫送来的那盆梅花，正散发着清爽澄澈的香气，驱散了四下的潮气。

就算喝得再醉，不过是一盆梅花而已，品太那般撒火实在让人很难理解。该不会，她那时是敏感地意识到了，自己和清兵卫花天酒地的潇洒生活很快就要结束，所以才大发雷霆的？

梅花缓缓蓄着花蕾，又徐徐盛开花瓣，开花的时日很长，正如它的别称——香散见草。梅花的香气总是沉静的，却又无时无刻不缭绕在人周围。没错，品太是意识到自己可能无法再陪伴它、无法亲眼观赏它直到凋落，所以才希望能将那盆梅花留在自己身边。

乃妇的脸上仍是不见一丝波澜。那沉静如水的模样，令阿丰不禁想起了在寒风之中仍傲然开放的白梅。见乃妇并未开口表达异议，阿丰继续说：

"但是，在我搬家前，请您同意我来画一幅画吧。玄鹿馆装饰画的工作，兄长已经转交给我来做了。"

听到她这样讲，迄今为止未含一丝感情的乃妇眸中，突然闪过一片光亮。

"那您想要画什么呢？"

"嗯，我想画梅花。画一株开满花朵的老梅。而且，是用墨色来画。"

那般华丽奢靡的照相馆之中，无论挂着用多贵重的颜料绘制的内容多么奇特的画，都不够合适。既然如此，不如干脆用水墨画一幅氤氲于淡雪之中的梅树吧。

在这画中，她既不想加入人物，也不想多绘鸟儿。但是，那画中早春的料峭寒风对面，或许就藏着离开筑地别院的清兵卫那单薄的背影。而他身边，则会有怀抱乳儿的品太相伴吧。阿丰如此想着。

"梅花，梅花啊！您这样一说，眼下正是梅花开放的时节呢。"

"汤岛的梅花似乎也要盛开了，我家的弟子这阵子还出门去写生了。"

对内情一无所知的广业悠然地附和着阿丰的话。

"欸，是吗？不过我们家现在正摆着一盆很漂亮的白梅呢。直接就可以坐在它面前写生了。"

"哎呀，这可太令人羡慕了！从打草稿到绘制完成，都能有馥郁的梅香陪伴，您一定能画出一幅佳作呀。"

倘若听闻阿丰要画一幅梅花，周三郎会做何感想呢？说不定他会意外地感到不服气，于是选择和广业的弟子一样，跑去汤岛神社那儿来一张梅花的写生呢。

（那样一来，大哥或许就会在神社那儿，发现父亲亲自绘下的隔扇。）

想到这儿，她开始在意起神社的那对隔扇空空如也的内里。没办法，就当是对玄鹿馆工作的回礼，把那一对隔扇中的一枚让给他来完成吧。

被乃妇送出门，阿丰将鹿岛屋远远留在身后。冬日的阳光洒在头顶，仿佛将喧嚣纷纷藏起一般，四下安静极了。

她看到又有新的货船开了过来。顿时，坐在岸边的搬运工们又一股脑挤了过去。阿丰凝视着飞扬的尘土。清兵卫和品太，他们此刻正在何处嗅着白梅的花香呢？真希望他们能尽情赏梅呀。带着如此祈愿，河畔吹来的清风在她脚底徐徐打起了旋儿。

老龙

明治三十九年，初夏

尼古拉大教堂华丽的钟声在五月晴朗的蓝天下回荡，日光猛烈得不像是初夏的模样。阿丰半边脸被烈日炙烤着登上了昌平坂。站在坡道顶端向下张望，能看到浑圆的教堂和一旁尖尖的塔顶。

二十年前，住在这儿的阿丰还是少女时，如此惹眼的教堂还连个影子都没有。那时候能听到的也就只有家宅背面的灵云寺早晚撞钟的声音。而如今，护城河边早就建起了电铁路，路上来来往往的行人也早已不像过去那般稀疏了。

晓斋自年轻时起便在这一片地域居住，并且住了很久。因为他喜爱这里极具江户传统风情的模样，也爱这儿的静谧。父亲若是看到这儿如今的风貌，一定会发火吧！一想到这儿，阿丰虽脚下沉重，嘴边却扬起一抹淡淡的微笑。

"没事吗阿丰姐？还是坐人力车比较好吧？"

率先跑上坡顶的八十五郎此时又返回阿丰身边，一脸担心地望着她。"你可太夸啦！"阿丰回道，继续向前迈开步子。

"我只是没想到汤岛这边变化这么大，有点儿吃惊。说起来，最近会去的地方也只有画室或者学校了。"

"真的吗？你要是觉得不太舒服，一定要告诉我啊。毕竟姐姐现在要顾着两个人的身子呢。"

八十五郎一脸担心地蹙着眉毛。他今年已经三十三岁了，早已娶妻，还是两个男孩的父亲。不过他还像以前似的，在阿丰面前总是一副小孩子模样。

阿丰看了一眼八十五郎那张和他父亲八十吉愈发相像的面庞，又重复了一遍"太夸张啦"。

"都还没到五个月呢，而且我每周还要去女子美术学校上两次课。走这么几步路怎么会不舒服呀。"

"那就好……万一阿丰姐身体有什么情况，我就是跟常吉姐夫道一万次歉都不成啊……"

前年的夏天，阿丰和在京桥的机械商高田商会工作的高平常吉结婚了。随后，她离开在神田和泉町借住的房子，搬去了位于上野池之端七轩町的新房。

常吉比阿丰小一岁，仙台出身。他在庆应义塾进修经济学，后来又在美国斯坦福大学留学，是个相当优秀的人。不过，别说什么谣曲茶道了，就连绘画常吉也是一点儿兴趣都没有。阿丰之所以与他结为连理，全靠晓斋的弟子八十吉的撮合。

"我说，阿丰小姐啊，我知道自己说这话让人听了觉得太不解风情，但你可三十多岁了呀。总不能永远和里羽两个人住着……"

病弱的妹妹阿菊，在阿丰她们离开长久关照自己的鹿岛家的别院、转去神田和泉町的那年冬天，突然连发了三天的高烧，卧床不起，最终年仅二十岁便早逝了。

长久以来从未断过药物的妹妹死了，阿丰受不了打击，整个人都垮了下来。她好几天粒米未进。入夜时分，阿丰躺在床上，眼前净是妹妹憧憬着等身体好了再拿起画笔时的模样。可与此同时，阿丰在极度悲寂之中却又产生了一种不可思议的安心感。

如此一来，需要自己照顾的人就全都没了。要是连阿菊的买药钱都免了，从此以后就不用介意画一幅画可以拿多少钱了。她将阿菊的遗物分给了八十五郎和里羽，慢慢整理着阿菊的房间。随着整理的进程逐渐推进，阿菊的气息也一点点从这个家里消失，而那种安心感便更是与日俱增。

正是在那阵子，一向与阿丰关系颇近、位于池之端茅町的出版社三眼社准备搬去浅草，听说这件事后，阿丰急忙恳求三眼社允许她在旧址租住。她将三眼社社长的老房子改成了三间相连的平房，并选了其中日照最好的那间做了画室。

想来，晓斋之于阿丰，与其说是父亲，不如说是师父。而周三郎之于阿丰，与其说是兄长，不如说是商业对手。在这些人中，唯有阿菊是以亲人的身份和自己一同生活。如今她的离世让阿丰有种孤身一人的感觉。她甚至觉得，自己已经失去了所有"家人"。

河锅家只剩下阿丰和周三郎两人了。可是他们二人的关系甚至很难称为兄妹。如今，河锅家已经不再是家人团聚的场所了，它已化作画师的栖息地。

这种念头一旦冒出来，阿丰就有了心理准备：如今自己连妹妹都没了，从此就只能在画师的道路上一路走到黑了。

　　话虽如此，进入明治时代也已有三十余年，阿丰所学的正统狩野派、土佐派的画风已经被嫌过于老气。所以屏风挂画的委托已经很少有了。眼下插画工作的委托依然占了一大半，不过阿丰也决心努力筛选委托来的工作，尽自己所能，将全部画技都注入作品中。

　　不过，八十吉是看着阿丰长大的，见阿丰一直只和入室弟子里羽两个女人相依为命，他总觉心下不安。于是便积极找人为阿丰说媒。每当八十吉聊到这个，不光是阿丰，就连他儿子八十五郎都一脸无奈地忍不住开口道：

　　"别这样了吧老爹！阿丰姐都说了希望能一直单身。干吗非逼着她找伴儿呢？"

　　"你这蠢货！的确，父母亲人平安健康的话，我倒是也不必多管这个闲事。但是晓斋师父早死了，她大哥周三郎又是那副德行。姐姐和弟弟又都成了别家人。遇到个事儿根本没人帮啊，这样我怎么能袖手旁观。"

　　八十吉甩开阻拦自己的八十五郎的衣袖，跪坐着向阿丰的方向挪了一步。八十吉过了五十岁后，双鬓突然就开始斑白，那两抹白发在折射进来的夕阳之下闪着光。

　　"听我说啊，阿丰小姐。你就见一面吧，怎么样？这次介绍的是我老婆老家的租户，留过洋的。和画画虽然八竿子打不着，但这人很稳妥，性格也好得一塌糊涂。你们俩这不是处处都很不相同嘛，所以他觉得反倒很互补，人家挺积极的。"

"可是，八十吉叔叔……我对现在的生活一点儿不满意的地方都没有啊。"

"是是，我知道你的想法。但你要真的一辈子没嫁人，我死之后到阴曹地府都没法和晓斋师父交代呀……"

八十吉说到这儿声音有些哽咽。阿丰和八十五郎沉默地面面相觑。

其实，阿丰直到现在还是单身，也没有什么不可动摇的因由。十来岁时，是因为整日要协助父亲的工作，十分忙碌。送走父亲之后，又开始忙自己的工作，还要照顾生病的阿菊，仍旧忙得脱不开身。仅此而已。

光是因为这种原因就直接拒绝八十吉，的确是有些太没道理了。所以三年前的冬天，阿丰勉强同意了和男方见面。随后，对方便对阿丰一见钟情，一切进展得十分迅速，没过多久，两人位于七轩町的新家也建好了。

常吉的兄长和母亲住在老家仙台，他这个人的性格要比媒人说的还要稳重。阿丰因为画画的工作十分忙碌，他从不插嘴干预。四年前阿丰还开始在女子美术学校教起了课。常吉不但支持她站上讲台，还对她说："你白天去茅町那边的画室画画就好。"当时街头巷尾流行的都是"女性应该回归家庭，守护家人"的观念，如此看来，常吉的做法称得上是极为开明了。

"我这个人对绘画一窍不通，是个愚钝之人。不过你画画的开支我还是能付得出的，你就去做自己喜欢的事吧。"

常吉任职的高田商会主要做工业机械、船舶、武器等等的进口买卖。英国、美国商会是他们的主要经营伙伴，所以有过留学经验的常吉虽然未到四十岁，却已经是经理了，整日忙碌不堪。他每月的工资有五十日元，要比阿丰靠插画拿到的报酬高得多。

　　两个人结婚之时，正逢日俄在中国大陆拉开战争序幕。常吉刚一结婚，就很少回家。今年春天阿丰确认怀孕，却根本找不到机会和他说。最终还是焦急万分的里羽跑去京桥的商会，硬是把常吉拖回七轩町，才算得了机会告诉他。

　　说真心话，虽然有了丈夫，怀了孩子，阿丰其实并没有感觉生活有什么大的变化。绘画的材料她可以用自己的稿酬来买，如今里羽也仍旧留守在茅町的画室里。非要说有什么巨大不同的话，顶多就是为了不给丈夫添麻烦，所以比婚前多接了一些插画工作。受此影响，阿菊刚去世时自己在心中立下的誓言不知何时也被抛在了脑后，她只想尽量缩短每张插画的绘制时间，拼命让自己多做工作，整日忙碌。反正，自己已经不是独身了。要让八十吉放下心来，竟然如此简单吗？阿丰甚至对此感到有点儿失落。

　　"话说回来，周三郎大哥还是老样子啊。说什么要开百画会。照理说应该早点儿通知才对吧？阿丰姐也是的，祝贺的事交给里羽去办不就好了！干吗非要亲自去一趟啊，你人也太好了。"

　　或许是看到阿丰脚步尚轻快，所以放下心了吧，八十五郎仰望前面神田神社茂密的树林，咂了咂舌。阿丰没有回应他，她穿过鲜艳的朱红色鸟居，视线被楼门左边立着的料理茶屋吸引了。

——开花楼。

漆面的招牌上写着这三个字。这是一座三层高的料亭。看清店名，她便一脚踏进店内宽敞的水泥地面上。

"打扰了，请问河锅晓云是在这儿办百画会吗？"

店内跑出个女招待，木屐踩得响亮。一见到是阿丰，立马一副扫兴的模样。她对在门帘深处慢悠悠站起身的看鞋老头儿喊了声"是参加百画会的"。随后用下巴指了指上楼的楼梯。

"那就上二楼的梅之间吧。——啊，走楼梯的时候脚步轻点儿哦。我们家的客人可不止你们俩。"

见女招待如此粗鲁，八十五郎顿时恼火地鼓起了脸颊。阿丰忙用眼神阻止他，小心翼翼地走上了楼梯。

眼下似乎时间尚早，但二层看样子是要举办宴席。幽暗的走廊上高高地堆着食盒。朱红的漆面泛着柔和的光泽。前侧的大厅中，来来往往的都是挽起袖子忙碌的女招待。和这一派忙碌景象相反，拉门对面的走廊深处却是一片寂静。阿丰猜测这儿就是梅之间了。她推开拉门，只见二十叠大小的屋内，身着和服正装的兄长周三郎正盘腿坐着。

周三郎的膝头摆着酒壶和装小菜的碟子，应该是从楼下端上来的。他正捏着酒盅，见阿丰来了，他那两片薄嘴唇咧了咧。

"哟，你来了？有了身孕应该行动很不便吧，真是有心了。"

"这是什么话，不是大哥给我寄了信，说要我来的嘛。"

周三郎一口喝光了酒盅里的酒。噔的一声把酒盅扔进托盘里。他拍了拍穿不惯的和服上衣的袖子。嘴里嗫嚅：

"算了，总比一个人都没来强。"

房间的长押[1]上所见之处都打着钉子，挂着三十余幅画轴。水墨的山水图、淡彩的美人图，还有浓彩绘制的花鸟图，内容丰富多彩。每一张都明显继承了其父晓斋的画风，气质洒脱且深受狩野派画风的影响。

百画会，也被称作书画会。举办书画会的画师会包下料亭的房间或寺院神社的单间，展示自己的作品。如果门生较多，画师还会将自己和门生的作品都展示出来。可以说，这种展会既是和文人好友切磋交流的场合，也兼具酒宴性质。

会场的选择和陈列画作的选定都很麻烦，所以阿丰至今还从未以自己的画号为名举办过百画会。不过，阿丰倒是参加过以"真野晓柳"为画号的八十吉或其他相识画师举办的画会，还参与过几次席画[2]。

阿丰去过的画会，都是从早到晚来客众多，整个会场挤得水泄不通，连个下脚的地儿都没有。与那些热闹非凡的画会相比，眼下的会场上除了阿丰和八十五郎就没有其他客人了。墙面装点的画作多姿多彩，反倒更衬得室内格外安静。外面天气好得出奇，她却感觉身上冷得很。阿丰将准备好的礼金包递给周三郎。

"真是帮大忙了，这钱我就拿来补一点儿借场子的花销了哦。"

---

1 日式建筑中门楣上的装饰用横木。

2 在宴会或集会席间，应要求当场绘画。

房间角落里放着的来客签名簿一片雪白，一旁砚台里的墨水已经开始干涸。

阿丰一时词穷，不知该如何回答。周三郎将小酒盅在洗杯器里涮了涮，递到阿丰眼前。见妹妹摇了摇头，周三郎啧了一声：

"倒也是，我猜到了。"

他的声音里带着些嘲讽。

"像我这种风格太过严肃紧张的画，最近越来越受冷待了。你不也是吗？能接的工作应该越来越少了吧？"

"没有啦。毕竟我的工作基本都是些插画和广告画之类的……"

"什么嘛，你这也没画什么正经画啊？就是因为你净是接这种没意思的活儿，所以才永远做不成个像样的画师。"

听他这样说，正东张西望打量一屋子画的八十五郎猛地转过头。周三郎则直截了当地无视了对方投来的愤怒视线，盘坐着的双膝大力地抖着。

"不过话又说回来，你就算是一直在画正经画，到头来也会和我一样完全卖不出去就是了。要是老爹还活着，如今应该也会哀叹吧。前一阵子谷中美术院开了个展览会，我就去稍微瞄了一眼。结果呢，那些明摆着受了狩野家画风教育的家伙，一个个全都在画些蠢头蠢脑的东西，真是让人想不通。"

"嗯……的确，来委托我画插画的出版社主编也提醒过我，画线条时下笔不要太清晰用力。不过，没骨画法倒也没什么错啦。"

见大哥讲话的矛头从自己身上转移开了，阿丰有些放心地接着话茬。

所谓"没骨"，指的是不勾勒轮廓线条，只以水墨和色彩的浓淡去描绘形象的一种技法。这种画法和不耽肥瘦的铁线描，还有以抑扬顿挫的肥瘦线条描绘轮廓的勾勒法相反，是过去的俵屋宗达[1]、尾形光琳[2]等琳派画师常用的一种绘画方法。

自从改元明治，日本绘画界便持续着巨大的变革，伴随着明治维新而来的，就是幕府御用画师狩野家及其门生被剥夺俸禄，惨遭驱散。随着国门敞开，从西洋流入日本的油画盛行开来，人们便将一如既往的狩野派画法贬作老掉牙的东西。如今这些人大多受雇于新政府各种公职单位的制图部门或事务部门，勉强糊口，已经基本没人靠画画维持生计了。

维新开始过了十几年的时候，也掀起过反对过激欧美化，主张再度振兴古典日本画的倡议。怀才不遇的画师们，开始自行寻找导入西洋画的新鲜色彩和透视画法的方式。如今，画师们不约而同地开始摸索新的日本画画风。因此，像阿丰和周三郎这样仍旧坚持狩野派、土佐派画法的画师，在日本国内可以说几乎绝迹了。

父亲晓斋的画风乍看之下复杂多变，但他原本师从骏河台狩野家，单凭这一点，晓斋那不羁笔触的根源，便仍是不折不扣

1　江户初期画家，以独特的构图和技法确立了近世装饰画的新样式。

2　江户中期画家，对大和绘进行革新，形成鲜艳华丽的装饰画风，世称琳派。

的狩野派的画技。周三郎则备受父亲的影响，所以他的画风自不必说，绘画内容和手法以当今的评判标准来看也多是过于陈旧脱节。就拿眼前房间里挂着的画来说，极为醒目的那张钟馗捉鬼图，钟馗手执长剑、脚踩恶鬼、满面威严，还有那张绘着弹琴隐士、巍峨山峦的墨色深沉的山水画，不都是这样的风格吗？

许久不见，兄长的作品和父亲晓斋刚刚去世时相比，竟没有一丝一毫的变化。阿丰对此心下慨叹。不过，倘若他如此坚持，那么委托给他的工作量一定下降得相当严重吧。

用余光一瞟，阿丰注意到周三郎身上的和服应该是租借来的，上面印染的纹样也和河锅家不同。兄长年过四十，侧脸看上去已经难掩衰老。

"大哥，阿绢呢？"

"哦，她最近白天都会在神社下的西餐店工作。要到傍晚才能来。"

原来如此。阿丰点了点头。她不由得想起递给大哥的那个礼金包里的五日元。

虽是以防万一准备了祝贺礼金，但说实话，阿丰原以为周三郎肯定不会收这种东西。没想到他竟毫不推辞地爽快收下，于是阿丰推断，为了今天的百画会，大哥应该是费尽周章才攒够的钱吧。

欧化的浪潮的确也冲击到了晓斋的门生。真野八十吉、八十五郎父子最近的作品中，也能清晰地看到一些未曾有过的透视画法等技巧。相较之下，周三郎的笔触简直就像至今仍在受父亲指点一般严谨，分毫不动摇。面对这一事实，阿丰既感到极度安心，同时又分外介怀。这种复杂的心绪令阿丰自己也感到不可思议。

"说起来，你这是几个月了啊？"

突然被这么问，阿丰茫然地看了看兄长的脸。

"啊，哦，也才刚四个月。"

"呵。你竟然要当娘了，感觉真挺怪的。和你丈夫过得还好吗？"

阿丰和常吉的婚礼是在豆腐店笹乃雪举办的。周三郎借口说自己腹泻未愈，没有参加。因此，常吉第一次和周三郎见面，是半年后在谷中瑞轮寺举办晓斋的第十七周年忌辰活动的时候。周三郎对所有人都一副说话带刺的态度，这令常吉很是吃惊。那一晚，他还十分罕见地感慨道："有那样一个哥哥，阿丰也真辛苦啊。"

"大哥不必担心，我先生和大哥不一样，他为人温柔，我可以依自己的喜好做事。"

"喊！开什么玩笑。要是真的特别温柔，就意味着他根本没好好关注你才对吧！"

阿丰早已习惯了大哥这种骂骂咧咧的态度。她默然站起来背过身去。周三郎又在她身后提醒：

"你要画点儿正经画啊！真是的，净搞些轻飘飘的插画，多没出息！要是连你都只知道画些没意思的东西，那我也没什么干劲了。"

"我又不是为了大哥才工作的。我有我自己的工作方式。我也不能自说自话地画些拿不到钱的挂画屏风啊，那样会给我先生添麻烦的。"

"哼，说得倒是好听。"

阿丰没去理会大哥的恶劣态度，她跪坐到离自己最近的一幅龙虎图前。

笔触鲜明的铁线描绘出整张画作的轮廓，飞龙猛虎隔云对睨。地上的虎弓起后背，空中的龙则扬起镰刀形的脖子，摆出互相呼应的两个弧形。大约二十年前，帝室博物馆附属动物园收入一只老虎，自那之后，画家们便不约而同地画起了写实的老虎。周三郎却反其道而行之，有意模仿了自雪村以来的水墨画风格的老虎。那虎双眼高吊，两耳圆润，柔软的四蹄甚至还有些许可爱动人。

（大哥他，为什么就这么擅长绘画呢？）

一阵苦涩的叹息泛上喉间。阿丰紧咬牙关，硬是将这苦涩咽了下去。

在画会上确认签约卖出的画，轴端会系上红色的纸捻。梅之间中的画却没有一张系着红色纸捻。即便如此，周三郎仍旧没有投身于流行的浪潮之中，他始终坚持按照自己一贯的风格去创作。这是因为他对自己的笔力有十足的自信。和这样的大哥相比，自己又如何呢？自己不知不觉地就把阿菊死时内心所许下的诺言忘光，最终只是被没完没了的插画工作追着跑而已。

就算这次百画会举办失败，周三郎也只会若无其事地撇下一句"是世人没长眼罢了"。他的这种强大和冥顽，令阿丰十分羡慕，羡慕到憎恶。她猛然起身的声音有些大，把她自己吓了一跳。连一旁的八十五郎也吃了一惊，向她这边看过来。就在这时——

"河锅晓云的百画会，是在这儿吗？"

一声雷鸣般的怒号在楼下响起。片刻后听到一声"客人，您等等……"听声音像是刚刚楼下的那个女招待。可是那阻拦声却被冲上台阶时发出的沉重脚步声淹没，关得不太严实的拉门被咔啦一声推开了。

一个秃头老人单手捏着拐杖，瞪圆充血的双眼，叉着腿立在门边。看上去价格不菲的纺绸和服的裤脚随着动作乱飞，他冲进房间，瞪着一头雾水的周三郎。

"怎么回事？难道不是画家也能来百画会看画吗？我可是头回听说。"

"闭嘴！你就是那荡妇的姐夫吗？"

"你说什么？"周三郎皱起了眉。此时，又有一阵急促的脚步声传来，这次冲进来的是个挽着袖子、满面怒火的女招待。那是周三郎的妻子阿绢。

"您高抬贵手吧！这件事和我丈夫无关啊！"

阿绢冲到周三郎和老头儿中间将二人隔开，她大喘着气，肩膀剧烈地上下起伏。她张开双手，像是要护住周三郎。

"不！我才不会善罢甘休！喂，叫什么晓云的，你知道这女人的妹妹有多凶狠毒辣吗？"

老头儿的身子哆嗦着，此刻仍是一副作势挥起手杖的模样。正在准备宴席的女招待们全都从走廊那边越过老头儿的肩膀看向这里，八十五郎见此情形，急忙跑过去大喝了一声"看什么热闹"，摔上了拉门。

"什么意思？你认识阿驹？"

阿绢快要哭出来一般，看看周三郎，又看看那老头儿。周三郎伸手将阿绢扯到自己身边，又将她护在了身后。

"她前年冬天就染了流行感冒，已经死了。就算这样，你在这儿随意诽谤我妻子的妹妹凶狠毒辣，我也不能坐视不管。"

"死了？你说她死了？那个荡妇，她死了？"

老头儿的双眼猛地睁圆，双颊瞬间绽开难以掩饰的狂喜，呵呵呵的笑声从喉间溢出。

"是吗？她已经见鬼去了吗？这可真是报应啊！"

"开什么玩笑，老头儿！你知不知道阿驹为了给欠钱逃跑的丈夫还钱，吃了多少苦！"

"呵！我知道得很！我还知道她在浅草的酒店里勾引我家女婿，诈走了他老大一笔钱。"

都是因为那个女人——仿佛眼前就站着他憎恨的对象一般，老头儿怒视着面前的虚空骂道：

"我女婿明明是个备受属望的画家，结果却沉溺于花天酒地。他的笔触自那之后便仿佛换了个人，草率敷衍。我女儿一心盼着丈夫能重回正道，结果却被痛骂一顿，只得回了娘家。两个人就此离异。她直到今天还在以泪洗面。"

听到"画家"一词，阿丰不由得细瞧起老头儿的脸。周三郎也认真地望着对方，咕哝道：

"你究竟是谁啊？"

"你问我？我是桥本雅邦，是个画师。我听传言说，那个浪荡女人的姐姐做了河锅晓斋儿子的妻子，还在神田的西餐厅做活儿。那我说什么也要来骂上一句，所以就找上门了。"

"雅邦……前一阵在美术院展览会上挂了个花鸟图的那个雅邦啊？"

哦？老头儿听周三郎这么一说，挑了挑眉梢。

"你还算懂点儿事。"

他嘲讽道。结果，周三郎紧接着却发出一阵毫无遮拦的狂笑：

"没错，我懂得很！我还知道你明明是狩野家的门生，结果跑去跟着什么西洋的朦胧体画家学画，真是个装腔作势的家伙！"

"别，大哥……"

朦胧体否定了日本画自古以笔线为根本的原则，所以，这个词是蔑称，指那些通过没线[1]画法和西洋风格的阴影来营造立体感的年轻画家的笔触。

阿丰下意识地劝阻，周三郎则神色严峻地朝她一瞪：

"阿丰，你别说话。我这个人最讨厌的就是这种墙头草，动不动就跟在世间流行的玩意儿屁股后头，净画些杂种画。"

如果阿丰没记错，这个雅邦应该比已经辞世的晓斋年轻四

1　指不用明确的线条去表现轮廓部分的画法。

岁。据说他年轻时做了木挽町狩野家的门生，却不料突遭明治维新，怀才不遇的那段时间甚至还学了西洋画。他在绘画方面也受了在东京大学执教的外国人欧内斯特·费诺洛萨的影响，进了晓斋去世那年创建的东京美术学校，任绘画系主任。现在已是大本营在谷中的美术团体——日本美术院的元老，负责指导年轻画师们。

雅邦的作品常运用西洋画中的透视技巧，在日本国内外都很受好评。六年前他还在巴黎世博会上拿了银奖。可以说，他是名副其实登上画坛顶峰的画家了。

"啊？你说杂种？你画着这些老掉牙的玩意儿，竟然还有脸在这里叫嚣。"

雅邦宽宽的脑门被怒火染红，他环视了厅堂一圈，道：

"你父亲我可记得很清楚，他倒是涉猎很广，狂画杂绘都来得了。但那也不过是小聪明而已，根本成不了大器。如今画坛没一个人再去学晓斋的画风了，这不就是最好的证据吗？"

"你说什么？"

晓斋的确是稀世的绘画高手，这一点阿丰从未怀疑过。然而，在眼下欧化如此迅猛的画坛，晓斋那种看似业余的浮世绘画风，或许只会被看成"猥杂戏狂"之作，他绘画的根本——狩野派画风，如今也被人嫌弃太过陈腐。所以雅邦的这番侮辱，其实是毋庸置疑的。

"你要诽谤我的画是杂种画，那随你的便。反正不管你如何乱吠，当今流行的到底还是我这种新派画法。这些你都可以无视，只管埋头画你拿手的那些东西，让你的女人为你辛苦工作。最终你只会变得和那种荡妇一样，连给别人添了堵都不自知。你就是个蠢货！"

雅邦敲着拐杖，走到阿丰刚刚凝望的龙虎图前面。他用拐杖极为灵巧地将挂绳取下，单手快速将画轴卷起。随后，又从钱夹中抽出两张五日元，揉成团丢到了周三郎膝头。

"看你这儿实在冷清，我就买下你这张画吧。正好可以拿来给我烧个洗澡水。"

"你开什么玩笑！我怎么可能眼睁睁看着你烧了我的画？我才不会卖给你！"

周三郎横眉竖目地向雅邦走近，却被阿绢按住了。她近乎匍匐地蹭到了雅邦脚边。"等一下。"她脸色苍白且僵硬。

"画可以买。谢谢您出钱买画。那么自此以后，也请您别再来招惹我丈夫了，好吗？"

雅邦的尖下巴轻轻抬起，居高临下地瞧着阿绢，仿佛在看一堆污物。阿绢却毫不畏怯地继续道：

"阿驹给您家添了麻烦，我替她道歉。可是我妹妹已经死了，您的这个女婿如今也不再和桥本家有关了，不是吗？既然如此，这一切更和我丈夫无关了。"

雅邦沉默了片刻，但最终，他还是将尚留一节挂绳就匆匆卷起的画轴夹到胳膊下，傲慢地说：

"呵，招惹他？那也得对方值得我去招惹才算数。整日画着这种长了毛没人要的画，猛唱独角戏，根本没有让我招惹的价值，你尽管放心。"

雅邦猛烈地用手杖敲着榻榻米地面，拉开了拉门。走廊上那群聚在一起偷听的女招待们被惊得四散逃窜。雅邦连看都不看她们一眼，径直迈着轰轰作响的步子走下了楼。

阿丰回过头，见周三郎正紧盯着那两团揉皱的五元纸币，整个身子都在微微发抖。阿绢死命抱着他的肩膀，脸上滑过大颗的眼泪，啪嗒啪嗒地落在榻榻米上。

此时，尼古拉大教堂的钟声乘着风飞进耳中，那声音恬静悠闲，令人恼火。

继续停留太过尴尬，阿丰匆匆道了别便冲出开花楼。此时日头才刚爬到头顶的位置。

八十五郎咬着嘴唇，和阿丰并肩走下缓坡。

"那个……不记得什么时候了，我好像听到过传言。"

八十五郎尽量放低了声音道：

"桥本雅邦这个人，据说子女众多。光是女儿就有四五人。他很喜欢让得意门生娶自己的女儿为妻，将弟子收进自家。大概五年前，他的某个女婿开始寻花问柳，最终和妻子离婚了。当时还算在小范围内掀起一阵骚动呢。"

"那……他女婿当时放浪的对象就是阿绢的妹妹了？话说回来，八十五郎你啊，怎么对别人的家事如此了如指掌。"

"被赶出桥本雅邦家门的那个人叫西乡孤月，和我年龄相仿。以前在各种画会和展览会上常见到他的画作。但是这四五年就很少再见到了。"

据八十五郎所说，这个孤月本是将军家最后一位大内画师[1]狩野友信的弟子。友信与桥本雅邦曾是师兄弟，所以孤月便入了雅邦门下。他和横山大观、菱田春草、下村观山并列，被称为雅邦门下的四天王。过去，孤月凭借他那柔和的画风，在各个展览会上连连得奖。可据说自从和雅邦的女儿离婚，他便瞬间从画坛销声匿迹，还被日本美术院除名，此后便整日放浪形骸了。

从刚才雅邦的言行中也看得出，他其实非常欣赏孤月的才华。良婿的才华被酒家女毁了，所以也不难理解他内心的不甘。话虽如此，他刚才的所作所为也实在太过分了。不单对仇人的姐姐如此咬牙切齿，甚至对她的姐夫都那般恨之入骨吗？阿丰忍不住回忆起刚才的一幕幕。此时八十五郎用余光瞄了瞄她，开口道：

"还有啊，阿丰姐……还有一件事要和你讲。"

八十五郎说着，踢了踢路旁的小石头，那石头沿着长长的斜坡直直滚了下去，最后撞上停在水沟边的人力车车轮上，终于停了下来。

"就是之前你托我去找的晓斋师父的那些遗物，那尊观音像现在好像正供奉在浅草的传法院里呢。本来我这回是要当着周三郎大哥的面讲出来的，结果出了那件事，搞得没法说了。"

"什么？你说真的吗？"

1　在江户幕府的御用画师中，对狩野派的中桥、锻冶桥、木挽町、滨町四家
　　的称呼。

“是呀，我老爹可是给传法院的杂役塞了钱问到的。绝不会错。”

晓斋死后，他收藏的古玩古画原本由新川的巨贾鹿岛清兵卫暂留在手。可是清兵卫因生性放浪，十年前被鹿岛家除名，保管在仓库里的晓斋遗物全部被鹿岛一族变卖了。于是阿丰便和本职是做当铺生意的八十吉、八十五郎父子商量，希望能尽量赎回散佚的遗物。

“那尊观音像，晓斋师父在世的时候每日早晚都会祭拜，这个我们都有印象。要是阿丰姐能把观音像赎回，不说晓斋师父，就是原主人 —— 狩野家的历代师父们也一定都会很高兴的。”

“话虽如此，但那可是传法院……人家也不是什么缺钱的寺院，估计有点儿难办吧。”

这浅草寺传法院，正是最早祭祀该观音像的寺院，传承颇深。就算没有这层关系，寺院将观音像转手卖掉 —— 说出去也不大好听。所以除非花大价钱，否则住持应该不会同意卖给阿丰的。

“唉，要是我们早点儿去找就好了，真对不起啊，阿丰姐。”

“别这么说，能找到就很感激了。花了你们不少工夫吧。”

阿丰请八十五郎替自己感谢八十吉，随后和他分别，返回七轩町的家中。

其实，她原本计划是离开开花楼后直接去茅町的画室，接着赶工上个月洲崎的花街委托来的广告画。然而，或许是受雅邦那恶劣的骂声影响，又或许是久不出远门，阿丰感觉有些不适，腿脚肿得厉害。

家里一个人没有，阿丰倒很自在。她在面向庭院的檐廊边伸直腿坐下。但很快她又站起身，在砚台上磨起了墨，又随手摸到笔纸，走到檐廊上。随后她向左侧卧，动手画起了一匹狼。

先用笔头饱蘸墨水，画一条长尾巴，然后是牙齿和胡须，画出有力地向斜上方跃动的模样。这阵子接的活儿净是只需描线的插画，所以她运笔的速度变慢了，有时候下笔还会略显犹豫。可每每这时，周三郎的那幅龙虎图就不可思议地出现在脑海里，催她下笔。

狼的脚下要配上破墨[1]画就的岩块。远景则要绘上被雪环抱的陋室两间。再点上一星朱红的灯火，最后再以淡墨加上一弯纤月……画到此处时，西边的云彩已染上一层淡淡的茜色。

因为完全没有底稿，说实话，狼的眼睛画得有些太大了，月亮的位置也应该再稍稍向上挪一些。即便如此，许久没有按自己的心意去画画的阿丰，有一种双脚浸在热水之中的幸福感。这感觉一点点地溢满了她的心间。

她并非厌恶插画和广告画的工作。不过，为了不给常吉添麻烦，她想自己赚钱买绘画材料，但事实就是，接一些插画和广告画的工作是最省事的赚钱办法了。画的数量越多，笔法就越娴熟。最近画一些简单花鸟的工作，她一天就能完成四五张。可如今她突然觉得，像这般一笔一笔思索着描画，遵循自己的意志

1　水墨画的一种用墨技法，往淡墨里加浓墨以表现浓淡的方法。

去决定绘画的内容，完成一幅自己喜爱的画作 —— 实在是太有趣了。

（我……）

阿丰将手放在自己还未显轮廓的腹部，愣愣地盯着画中那匹狼的眼睛。最后，她将已干燥的画纸折好，深深藏进了衣怀之中。

傍晚的风突然变凉，砚中残墨仿佛深海，被徐徐吹皱。

到了蝉声喧天，吵得耳朵发麻的季节，阿丰的肚子已经大得仿佛藏了个西瓜。

"才刚七个月呢，这么大的肚子，说不定怀的是双胞胎哦。多走走虽不是坏事，但一定要多多留意脚下。"

其实不用产婆提醒，她每走一步都感觉肚子晃得厉害，自己也有些喘不上气。不过，在冬季的预产期到来前，阿丰要在这个夏天先辞去女子美术学校的教师一职，再将剩下的工作都处理干净。光是这些，整个暑期她就得折腾到学校好几次。

女子美术学校是一所开办于六年前的私立学校，宗旨是"女性自立"。学校的核心人物横井玉子是在熊本洋学校进修过的女性教育者。校舍为木造的双层建筑，学校里日本画、西洋画、雕塑、莳绘[1]、编织、造花[2]、刺绣各个科目兼备。包含预科和本科在

---

1 在漆器上以金、银、色粉等材料绘制装饰纹样。
2 人造花。用纸、布、塑料及其他材料做成的花。

内，总共有六百五十名学生。校园里整日都是女孩子们的笑声，整座学校仿佛永远沐浴在初夏明媚的阳光之中。阿丰自懂事起就一直在那个阴暗的画室里为父亲晓斋打下手，所以女子学校的那种明朗气氛有时简直令她感到炫目。

"那些工作必须得阿丰师父亲自做吗？如果只是收拾东西，就让我去吧。"

入室弟子里羽这样讲。倘若只是帮忙代课倒也罢，不过阿丰还要批改学生交上来的作品并为之打分，这可没法委托里羽去做。

"没关系，如果不走走，我腿脚也会变迟钝的。"

自从那次百画会以后，阿丰就将那张在檐廊边画下的孤狼图贴身揣在怀里。同时，她每次外出都会带着本子，路旁的花朵、道上行人的姿态，她都尽力写生。

虽不至于像晓斋那般时刻挂在嘴边，不过自古以来，写生就是修习绘画的基本。晓斋幼年时就曾从河边捡来新砍下的死人头写生。年轻时他在某御用画师家中做过一段时间的养子，当时还为了画下女佣身上系着的崭新纹样的衣带，一直追在人家身后，因此被误认为行为不轨，被逐出师门。

近来，传闻桥本雅邦率领日本美术院的一众画师们，提倡起"要摆脱实体的束缚，必须描绘一些远离自然的作品"。阿丰虽知道这件事，但是每每出门还是坚持写生。

话虽如此，插画的工作还是源源不断地涌过来，阿丰很少有时间去对着一张绘绢慢慢打磨了。看着写生簿一本一本地积攒起来，阿丰产生了一种极度焦躁的情绪。

女子美术学校位于本乡弓町二丁目。从池之端七轩町走出来，到了不忍池后向右拐，下一个坡道，在汤岛坂下的十字路口拐个弯就到了。

常吉前一晚也没有回家。阿丰独自吃过早饭之后走出家门，烈日蒸烤着大地，大马路都被照得发白。阿丰尽量找些阴凉地方躲避着，正走到一岐坂的时候——

"咦？这不是河锅老师吗？"

背后突然响起一个爽朗的声音。

阿丰转过头，正看到两个素面朝天的年轻姑娘紧挨在一块儿站在那里。其中一个女孩子对有些疑惑的阿丰低头行个礼，道：

"我是女子美术学校普通科三年的铃木健子。这位是下个月第二学期开始和我住同一宿舍的栗原绫子。她是来办入学手续的，眼下我正带着她在校园里认路。"

女子美术学校的课程分为普通科三年和高等科两年。阿丰仅负责教授高等科。她并不认识铃木健子这个学生，但看样子铃木健子明显非常熟悉阿丰。她微黑的圆润脸颊上浮现一个惹人喜爱的微笑。

"栗原同学特别厉害！她在长崎的梅香崎女子学校毕业之后，马上就在那边的展览会上展出了自己的日本画作品呢！"

健子热热闹闹地讲着，一旁的绫子却一脸羞赧地缩着身子。她看上去有二十三四岁，一张瓜子脸，单眼皮，令人联想到花瓣圆润丰厚的罂粟花。

"咦？那就是说，你是为了进入日本画专业，特意跑来东京的？"

"是，是的。"

绫子回应着，雪白的面颊泛起红晕。她看上去绝非富裕家庭出身的大小姐，身上那件绣着麻叶的红色衬领上，到处都是多余的线头。

虽然这所学校可以寄宿，还配有两名管理员，但是女子美术学校的学生多半都住东京近郊，很少有人住宿舍。难得盼来一个舍友，健子也是高兴得不得了，所以自告奋勇带着绫子熟悉学校各处。

"真期待你入学呀。可惜夏天结束我就要从女子美术学校辞职了。不过日本画专业还有端馆紫川和新田雪子两位老师。你一定会得到很棒的指导。"

"欸？河锅老师要辞职吗？"

健子话说到一半便不再说下去了，看样子是想到了阿丰辞职的原因，因为她眼睛瞟了瞟阿丰鼓起来的肚子。

"这也太遗憾了……我之所以会来女子美术学校，也是因为看到香皂海报上老师的画，十分憧憬，才想入学的……"

"真是抱歉呀。不过，学校里应该会留几幅我的画。你就用那几幅画做范本吧。"

健子喜欢的海报，应该是利华香皂公司找她画的那幅作品吧。画上绘着七福神在公共浴池拿着块绿色香皂的图案，其中还有正在修脚指甲的福禄寿，唐子[1]则在为布袋冲洗后背。这幅画当时可以说是广受好评。

"可是，以后就没法直接受老师指导了，太郁闷了。"

健子说着噘起了嘴。一边的绫子则迟疑着开口道：

"那个……如果老师辞职了，是不是就不会再来学校了？"

"那是自然了，辞职了还在校园里转悠的话，其他老师也会很难办。"

这样呀……她低垂下了头，但又下定决心般地扬起脸：

"那个……我其实特别喜欢小巧可爱的东西，方便的话，以后能不能允许我为您的孩子画些写生画呢？"

孩子？阿丰有些意外地小声重复。

狩野派、土佐派这种旧画派，很少会以幼童为绘画主题。倒确实也有金太郎图、唐子图那种有小孩子登场的画作，但前者刻画的是金太郎的勇猛果敢，后者描绘的则是异国的理想桃花源，是将纯洁无瑕、天真可爱的美德赋予唐子这样一个虚拟形象的作品。不仅是阿丰自己，想必周三郎和晓斋也从来没想过要去画小孩子吧。

"你是叫栗原吗？在长崎的时候，你也经常画小孩子吗？"

绫子的眼神闪烁了一下，但很快露出坚定的神色，点了点头：

"是的，不可以这样做吗？"

---

1 发型装束皆为中国风的儿童形象。常以玩耍的姿态出现在布袋和尚身边。

"当然不是。眼下和过去的江户不同了。最近的画家们都会挑选自己喜爱的主题去作画。你也按照自己的想法去创作就好。铃木同学喜欢什么样的画呢？"

被点了名的健子毫不怯场地昂首挺胸道：

"我嘛！我还是最喜欢美人画！最近我看了日本美术俱乐部横山大观、菱田春草两位老师的作品。他们画得都很棒！尤其是春草老师的那幅《唐美人图》，实在是太美了！我也想画出那种婀娜曼妙的女子呢。"

女子美术学校的学生们，大多都很喜欢美人画那种楚楚可怜的笔触。这个女孩子想必也不例外。

阿丰生在明治元年，女子美术学校的学生们从年龄上讲几乎可以做她的女儿。但在阿丰看来，这些孩子要比自己还沉稳，甚至有些不够积极大胆。

毕竟和往昔的江户相比，明治时代更注重张扬男性的威严，强调女性应在家中做个贤妻良母。或许是如此世相所致，近些年比较流行的美人画大多是婀娜纤细的风格，女性被描绘出大大的双眸、苍白的面颊，表情恍惚如在梦中。

往昔的狩野派画师用阅读书信的游女姿态去展示长于文笔的理想人物形象，或是将弹琴的美人与探游幽境的仙人之姿相重合。然而最近的美人图似乎更倾向于远离这些精神内核，将表现的重心单纯放在女性的美丽与温柔之上了。

绫子爱画幼儿图，想必也是将重点放在幼儿的无瑕与柔软上了。阿丰并不想表达"老的怎么都好，新的就是不行"这样的观点。但是当今绘画的风潮的确是向着与阿丰所学完全不同的方向去了。

（话虽如此 ——）

世上的流行是善变的。同时，绘画这种东西嘛，一旦画出来，就会流传后世。

看到不得不在迅速变化的世相之中学习绘画的绫子她们，阿丰总感到有些许不安。可是，她自己只学得了旧派的画风，如今又已经辞职，所以也没有什么能教给这些孩子了。

"有喜爱的画作，这是好事。请你们二人多多努力学习，最好在离开校园后仍能坚持绘画。即便不能成为画家，也没关系的。"

接下来健子要带着绫子去宿舍看看，于是阿丰和她们在大门边分开，独自向教职员办公室走去。

因为正值假期，整排木制的办公桌都是空荡荡的，只有一个编织专业的女教员坐在角落里写着什么。阿丰从抽屉里取出笔记簿，开始为假期前交上来的学生作业打分。她为每一份作业都附上了写有批语的纸条，又喊了做杂役的老翁，请他把这些作业搬去靠里的仓库。随后，又将从自家一点点拿到学校来的授课用的颜料、画笔、器皿，甚至还有木画框和乘板，都搬到了走廊上。

"河锅老师，这么多东西，您一个人肯定拿不了，找个拉货车和力工来吧。"

"确实，不知不觉就积攒了这么多东西，我也没想到。"

凝神一打量，堆积成山的画材之中有涂了一遍矾水的绘绢，还混着用到一半的胶水袋子。光是搬运那个塞满矿物颜料的颜料箱，脚下就已经站不稳当了。无奈，阿丰只得告诉杂役"请再让我暂放几日吧"，随后便向茅町的画室走去。

里羽正在画室准备甜酒。

"插画的工作用不到彩色，所以我都忘了什么时候把颜料箱摆到学校去了。那玩意儿太沉了，我们两个都搬不动，得找个男人出力气呢。"

阿丰说罢，叹了口气。

"这样呀。常吉大人的店里应该有很多年轻力壮的伙计，但是他们眼下应该都忙得很吧。"

"倒是也可以拜托八十五郎，但是要大老远把他从江户川桥那边喊过来吗？"

"不然就拜托记六大人好了，他应该有运重物的货车吧？"

弟弟记六已经年过三十，却毫无自立门户成为雕刻家的意思。他还是在石川光明的门下继续修习，如今依旧不时地去周三郎那儿转转，讨点儿零花钱。

想到记六，阿丰皱起了眉。里羽则忍不住笑了：

"有什么关系啦！虽然是您弟弟，但是他不也就只能在这种时候发挥点儿作用吗？至少请他搭把手吧。"

近些年，石川光明历任帝室技艺员和东京美术学校教员，还和做佛像的工匠高村光云并称雕刻家二巨头，驰名在外。石川家的雕刻材料不单有象牙，还有木石等等，所以为搬运材料，一两辆货车应该还是有的。

然而，阿丰好不容易说服自己，捏着鼻子去了根岸的赤羽家之后，却听记六道：

"对不起呀，我都很久没去师父那儿了。"

记六那两条浓眉惺惺作态地塌了下去。

"再有三个月，不不，一个月，应该就不再受罚了。不过在那之前，我可没办法直接去借货车。"

"受罚？你小子……究竟做什么坏事了？"

石川光明本是晓斋旧友。记六则是晓斋当面委托石川收下做徒弟的，单凭这层关系，石川就不可能随意责罚记六。

见阿丰提高了嗓音，记六小心翼翼地抬眼看着她的脸色解释道：

"哎呀，说起来，这也是我师父太自以为是了。他让我给常去的石材店付钱，结果我忘记付了。师父也不听解释就勃然大怒，甚至还说什么再也不认我这个弟子了，可能师父也是上岁数了，脑子变钝了吧……"

阿丰下意识地咂了一下舌。自己这个弟弟虽然为人散漫，但其实生性机敏，他这种人怎么可能犯那样的蠢。估计是把师父放在自己这儿的钱偷偷花了，结果事情败露，惨被逐出师门。

"当然，师父发了一通火气之后，我立即就把欠的钱全都还给石材店了。可是师父他呀，性子就跟他打交道的顽石一样。无论我如何道歉，他都说再不原谅我了……"

"啊，算了！我知道了！真是不该跑来拜托你！"

阿丰腾地蹭开湿漉漉的坐垫站起身。

"等等啊!"

记六慌忙膝行着蹭到阿丰面前。

"你听我把话说完嘛!我虽然帮不上忙,但是师父那儿还有我几个同门师弟呢!只要我一句话,那几个家伙肯定会非常乐意帮姐姐的忙。"

"你快别说这些傻话了!你犯错惹恼了石川师父,我这个做姐姐的还怎么去拜托石川门下弟子帮忙呢!"

不过从记六的角度看来,以帮姐姐找人手为借口,他正好能打听打听师父目前的情绪。所以他拼命地劝慰阿丰,还立即唤自己的老婆去下谷竹町的光明家,很快就找好了帮忙的师弟和货车。

"总而言之,明天一早,你在女子美术学校正门前等着就好,肯定错不了的!"

记六这家伙为人没什么正形,他肯定在同门之间趾高气扬地充大哥了。一想到这儿,阿丰就忍不住想冲他脸上来一拳。第二天早上,阿丰心不甘情不愿地再次向女子美术学校走去。

她还没走到路对面,就看到砖砌的门边有个男人蹲在地上。他听到阿丰的脚步声,扬起了蓄着胡须的四方脸:

"您早。"

他问候道,带着些口音。

"您是记六哥的姐姐吧?我在光明老师门下学习石雕,我叫北村直次郎。"

虽说是记六的师弟,但看上去年纪和记六基本相仿。此人年纪三十上下，体格魁梧，睫毛浓密，漆黑的瞳仁十分醒目，双眼之中还含着几分稚气。

"力气活儿我很习惯，什么都能搬动，您别客气，请随意使唤我吧。"

这个名叫直次郎的男人站起身，看上去身高轻松超过了一米八。虽然身材壮硕，却有着与体态相反的纤细气质。为了不弄裂放颜料的木箱子，他将木箱摆在其他行李的上面。面对阿丰的一些细致请求，比如，绘画用的器皿最好一个一个拿废纸包好，直次郎也是眉头都没皱一下，认真照办。他脚下咔嗒咔嗒地踩着踏雪履¹，动作又快又细致地一点点装车，最后又用草席将整辆车盖好，拿绳子系紧。

未满一小时，他就手脚麻利地把一切都打点好了。这让学校的杂役老头儿也看得目瞪口呆。随后，他轻轻一挥手，拉起货车的车把，迈开了步子。

"那么……接下来只要把货物运到茅町就可以了，对吧？"

"是的，真抱歉，您可帮了大忙了。"

倘若是让记六来帮忙，不可能这么快就收拾妥当。见阿丰行礼道谢，直次郎那四方形的脸上绽起一个微笑：

"您别这么客气。我们师父门下聚集了一群学生，牙雕、木雕、石雕，什么都有。我就是擅长雕大理石的那种门生。刚不久前，我独自从茨城山里切割运来了一块连这货车都放不下的大石

1　内侧铺钉有兽皮的竹皮草履。

料。和那石头比起来，这些货物就不算什么了。"

"我不太熟悉雕刻，但听说即便原本的材料很大，能用的也只是其中一部分，是吧？"

"那是自然" —— 直次郎一副赞许的态度，再次露出笑容：

"最近挖来的这块石头，本想用来雕一个等身大小的佐保姬像的。估计六成……不，七成的石纹都不顺，要是一下雕不好，石像就得小一圈了。"

石头都有一个大致适合雕刻的纹理方向，但如果对着不顺的方向下凿子，那不论如何努力都很难凿出平缓流畅的线条。

佐保姬被人奉为春天的女神，她和秋之女神龙田姬成对出现。这形貌粗野的男人真的能雕出那般美丽的女神吗？想到这儿，阿丰脸上不禁浮现笑意。

"原本想在今年秋天的太平洋画会展上展出的，但是实在赶不上了。所以目前的计划是，至少要赶上明年春天的东京劝业博览会。"

"哎呀，太厉害了！您真是斗志昂扬啊。"

劝业博览会于明治十年首次召开，主要目的在于促进日本国内产业发展和产品出口。所以，博览会上的展出品十分多样，涉及水产、化学工业、土木等等。明年三月预计在上野公园一带召开的博览会将以美术为主题，听说还要建一座展会专用美术馆。

"不不，我还不清楚是否赶得上呢。不过届时要是真的能参展，请阿丰姐一定来看看呀。"

直次郎语气虽有些腼腆，但他那两片厚嘴唇却漾起了淡淡的微笑。那是一个自信的笑，只有在头脑中将自己要创作的东西描摹得十分鲜明的人，才会露出那样的笑容。那笑容既炫目又令人艳羡，阿丰简直移不开自己的双眼。

阿丰二十来岁的时候，也曾在劝业博览会和日本美术协会上展出过几次画作。但如今被纷至沓来的插画委托一天天追赶着，她早已远离了这些展出。心里默默掐指一算，竟已有十四五年没参与了。

来年的东京劝业博览会由东京市主办，如果有心参加，阿丰也能找出些挂画屏风拿去展出。话虽如此，可自己的画风早就和当今流行的日本画大相径庭，别说拿一二等奖，就是混进三等奖里面，也属实奇怪。

"石川师父的门生里，只有你参加展览吗？"

"不不，除我之外大概还有六七人会报名吧。毕竟光明师父自己也是劝业博览会的审查员呢，要是门下弟子都拿不出什么作品，老师估计会感到很难堪吧。"

说到这儿，原本表现得十分快活的直次郎突然面色一沉。阿丰不解，但仔细一想——"啊，是这么回事儿啊"，她立即会意地点了点头。

"我家记六没准备报名展出作品，对吧？真是的，那家伙活得太骄纵了！"

"没，没有的事。可能只是我不知道罢了。说不定他在家偷偷创作了让我们所有人都大吃一惊的作品呢！"

既然他们是同门师兄弟，直次郎一定清楚记六是个何等自甘堕落的家伙。可即便如此，他还努力替同门说话，如此温柔，愈发衬托得阿丰这个弟弟没出息了。

就像画画的人手指上一定会沾着颜料墨水一样，做东西的人身上也一定会有类似的痕迹残留。可昨天去见记六，阿丰没在他身上看到丝毫木屑或象牙、石头的残片。想象得出，他一被师父呵斥，便丢了凿子，每天花天酒地去了。

话又说回来，倘若记六有那份在劝业博览会展出作品的心，也就不会偷昧下老师暂存在自己手头的钱了。到了最后，他入门近二十年，竟丝毫没有作为雕刻家独当一面的想法。——可是，等等……

阿丰的嘴唇突然颤抖起来，她急忙抿住嘴掩饰。她突然意识到了，自己根本没有什么立场去说弟弟。

周三郎很清楚自己的画风已经落后于时代了，可他还是不屈不挠地坚持自我。八十吉和八十五郎的画风虽早已和拜师晓斋时不同，可他们在继续家业的同时还在坚持作画，也一直会在展览会上参展。

和他们比起来，自己算怎么回事呢？一方面，打从心底里想画些"正经画"，可是每日还是在工作上疲于奔命，最终净选择一些简单的插画去画。阿菊刚死时自己下的那些决心，如今感觉已是十分遥远。自己这副模样，有什么资格嘲笑弟弟懒惰？不过是反反复复写生，营造出一种自己在主动创作的错觉而已，不是吗？

（不对，我——）

货车那嘎啦嘎啦的声音突然变得刺耳起来。自己那落在路上的影子，也好似被黑暗吞噬了一般。

季节从夏再到秋，阿丰的肚子更大了，如今她已经连日常起居都变得费力起来。

别说在乘板上画画，就是事先约好的插画工作都没法按时完成。虽然常来委托她的出版社纷纷表示可以把交稿时间拖到生产之后，但她还是整日焦躁。

产婆估计的临产日期是十一月末，可是等到院子里最后一片红叶都飘散了，仍是没有丝毫临盆的迹象。等得甚是心焦的阿丰总是抱着重重的肚子在庭院里对着芒草写生，里羽不得不三番五次地将她拉回屋里歇着。

"啊呀，这也是没办法。初产妇一般都会迟些。反倒是早产会让我们这边更操心呢。"

腰身弯弯的产婆笑着说。正如她所讲，阿丰临盆的日子，是眼看就要过年的十二月二十日。花费半日周折，辛苦生下了一个据说比一般婴儿头发多些的女孩子。

去年的日俄战争结束后，日本国内经济始终不振。钢铁、制线、运输等各工商业界状态持续低迷。高田商会这种进口商，自然也不例外。最近和过去相比，因为股价下跌，常吉的客户相继破产，不过结果还是一样，他依旧很少能回池之端七轩町的家中。

那天阿丰一大早因阵痛呻吟起来，但还是喊住了要去找常吉的里羽，断断续续地解释道：

"别告诉他了吧，反正店里也不可能抽出空让他回来。"

不过，在经历了一番生产之苦，整个人仿佛沉入深渊般失去意识后，再度醒来时已近黄昏。常吉就盘腿坐在被夕阳染红的房间一隅，正在打瞌睡。

他想必是慌慌张张赶回来的吧。衬衫的高领紧紧勒在喉间，阿丰一直觉得那样看着就难受。帽子和上衣被他卷到一起，捧在怀里。

"喂……"

阿丰嗓音沙哑地轻唤了一声。常吉猛地抬起头。他身材结实匀称，见阿丰醒了，一骨碌四脚着地爬到她身边来。那双略有些斜视的眼睛里满是担忧，他拢了拢阿丰被汗水打湿的双鬓。

"阿丰，你真是大功臣呀！刚才里羽把宝宝抱给我看了，是个眼睛鼻子都很小巧的可爱女孩子呢。"

不时能听到隔壁传来产婆的声音，阿丰推测孩子现在应该是被产婆和里羽照顾着。

阿丰想要起身，常吉立即制止住她，将她枕边的信乐烧[1]茶壶送到她嘴边，给她喂了一口水。随后，他将视线转向染满茜色的拉门上。

"啊，天色暗下去了呀。"他说。

---

1 信乐产的陶器。室町时代随着茶道的流行而闻名。现在除茶具之外，主要生产火盆、花盆、瓷砖等。

"不过，生了个可爱的女儿，我可算放心了。宝宝一直不出来，我还暗暗担心来着，万一生了个坂田金时[1]那样的怪小孩该怎么办哦！"

因为工作关系，常吉经常接待外国客人。所以他的动作也变得和外国人一样有些夸张。他一副安抚受惊情绪的样子，动作很大地抚着自己的胸口。看他那副模样，阿丰忍不住笑了。

宝宝在肚子里一直没动静，阿丰其实也一样感到不安。虽然他们这对夫妇平时忙碌，总也见不到一面，但知道两个人都在为同一件事挂心，阿丰心底里似乎亮起了一束小小的灯火。

"好啦，也见到阿丰，见到宝宝了，我就放心回店里了。今晚老板做东，要和大藏省的官员会面。真对不住啊，不能好好陪你。"

"没事的。这儿还有里羽在呢。但是老公，该给宝宝起个什么名字呢？"

啊！听阿丰这么说，常吉敲了一记额头，原本抬起来的屁股又落了回去。

"对对。我本来想了挺多名字的，一看到宝宝的脸却忘干净了。呃……阿丰的名字是什么来历来着？"

"是我奶奶的名字啦。要是按这个习惯来，就是用我母亲的名字喽，叫阿近？"

---

1 平安中期的武将，据说是源赖光麾下四天王之一。在诸多传说之中被描绘为豪勇无双的武士。他幼名金太郎，儿时便力大无穷。他最为人熟知的形象是穿红色菱形肚兜，挑大斧，骑在熊背上。

嘴上这样说着，阿丰心里想的却是年仅二十岁便早逝的妹妹阿菊。但是，虽说和阿菊感情颇深，可如果和因病早夭的姨母同名，宝宝未免有些太可怜了。

"阿近，那叫高平近吗？虽然将来会嫁人改姓，但近和高平连在一起读音有点儿不大顺呢。让我回去想想，然后再和阿丰商量吧。"

常吉离开的脚步声很轻，甚至比老鼠还轻。此时里羽过来了，喊了声"啊呀？您这就回店里吗？"与此同时，一阵浓重的疲劳和安心，浸透了阿丰全身。

（如此一来，我总算能回归工作了……）

在这一阵安心感之中，阿丰突然意识到，回归工作……就意味着自己画画的模样会被女儿看到。她身体突然僵住——也就是说，女儿也要被赶上自己的老路吗？也会像自己小时候那样，看着身为"画鬼"的父亲作画，被催促着拿起画笔吗？

周三郎那冷峻的侧脸，一点点在黑漆漆的天花板上浮现出来。

——父亲他啊，只不过也想拥有一个画师葛饰应为那样的女儿罢了。

兄长这句恶言，真伪早已无从检验。不过，除了血缘关系，自己和父兄之间，还由画技连接在一起。正因如此，自己和兄长才会在晓斋死后仍旧互相憎恶和嫉妒吧。这一点的确是毋庸置疑的事实。

不行……阿丰低低呻吟道。

绝不能让自己的孩子再度踏入绘画之道。居住在那画鬼之家的人只有自己，只有自己一人便足够了。

如今，阿丰仍不时想起阿菊。妹妹是因为身体虚弱才无法以绘画为生。否则，她也要在雪白的纸面描线，绘下草木鸟兽。她要学习描摹万物生灵的技巧，要和古往今来的画师们竞争，要在伴随呻吟与苦恼的修罗道上前行。阿丰五岁那年，父亲为她画了范本，递给她一支画笔，于是最终，除了绘画，她便再未有任何谋生的本事了。可是，无法随心所欲地去作画的苦恼，还有她自身早已固定下来的绘画风格，都是这条路上的坎坷。除此之外，踏上这条路，和亲兄弟之间就只能以画笔交流，互通心意了。所以，绝不能让孩子走自己的老路。她才刚刚出生，一定要在她眼前拼出一片幸福与美好的前景。

她望着天花板上的一块巨大污渍，那污渍就仿佛一条奔涌的大河。做常吉的妻子，多多接手一些好画又赚钱的插画，这两者一直以来没有任何矛盾地共存着。可是，倘若在两者之间再加上母亲的身份，那么"做个画师"便突然被排挤出了选项。

"师父，现在能进来吗？产婆说想教您如何哺乳。"

"哦哦，没关系，进来吧。"

她一边隔着拉门回应里羽，一边急急地单手挡住了自己突然涨起来的乳房。生下孩子，身体本该轻盈许多。可她突然觉得体内正有几块沉重冰冷的石头，一点点堆积起来。

过去了五六天，常吉还没来通知给孩子起了什么名字。元旦那天倒是一家团圆，可工作繁忙的常吉第二天就回了店里，要开始打点新一年的工作。到底还是错过了问他宝宝名字的机会。

现在小孩子的出生证明晚交个一年半载都不是稀罕事。但是从早到晚在枕边照料，又要抱着喂奶，却不知道该喊她什么，实在是有些麻烦。

里羽为了照顾阿丰和宝宝，也从茅町那边的画室暂时搬到了池之端。看着阿丰喊不出宝宝名字，光是逗着她玩儿，里羽不时故作夸张地大叹一口气。

"干脆别等了吧，师父给起个名字就好了呀。孩子又不是小猫小狗，总是这样没个名字的，多可怜啊。再这么下去，到时候去晓斋师父坟前知会，都不知道该怎么说呢。"

阿丰所熟悉的晓斋和周三郎都是喜怒哀乐极形于色的男人，可常吉在阿丰眼中却性格稳健得惊人。不论对方是谁，他都不会提高嗓门，也不会在阿丰面前摆老公的架子。在阿丰看来，有这样的丈夫简直可以说是种奢侈。

阿丰不愿就这么无视丈夫，可是她也非常理解里羽。她有些不太熟练地抱着婴儿吃奶，同时环顾着卧室。

枕上摆着一对犬箱[1]，这是前天真野八十吉和八十五郎送来的。新春的日光照射进来，犬箱身上的金泥反射出粼粼的光芒。这犬箱是模仿小狗形状制作出来的箱形玩具，是真野父子半年前就请

1　雌雄一对，呈现犬类蜷卧形象的容器。里面放着产房或卧室必需的用品，用于保佑产妇平安产子和祛除魔物。

熟悉的漆匠帮他们做好的。

"是女孩子呀，真的太好了。也不知她嫁人的时候我还能不能给她张罗婚礼。不过你看看这孩子的小鼻子，和小时候的阿丰小姐简直一模一样啊！晓斋那家伙要是还活着，别提该多高兴了！"

八十吉小心翼翼地捧着宝宝，乐开了花。看着他的笑容，阿丰的心底里却吹进一阵冷风。

在八十吉看来，晓斋是他的旧友。于是八十吉就以为晓斋会和他一样，为家里添丁感到高兴。可是阿丰知道，晓斋并不是那般单纯的人。

就算父亲会对外孙的出生感到高兴，也只可能是因为想到"又多了个人需要自己传授绘画技艺"了吧？倘若如此，那么如果得知阿丰发誓不让女儿做画师，晓斋会何等震怒呢？

在开花楼开了百画会的第二天，周三郎送来一份潦草万分的感谢信，附带一张盐濑点心铺的点心券。这既显冷淡却又很礼貌的态度，实在是很有周三郎的风格。可是，倘若周三郎真当自己是亲妹妹，还会这般见外吗？

河锅家的这几个人都只是勉强靠着绘画这条线才联系起来的，根本不是父女或兄妹。证据就是，阿丰对最终未能靠画笔养活自己的阿菊的感情，和对周三郎、晓斋的感情完全不同。不过这么一想，似乎那个一直在闯祸的记六，给她的感觉最像亲人。这也令她多少有些无奈。

或许是吃饱了吧，小婴儿呼了口气，松开了含吮的乳头。阿丰单手整理了一下散开的浴衣领口，视线再次落到那对犬箱上。

仔细想来，晓斋似乎从来没有给阿丰准备过犬箱或者女儿节的玩偶。而早早做了别家养子的周三郎和记六应该也和阿丰一样吧。在她的印象里，家中也从未出现过武士人偶和鲤鱼旗[1]。

小婴儿那粉嫩如桃花花瓣一般的薄薄眼睑合上了，开始发出熟睡的轻呼声。阿丰将她小心地放在床上，用指尖轻轻碰了碰女儿的脸颊。

很快，冬去春来。第一次走进四处洋溢着烂漫的季节，这孩子该会用何等惊奇的心情去迎接春天呢？

"得给她准备女儿节人偶啊。"

不要画笔，要女儿节人偶。不要纸，要女儿节人偶。困在画鬼之家的人只有自己就够了。她希望这孩子未来的人生永远没有痛苦，永远吉祥快乐。

"拜托里羽姨姨去浅草的女儿节人偶集市上看看吧，好吗？真期待呀，是不是，阿吉？"

永远吉祥快乐。带着这番祈盼，阿丰第一次说出女儿的名字。那名字竟令她感到如此甜蜜。她用手指梳理着女儿早早蓄起的头发，指尖在颤抖。

连天连夜住在商会的常吉，听来送换洗衣物的里羽说到了女儿的名字。

1　用纸或布制成的鲤鱼形彩旗。在端午节时用旗杆悬挂，庆祝男孩成长。

"这名字真好啊，比我给她想的那些都好多了。"

常吉恬淡地笑着说。

听里羽说，常吉英文说得好，所以在店里经常连位子都坐不热，整日忙得不可开交。而且他还经常跟随掌柜的一起去横滨分店出差，一去就要好几天。

"我本来想着就在后门送了衣服就走，结果他们还把我领进店里了。高田商会的老板亲自跑来跟我道歉，说知道常吉大人刚刚喜得贵子，结果店里这么忙，闹得他脱不开身，实在抱歉。啊，真是吓死我了。"

倘若是一般的女性，见丈夫总是不回家，一定会怀疑他在外面养了别的女人吧。

可是，过去阿丰的父亲晓斋，可是个在家的时候会一直窝在画室作画，偶尔出门，又连续五天十天都没音信的人。所以阿丰只要知道常吉是在上班，就没有一丝一毫的不安感。而且，常吉不在家，自己也就省了照顾他的时间了，这也是事实。

除夕当日阿丰能下床了，自那天起，她开始努力赶工，一副要将怀孕时推迟了的插画工作一口气全都做完的架势。她把照顾阿吉的事交给了里羽，常吉不在家更是合她的心意，这样她就能专心作画了。所以，当听到里羽转达了商会老板的歉意，说自己让常吉那么忙碌，很对不起时，阿丰忍不住产生些不安情绪。

"我这个妻子是不是太冷淡薄情了？"

不过与此同时，阿丰翻开了之前一有时间就会画上两笔的写生簿，将上面描绘的人物和花鸟组合起来，开始正式画草稿。她已经有将近十年没有画正经的彩图了，感受力变得有些迟钝，构图方面也显得十分松弛。但每当这时，阿丰脑中就会闪现出半年多以前在神田神社看到的周三郎的作品。

威严的钟馗图，墨色氤氲、清澈鲜明的山水图，似能听到野兽喘息声的龙虎图。如今已是明治四十年，那些画显得过于古老，但却是长久以来以晓斋的画作为范本，汲取狩野派精髓的产物。

可是，兄长是晓斋的儿子，那自己也是晓斋的女儿啊。即便赶不上周三郎的画技，也不能将这一身被晓斋敲打锤炼出来的技术白白荒废。

这张描绘水边游玩的五个童男童女的草稿，是阿丰在刚刚生下阿吉的时候就开始琢磨的。但是，她对孩童抱着的那只哈巴狗的毛皮质感，还有手中的那只小鼓都不太满意，所以单是草稿就已经重画十几张了。

越是在草稿之中苦战，正式作画时效果就越好——但是，结局却仿佛在嘲笑如此自我安慰的阿丰一般。草稿的线条越描越僵硬，画到最后，那个系着粗项圈的哈巴狗的脸，已经看不出是狗还是猫了。

“啊，好烦！”

幸好没有其他人在场，阿丰气鼓鼓地将画到一半的草稿揉成一团，扬起胳膊向墙上扔去。她努力忍住了险些冒出来的骂人话，搔了搔手臂。正在这时，拉门对面传来膝盖触到榻榻米的声音。

"师父，打扰了。"

"怎么了？"

她虽然知道里羽看不见，还是将揉成团的废纸塞进了怀中，端正好坐姿。

"刚才有个体格健壮的男人来家里。他留下一张广告单，说是给师父的，然后就走了。他说，把这纸交给你，你马上就能明白是什么意思。"

"广告？是哪家店委托我画画吗？"

阿丰疑惑地推开拉门，正看到里羽在门外摇头。

"看上去不像。"

里羽一边说着，一边将折了四折的纸递了出去。

"他头发胡须都很乱，实在不像店里的伙计，裤子好几处都磨破了，衣服油得锃亮发光。那种模样的人，会是师父的同行吗？"

阿丰有些讶异地将那张纸展开，纸面用鲜艳的彩色印着不忍池和上野的山峦。右上角是漂亮的七个大字"东京劝业博览会"。画中各处还绘有上野山大大小小的建筑物，其中最东面写着"美术馆"几个字，还用墨水画了个大大的圆圈。

啊！阿丰一拍膝盖。

"是个说话带点儿东北口音的人吧？那是北村先生，是记六的同门。说起来，他之前跟我提过，可能会在劝业博览会展出作品。"

"欸？那他就是石川光明师父的弟子了？但是看他那魁梧的

身材，竟然还做得了精细的雕刻啊。"

按照广告上的说法，东京劝业博览会的开办时间是三月二十日到七月三十一日。上野山的各处都属于第一会场，不忍池附近则是第二会场。届时美术馆将建在第一会场内。

就这类博览会来讲，有不少作品制作延期的作者会在举办期间才把作品搬过去，搞得其他作者很是不悦。但是北村直次郎这次是特意跑来阿丰这里报信的，说明他肯定是做好了万全的准备，作品已经完成了。

过去的博览会到了最后阶段，不单美术品，农林产品、科技类产品、染织、运输、土木……各个领域的展出物都会接受审查，分门别类地拿奖领赏。虽然这样想有些对不起一早就送来单子的直次郎，但是与其在拥挤不堪的三月、四月去看展，倒不如在审查结束，会期临近尾声的时候再去，那会儿人要少很多，还能细细地观赏作品。

阿丰如此想着，将那张广告单收进画室一隅的小手提箱中。而就在第二天，八十五郎十分罕见地板着一张脸跑来七轩町的阿丰家中。

八十五郎上来就兀自说：

"昨晚，周三郎大哥吐血倒下了。"

他说着，一屁股坐在还没收拾好的门槛上。

"什么？你说大哥他……"

据八十五郎讲，天刚蒙蒙亮，周三郎的妻子阿绢就跑去了真野家。

她想赶紧让周三郎看医生，可是家里太拮据，连药钱也出不起。于是她抱着周三郎的三四卷画轴，想典当了换些买药钱，这才跑去位于江户川桥的八十吉的店里。

"我老爹大吼了一声：见什么外啊！随后立即招来相熟的大夫去了大根畑那边。但阿绢和我老爹的对话我也听到了一些，貌似情况不太妙。"

周三郎今年春天就四十七岁了。他也是和晓斋不相上下的酒豪，还是拿金平糖当下酒菜的喝法，这样喝，身体不坏才怪啊。

"谢谢你来报信，我这就去看看他。"

回忆了一下，一直自诩身体康健的晓斋，也是在冷风尚未转暖的某个春日的清早猛吐鲜血，然后便开始卧床不起的。阿丰想到这儿，匆匆忙忙站起身开始准备。八十五郎又略有些犹豫地开口道：

"还有一件事……就是之前聊过的那尊观音像。我们托熟人去问了传法院的住持。结果他的回答让我们吃了一惊。那尊观音像并不是鹿岛屋卖掉的。是前年年底，清兵卫大人直接抱去传法院的。他当时求住持收下这尊像，换六十日元。"

据住持所说，清兵卫用外套包着那尊观音像，模样早已没了过去那般富贵气派，看上去憔悴极了。

晓斋旧藏的这尊观音像，原本是安置在浅草寺的。后由当时的轮王寺宫赐给了骏河台狩野家，最终传至晓斋手中。这其中经纬，住持都很清楚。他当时被清兵卫的落魄模样吓了一跳，但也同意收下这尊像，并把钱交给了清兵卫。

在政府任职者的首月月薪是五十日元，所以那六十日元对清兵卫来说本不是个大数字。正因为如此，阿丰听罢才更感心绪杂乱。

"说起来，阿丰姐最近听到过清兵卫大人的传言吗？"

没有。阿丰摇了摇头。

"听说他被逐出鹿岛屋的第二年，就和品太一起移居到大阪去了。自那之后音信全无。不过前年年末的时候他好像又回东京来了。"

清兵卫原本出身于大阪天满的鹿岛屋分店。所以当时听说他被赶出鹿岛屋之后又回去了，阿丰还放心了不少。如今回忆起这些，感觉似乎是很久很久以前的事了。

"哦哦，好像是的。前年夏天他在本乡春木町开了一家小照相馆，负责给本乡剧院还有别家做舞台装置顾问什么的，靠这些来生活。听说他跟品太生了四五个小孩呢。"

"是吗？"

"话又说回来，他回了东京却一次都没来问候过阿丰姐，甚至还把从鹿岛屋偷偷拿出来的观音像也转手变卖了。看来生活上应该挺拮据吧。"

本乡春木町其实离阿丰任职的女子美术学校很近。阿丰自己从学校往返七轩町的家中时，也曾数次路过春木町。

不过，那儿的商店和小戏院比较多，人多且杂。同样是照相馆，和过去清兵卫在银座开的那家玄鹿馆相比，无疑是下跌了好几个档次。

加上还要养育一群小孩，此后估计只会愈发缺钱，暂抵在寺中的那尊观音像，估计他是永远没办法赎出来了。既然如此，不如就由自己出面去传法院把观音像赎出，这样也能稍稍减少些清兵卫的债务，算是一举两得了。

话虽如此，可即便自己有心报恩，清兵卫在这方面一向很讲规矩，他真的愿意接受自己的"施舍"吗？而且，虽说靠画插画能赚些小钱，可是说到底自己还被常吉养着。这六十日元，自己也不是说拿就能马上拿出来的。

"要是为了阿丰姐和晓斋师父，我老爹有多少钱都会拿出来的。只要你有赎回的想法就说句话，千万不要客气啊。"

八十五郎一个劲儿地强调，阿丰好不容易才把他劝走。随后，她拜托里羽留在家中照顾宝宝，自己则出了家门。

从汤岛那边向池之端方向走的话，途中要不要顺路去一趟春木町？她脑中闪过这样一个念头。不过，比起去春木町，眼下她还是更担心周三郎的身体状况，于是她最终小跑着向西拐了弯。

大根畑的宅子一片寂静，早春恬淡的日光晒在发旧的木门上。阿丰迟疑着在门口轻唤了一声，很快，脸色苍白的阿绢一边用围裙擦着手，一边跑了出来。

"阿丰小姐……"

她胸口浸着一大块已经发黑的印子。那股夹杂着铁锈和醋酸的味道唤起了她多年以前的回忆。阿丰顿时舌头打结，想要询问周三郎情况如何的那句话卡在嘴边。

"您能来看望他，实在太感激了。不过医生才刚走，他已经睡下了，您就先看一眼吧。"

周三郎是前一晚的深夜吐的血。据说吐出来的鲜血把脸盆底都盖住了。阿绢见状惊得大叫，周三郎却语气异常冷静地劝她说："我没事，不用惊慌。"随后，他就立即躺倒在枕头上睡了起来。一直到大夫来了他才醒转。

阿绢说着这些，嘴唇一直不住地哆嗦。

阿丰被领去卧室。周三郎正合着青黑的眼皮躺在那儿。他满脸都是胡楂儿。不过即便没有胡楂儿覆盖，那瘦削的脸颊也凹陷得厉害，显出一片阴影。

"我害怕了，好几次去摇晃他。整个晚上他一直都没醒。我也不知道该怎么办好了，这时候我想起来，以前好像偶尔听到过真野大人的名字，于是就跑去拜托他……"

"那，大夫怎么说……"

阿丰正低声询问时，周三郎的眼皮微微颤了颤。随后，他抬起眼皮，浑浊的眼球转了转，看到了阿丰。

"哎呀，你怎么来了。"

他无一丝血色的嘴唇轻轻地向一边歪了歪。

"听说你吐血了，吓我一跳。现在感觉怎么样？"

"——画画了没有？"

阿丰一愣，眨了眨眼。

"画。"

周三郎重复道。他的双眸之中逐渐浮现出细碎如盐粒一般的光芒。

"你生完小孩也有一阵子了吧。我还以为你总算画好了画要拿给我看呢，结果不是啊。你这家伙，真无聊。"

周三郎伸出精瘦的手，掀开被子的一角。他隔着花纹古旧的浴衣，用手按了按肚子。

"就是这儿。"

他示意道。

"大约半个月前吧，这里开始有硬结了。你应该明白吧？和老爹当时那地方分毫不差。"

晓斋去世是在十八年前的四月。他从那一年的一月开始，胸骨下方的位置就出现一些小石子大的硬结，到他临死前，那硬结已经肿胀得和拳头一般大小了。

阿丰一时语塞。周三郎却露出一个微笑。

"你干吗那副表情。我要是你，一想到生意上少了一个敌人，可要拍手称快呢！你至少笑一笑好吧？"

"你、你这说的什么话！真是莫名其妙！"

当时鹿岛清兵卫找来的医生说，晓斋的病是胃里长了肿块。但是，如今已经过去快二十年了，医生的技术应该也进步了不少。当时医生对晓斋的病无力回天，可如今应该有办法医治才对。

阿丰转过脸，用近乎求助的眼神看着阿绢。可是阿绢却逃开她的目光垂下了头，那双因操劳而皲裂的手在双膝之上紧紧攥着。

"医生刚才跟她说了，我应该活不过半年。但是这样一来，世间就会传言：他河锅晓云不单画得像他父亲，就连死状也和他父亲一样呢！怎么样啊阿丰？啊？羡慕我吧！"

周三郎瘦削的双颊阴影愈发浓重。双唇之间隐约露出发黄的牙齿。

兄长那张清瘦的面庞，和晓斋那将棋棋子一样四四方方的脸毫无相似之处。可是阿丰此刻却突然觉得周三郎和晓斋极度相似。他们的眼神看上去都像是被什么附身了一般，而且说话的语气，也好像世上的一切都与自己无关——他和晓斋，简直是无可救药的相似。

阿绢的肩膀剧烈地抖动起来，阿丰能听到她漏出的些微哽咽声。她松开不知不觉间紧咬的嘴唇。

"啊。"

她点了点头，说：

"我真羡慕你呀，哥哥。"

"那你就赶快把什么插画扔掉，好好去画些正经画。等我死了，河锅家就只剩你一个了。你这最后一个人整日拈轻怕重，我死都死不瞑目。"

想要反驳周三郎，让他少说得那么轻率，其实很容易。可是，那绝非兄长所望。

为什么周三郎明知自己的画风不受欢迎，仍旧坚持画集狩野派之大成的作品？如今，阿丰终于明白其中因由了。周三郎拼尽全力，想向着自己无比厌恶的父亲晓斋再迈近一步。他想作为晓斋的儿子，作为吸收诸多画派之精华、一生以骏河台狩野家的弟子为傲的晓斋的儿子，被世人所承认。

阿绢终于无法控制地啜泣起来，那低低的抽噎声在卧室回荡。阿丰仿佛要将盘旋在低处的哭泣声甩掉一般，猛地站起身。

"我还会再来的，哥哥。下次我会把孩子也带来，那也是你的外甥女呢。至少要见她一面。"

"说什么蠢话，我们彼此哪有那个闲工夫？"

晓斋染病后，不论消瘦衰弱成了什么模样，都没有放下画笔。一直到咽气之前，他还在画自己朝盆里吐血的戏画，一脸淡然的笑容。

周三郎已经有了死的觉悟，所以他到生命的最后一刻都不肯输给父亲。他会用瘦弱衰颓的手拿起画笔，一直画到咽气。而他的死状，也一定和他恨之入骨的父亲一模一样。

阿丰关上宅子的后门，跑到了大街上。春日的暖阳倾洒下来，有着那幽暗的卧室无法比拟的光亮。十字路的对面是盛放的桃花和游戏的鸟雀，阳光照在它们身上，洒下一片灵动的影子。

可是，阿丰却感觉自己仍坐在衰弱病人的卧榻旁。悠远的白云如细绢一般淡然，却深深地沁入了阿丰的心底。

女儿节那天，阿丰将周三郎的病情告诉努力想办法请到假的常吉。听罢，常吉也显得十分担忧。

"你哥哥还没满五十岁吧？我听说肿瘤这东西，越是年轻人得，病情进展得就越快啊。"

真是不幸啊。常吉叹了口气。阿吉被他抱在膝盖上，一双圆溜溜的眼睛正大睁着，凝望榻榻米上摆着的一对小偶人。

里羽去浅草挑选的小偶人高不满一尺，是一对眼鼻细长小巧、气质优雅的京都风格的小偶人。那脸上略显忧郁的表情令阿丰忍不住又想起瘦骨嶙峋的周三郎，她端正好坐姿开口道：

"对了，有一件事我想和你商量。我想开始画些比较正式的作品。所以准备推掉插画的工作，去画一些挂画、屏风。"

"好呀。阿丰想干什么就干什么呗。"

常吉非常干脆地回答道。阿丰顿时一愣：

"那个……真的不要紧吗？眼下形势也不怎么好。我画正经画可能也不好卖呢。本来就没有画插画的收入，还要画些挂画屏风，颜料和画绢的钱说不定也要从家里出了……"

"哦哦，你在担心这个啊。但是我的工资足够用的，就算要花钱也不要紧呀。这也算是我对阿丰你表示的歉意嘛，毕竟我把整个家都扔给你来管了。我存在家里的钱，你随便花就好了。"

为了能继续画些换不到钱的画，周三郎连药都买不起。和他比起来，常吉如此理解自己的工作，真是不可多得的好丈夫。

虽然明知如此，可是在那一刹那，阿丰却突然觉得自己和常吉之间仿佛隔着一道鸿沟。常吉对绘画、音乐全无兴趣，这一点在她嫁过来之前心里就清楚了。可是，这和对阿丰亲手绘制的作品毫无兴趣、对阿丰想做的工作毫无兴趣之间，还是有很大差别的。

可是面对如此通情达理的常吉，阿丰又有什么好埋怨的呢？她又将视线投向里羽今天一大早准备好的散寿司上。

自从知道周三郎生病，阿丰时不时地就会跑去大根畑，拿去些蔬菜和药。这些寿司她也托里羽多做了一些，准备一会儿拿去周三郎家。

散寿司口味略微有些重，阿丰仅用筷子夹起一小口。看着那艳黄色的蛋皮，阿丰反而没了食欲。

仿佛是感受到了阿丰的担忧，春季结束，进入一片新绿的初夏时，周三郎的病情略有好转，已经能离开病榻开始作画了。可是八十吉请来的大夫却说，这种反应其实是油尽灯枯之前的最后一点儿回转，也就是回光返照。他的依据是，周三郎胃部的肿块丝毫没有消失，反而愈来愈大了。周三郎本身就十分清瘦，到了梅雨季节，他已经变成了皮包骨。

"吃的东西很难咽下去，酒嘛，倒是顺顺溜溜就能喝下。怪不得老爹到死之前都要喝酒。我总算知道原因了。"

每次阿丰造访大根畑，周三郎都一定会把妹妹领去画室。他那双颊凹陷的脸上总是漾着笑容。

抱琴的隐士，手拿书卷、身乘白鹤的仙女……狭窄的画室里到处散落着刚刚画好的作品。在那绚丽色彩的反衬下，周三郎那瘦弱的病体显得愈发凄惨。可是他本人似乎对这些毫不在意。

"还真是不可思议，身体变得越轻，用起画笔来就越是顺心灵活。老爹最后那三个月肯定也是这种感觉吧。"

"的确，父亲死前的笔触灵巧清晰得可怕。劝他多多注意身体他也不在乎。甚至还会把纸笔带到病榻上去画呢。"

话虽如此，但是病到这个地步，的确是没办法跪在乘板上绘制大幅的画作了。画室中央摆着一张古旧的二月堂桌子，上面搭着一幅上色到一半、约两尺宽的唐子图。身穿唐服的五个孩童，有人怀抱月琴，有人手执团扇，几个孩子个个精神饱满，这张图品质上乘，非常适合装饰在寺院库里[1]。

肉体凋败，画技却登峰造极，看来，是即将到访的死神给予兄长的馈赠吧。想起自己画的那幅连草稿都没完成的童子图，阿丰发出一声未被兄长觉察的轻叹。

"说起来，前阵子我让阿绢去上野，代替我去劝业博览会看看。那个老头子好像画了个一塌糊涂的龙啊。"

阿丰有些疑惑地歪了歪头，于是周三郎又说：

"你也见过啊，就是那个桥本雅邦。那老东西，自己辞了这次博览会的审查员，跑去给新建的美术馆入口画了个天顶画，是条怒视八方的巨龙。可是博览会都开幕了他也一直没画好，光是租用那些脚手架就花费上千日元了，博览会的那帮家伙头疼得很呢。"

而且据说完成的画足有两丈宽，但龙的眼睛极其无神，手脚也细长绵软，看上去毫无力气。完全画砸了。

"阿绢虽然没什么文化，但唯独绘画，她在我这儿看得多了。她说周围的人竟然一边仰头望着天花板，一边交口称赞，简直令人不解，于是她就一头雾水地回家了。"

"大哥，你就那么在意那个雅邦的画吗？"

---

1 可表示寺院的厨房，也指住持及其家属居住的地方。

"是啊，当然了。"

周三郎靠着桌子，伸直了腿。从裤腿中露出的一段小腿上毛发浓密，可是小腿本身却像一截枯枝般干瘦。阿丰看着他身旁摆着的圆形小碟，不由得联想到了朽败墓前的灯盘。

"世人把那老头儿和狩野芳崖的画称作正统'日本画'，吹捧得上了天。可这家伙竟连个天顶画都画不好，这种人能教出什么像样的弟子？我没办法亲眼看到这帮家伙画的杂种画的没落，真是唯一的遗憾。"

"对了，阿丰。"

周三郎环视着自己画室中处处散落的作品道：

"我死了之后，你可不许学那种杂种画啊。不论被人如何吹捧，那种东西不过是在对着欧美照葫芦画瓢罢了。你要相信老爹传授给你的技艺，相信你自己的画作才行。"

"自己的画作……我还能画出来吗……"

听她下意识地表现出迟疑，周三郎极不耐烦地打断她道：

"当然能了，你可是我妹妹！在老爹身边的时间比所有人都长。要是你画不出来，谁还能继承河锅的名号？"

"怎么了啊，哥哥。突然这么说，太阳打西边出来了吗？"

阿丰不知道该用什么表情去看周三郎，于是整理起手边的画作。她毫无意义地将画作理成一沓，摆在唐子图的边上。

"是啊，可能就是太阳打西边出来了吧。所以，你给我听好。你的工作，不只是为你一个人做的，它们还是老爹和我活过的证据。"

周三郎说到一半，声音就含混不清了。阿丰急忙转过头，发现周三郎肘部抵着桌子，正在猛烈地吸气。

"没事吧？"阿丰跑过去支撑起他的身子，感觉周三郎的身体内部仿佛点燃了一团火，灼热极了。

"……没关系。最近这阵子起来一会儿马上就累了。我稍微躺一会儿。"

"是啊，躺一会儿吧。我去喊嫂子。"

"她今天要出去干活呢。卧床这种事我自己也能行，不用担心。"

可是，当阿丰伸手去扶欲站起身的周三郎时，却发现他的身体轻得仿佛一团云。她努力控制自己不要在当下失态，随后逃也似的离开了大根畑。

待脚下木屐发出的刺耳敲地声终于冲进耳膜，阿丰才猛地停住了脚步。自己这副六神无主的模样，突然唤起了她回忆里晓斋病倒后周三郎的样子。

那时候，大哥几乎很少帮忙照顾晓斋。他勉为其难地做了丧主，但大部分工作其实都是真野八十吉和鹿岛清兵卫做的。而且丧事没办完，他就独自回了大根畑。

阿丰记得自己当时满心都是对周三郎那些行为的愤恨，可如今再想想，那或许是他在用自己的方式表达对亡父的爱重。这么说来，比起将父亲仅仅当成绘画老师的阿丰，反倒是周三郎更把晓斋当成父亲来敬爱，不是吗？

可是，自己又是如何做的呢？且不提葬礼，后续的收尾工作，她不是也没在场吗？自己这样做，其实并没有将晓斋当作父亲，而是将他当作自己的老师给安葬了，不是吗？而如今，面对马上就要失去周三郎的现实，自己却失措到无法遮掩的地步。

昨夜仍在淅淅沥沥的小雨停下了，阳光从薄云的缝隙之间照射进来，将地上的一处处水洼都映得闪闪发亮。阿丰望了望那澄澈的日光，向上野的方向走去。她觉得，自己必须亲眼看看那个被兄长视作敌人极力辱骂的桥本雅邦的画。

梅雨大概还要再持续一阵子吧。不忍池里茂盛的荷叶被湿润的风吹得沙沙作响，似乎在呼唤着下一场大雨来临。

池子对面是一座有着巨大唐破风[1]的洋馆。此时正有大群的人说说笑笑，闹哄哄地向那个方向赶去。劝业博览会开幕至今已经三个月过去，竟然还有这么多人参观呢。

但是，当阿丰登上上野山，走过帝室博物馆的大门，却发现伫立在右手边的洋馆门口围起了一道人墙，大家都一脸拘谨地张望着入口。

"请问……发生什么事了吗？是不让进吗？"

阿丰向眼前站着的一个中年男人打听道。

"不不，倒不是不让进……"

对方有些慌张地看了看入口，又看了看阿丰的脸。这个人应该是做生意的途中顺路来看看博览会吧，阿丰见他脚边还放着个

1　卷棚式封檐板。中央呈弓形、左右两端翘起的曲线状山墙封檐板。用于正门、神社参拜厅的屋脊或檐头。

巨大的包袱。

"里边好像有什么骚乱。刚才开始就看到好几个勤杂跑进跑出的。我们也不知道该不该进去，所以就站在门口犹豫呢。"

阿丰越过人墙张望，果然看到一些穿着制服的人黑着脸进进出出。不过大门入口并没有封上，所以进去参观应该没什么问题。

"看上去不要紧，那我就进去看看吧。"

今天下午里羽要出门，她得早些回七轩町才行。阿丰穿过人墙，小跑着向美术馆走去。

似乎是被阿丰坚定的步伐壮了胆，好几个男女也跟在她身后走了进去。大家踏入美术馆，一齐抬头看向天花板，不由得同时发出赞叹声。

他们仰望的天花板上，绘着一条身体修长，弯成弧形，正向下瞪视的巨龙。背景是用墨施以浓淡的云彩，云将线条清晰的龙的身躯衬托得愈发鲜明，那双以金泥点缀的龙眼在入口射进的薄日映照下，熠熠生辉。

"那就是桥本雅邦画的龙啊！"

"真看不出是一个过了七十岁的老人画的呀，那个大张的嘴巴一副要把我们吞下的模样。"

阿丰离开了那几个啧啧称奇的游客，后退到墙边，仰头看着。

线条强劲，但有些过度了。似乎是太过在意天顶画这件事了。大开的嘴巴和抓着玉珠的前爪画得过于夸大，透着一股滑稽，实在有些没品。雷电缠绕着长长的身体，和背景的云彩有好几处都重叠在了一起，显得乱糟糟的。

阿丰在内国劝业博览会上也曾数次看到过雅邦的画。和他之前的作品相比，这条龙明显画得太过松弛涣散了。"骐骥之衰也，驽马先之"指的就是这种境况吗？看来，就连那个老人，也没能胜过年龄的冲击呀。

话虽如此，那位雅邦可是自我意识非常强的人。笔力衰退这种事，他自己应该是最清楚的。所以天顶画才会延迟完工啊……阿丰如此想。

"喂！让开！快让开！"

一个十分耳熟的声音响起，室内突然喧闹起来。入口附近的几个员工脸色大变，向着长走廊奔去。

"等、等等！你要干什么！"

"雕像都坏了，没办法展出了！让我先拿走！"

那个粗犷的嗓音仿佛一阵劲风在大厅高处回荡。阿丰扭过头，正看到一个比一般人高出不少的男人走过来，他手中还拿着一个白布包。是北村直次郎。

"不，等等！这事关博览会运营，是大事！就算你是作者，也不能随意拿走！"

博览会的职员试图阻止他前进，直次郎皱起眉头四顾。其中有个身穿官服的事务员，似乎是接到了通知跑来处理状况的，他以一种怪异的亲切态度将手搭在直次郎肩上道：

"算了算了，您的心情我也懂。您先冷静冷静，我们现在就去通知东京美术学校，让他们喊正木老师过来。之后的事，就和老师聊聊再做决定，好吧？"

"你说正木？就是这次的审查部长？那个美术学校校长正木直彦吗？让那种谄上傲下的家伙过来，能有什么用？"

直次郎如此唾骂着，那模样和阿丰上次见他的稳重温和大相径庭。游客们纷纷停下脚步，转过头去看高耸起魁伟双肩的直次郎。

"要如何处置自己的作品，当然是作者本人说了算吧？而且，单是想到作品被那些审查委员挑三拣四，我就气不打一处来。以后不许再对我的作品评头论足了！"

直次郎将小布包夹在胳膊下，单手拨开了事务员的肩膀。事务员一个踉跄，边上的职员们赶紧扶住了他。

直次郎看也不看他一眼，目不斜视地迈开大步向前，事务员对着他的背影大喊"后、后面的事我可管不了哦！"

"用你管？这种不公平的博览会我才不在乎呢，就是个粪坑！"

直次郎仍旧没有回头，他又紧了紧手臂里夹着的小包裹。就在那动作之间，遮挡的布料露出些缝隙，阿丰看到了里面的东西。

那是一个石雕的年轻女性头部，大小和真人相仿。女性绾着小发髻，微闭着双目。

因为仅有一个头部，再配合石料的乳白色，显得那柔顺的肌肤质感带着些凄惨。记得之前直次郎告诉过阿丰，自己要创作一尊等身大小的春之女神——佐保姬。倘若如他所说，那这小包里的就是他的作品吧。

直次郎用力踏着脚下寒水石砌的地面走开。围观的路人纷纷让出一条道来。阿丰在人潮之中呆立着，就在那一刻，她和直次郎对视了。

那双满是愤怒的眼睛在看到阿丰时突然微微一眨。

"啊。"

直次郎惊呼一声，随后他径直向着阿丰走过来，肩膀一上一下，喘着粗气。

"您来了。可是真的对不住，我的《霞》已经是这副模样了。"

霞？阿丰重复道。于是直次郎用手敲敲自己臂弯里的那颗头颅。

"就是它的名字。直接叫佐保姬显得不太艺术，所以我用《霞》当作品名了。不过，反正它已经成了这副模样，叫什么都不重要了。"

"是谁……是谁把北村先生的作品弄成这样的？"

见阿丰嘴唇颤抖的模样，直次郎露出一个淡淡的苦笑。

"不是被别人弄的。是我自己把它摔坏的。借修改之由，在开馆之前拿着凿子进来，一口气毁了它。"

直次郎此刻的口吻极其冷静，可越是如此，越能感受到他是在拼命控制内心的激愤。阿丰以为自己听错了。

"我当然知道自己这样很蠢。"

直次郎见她那副表情，于是补充道。但紧接着他又说：

"但是，我实在是忍不了了。这次展览，也展出了不少博览会的审查委员创作的作品，据传言，下个月公布的一等奖，已经被他们提前内定好了。”

迄今为止的内国博览会都由美术专家去评定美术作品。常听人讲，这时候评审委员们会给自己朋友的作品，甚至自己的作品酌情打高分。所以此次东京劝业博览会事先就发出通知，此次审查委员们的作品不在评审范围内。

“可谁知，最终这群审查委员的作品还是参与了评选。听说包括我师父在内，高村光云、米原云海、白井雨山都已经内定了一等奖。”

高村光云现在已经被认定为帝室技艺员，是雕刻名家。米原云海、白井雨山二人都是光云的弟子，也是名声在外的年轻雕刻家。并且，这几个人都是此次博览会雕塑部门的审查官。

直次郎仰起头，一眨不眨地望着穹顶上那条闪着金色光芒的巨龙。

“我啊，真是太傻了。”

他喃喃道。

“为了雕刻这尊石像，我真是呕心沥血。这一点，我师父应该是心知肚明的。可是，他却能佯装不知地去做审查委员，还给自己的作品评了一等奖。当然，石川师父对我有恩在先。可就因为是师父，做这些事就是理所当然的吗？一想到这儿，我就愈发厌恶起这个博览会了。”

往昔曾被人争相追捧的晓斋画作，如今已经被贬作猥杂之流。阿丰非常明白这世界有多不公平。可是，真要对所有的不公都感到恼怒的话，又该如何在这世间生存？话又说回来，如今这男人的做法等于给自己的师父石川光明脸上抹了黑，那么从此以后，他又该如何继续做雕刻家呢？

阿丰默默无言。直次郎没有介意，他用布将露在外面的《霞》的头部仔仔细细地缠好。那动作极尽温柔，就仿佛在对待自己的恋人一般。

"话说回来，听说这次博览会上，通过展出审查的报名作品在雕塑部门和绘画部门都还不到四成。这么一想，单是能够展出也该知足啊。唉，我真傻。"

来看展的游客都远远围着站在龙图正下方的阿丰和直次郎，仿佛在看什么稀罕的动物一样。

"比如，画出这幅画的桥本雅邦……"

直次郎根本不在乎周围人的眼光，他抬起头，看着天顶道：

"在我把《霞》搬进会场的三个月前，桥本雅邦就坐在那边的台阶上，手里拿着参加审查的报名作品名簿，估计是和工作人员借的吧。他拼命地翻着名簿，一边搔着没剩几根的白头发，一边呻吟着：落选了，落选了啊……看那样子，估计是得意门生没有通过陈列的审查吧。"

随后，他又迅速补充道：

"要是我师父从一开始就没准备让我拿奖，还不如在一开始的陈列审查阶段就把我刷掉。唉，算了。《霞》的身子还在馆内扔着，我接下来得去借个拉货车把它带走。此后或许就不会再见了，请阿丰姐多多保重吧。"

"啊，哦哦！北村先生也一样，以后请别自暴自弃呀。"

"以后我就是想自暴自弃，也闹不成这样了。"

直次郎露出一个自嘲的笑容，然后离开了。人墙也随之逐渐散去，不过仍有一些人带着好奇的目光打量着阿丰。她避开人们的视线，躲到墙边，再次仰头望着天花板上的那条龙。

——落选了，落选了啊。

据周三郎所说，雅邦这次没做审查员。为了知道作品的当选情况，于是跑去翻阅名簿，这个行为本身倒是不奇怪，可如果是在找徒弟的名字就不一样了。因为徒弟一般都会把是否当选的结果直接告诉老师的。这么说来，雅邦究竟在找谁的名字呢？

阿丰环视着四周。走廊的尽头有个房间，入口处拦着绳子。看上去《霞》应该就在这个房间里。方才被直次郎撞开的那个事务员正准备从绳子下钻过去，于是阿丰快步走到他跟前，拉住了他的袖子道：

"那个，不好意思，我想看看博览会的审查名簿，请问该去哪儿看呢？"

"名簿？那种东西可不是随便给人看的……"

对方正说到一半，猛地噤声了。他似乎突然发觉，眼前这个女人刚才还和那个北村直次郎亲切交谈过。他不由得后退了一步，面露狼狈地四下看了看，仿佛想从阿丰身边逃离。看他的表情，似乎是在害怕一个弄不好，眼前的女人也像那个直次郎一样，突然开始发狂。

"我一个朋友的作品参加了审查，好像落选了。但是我也不好直接去问他……"

"要、要想看名簿的话，二楼走廊尽头的事务室就放着落选的名单。你就说是并川同意你看的，勤杂工就会拿给你了。"

事务员似乎一刻都不想让阿丰多待，对她匆匆摆了摆手。阿丰略略行礼，向着穿顶巨龙眼望的台阶奔去。

阿丰找到了那个小房间。屋里坐着个上了岁数的勤杂工，正百无聊赖地翻着报纸。阿丰和他提了并川的名字，对方也没起什么疑心，直接把那本厚厚的名簿递给了她。

"您就用那边的桌子翻看就好，看完跟我说一声。"

"谢谢。应该会很快的。"

按照名簿前面夹着的一张记录所写，一直到二月上旬的陈列申请截止日为止，提出申请的东洋画总计八百六十张。其中三百三十张合格。落选者还会收到通知明信片，催促他们赶快把自己的作品领走。

"你是哪个报名人员的朋友吗？要是那人落选了，麻烦你告诉他，快来把作品拿走吧。扔在这儿的落选作品太多了，我们可头疼了。"

估计是太闲了吧，勤杂工站在桌边和她搭起了话。阿丰没法赶走他，只好一边应和，一边翻动名簿。

名簿是按照申请顺序记录的，想要翻找某个名字实在麻烦。为了不漏看，阿丰小心地一张一张翻动着，很快，她的手猛然停住。

——西乡孤月的《慕情》。

"哦哦，那张画吗？"

勤杂工越过阿丰的肩膀看到她翻到的那个名字，伸手搔了搔自己的太阳穴，说道：

"那幅画已经不在这边了哦。这个作者本人不知道跑哪儿去了，发了落选的明信片又给退回来了，说是住址不明。然后大概一个月之前吧，那个画家桥本雅邦老师直接找过来了，说是自己以前弟子的画作，他来取走了。"

"桥本老师取走了？"

"没错。那个作品就是一幅宽还不到两尺的小挂轴。估计是他特别珍爱的弟子吧。他抱着那画的模样，简直像抱着个小婴儿似的，小心极了。"

此时此刻，阿丰仿佛看到了弓着腰离开美术馆的雅邦的身影。

他如此器重这个弟子，甚至将女儿许配给了他。可是弟子却落魄了，好不容易画了幅画，却又没能通过审查……这一番事实，会给那老人带去多大的打击呢？可是，即使失去了珍贵的人，即使老得不成样子——即使他本人也意识到了笔力的衰退，可是作为画师，仍要继续画下去。

那条露出尖牙、目视八方的巨龙——如今它口中发出的，或许并不是地动山摇、直达天宇的咆哮声，而是在遭遇无数苦难之后，仍要拿起画笔的画师们对自己这行当的哀叹。

周三郎讨厌雅邦的画，雅邦则憎恶周三郎和晓斋。然而，在被绘画不断追逐这一点上，周三郎和雅邦，还有晓斋以及阿丰，他们都是同胞。

（老公 ——）

常吉那稳重的笑脸离她好远，远得她想要流泪。

丈夫很温柔。可是，却又正如之前周三郎咒骂时说的那样：要是真的特别温柔，就意味着他根本没好好关注你才对吧。

如果她告诉常吉，自己想把晓斋的那尊观音像买回来，那常吉一定会毫不犹豫地掏钱吧。但是，他那种温柔，就和给年幼的阿吉买了个小偶人一样，他绝不可能理解阿丰他们浑身泥泞，却还要继续在作画的宿命之中打滚的意义。

周三郎很快就将撒手人寰。这样一来，河锅家的孩子 —— 画鬼之子，就只剩自己一个人了。面对如此现实，她心里是多么害怕、多么孤独啊。

哥哥，阿丰用很轻的气声念道。接下来自己将不得不面对的一切，她都只想倾诉给周三郎一个人。

在那片湿漉漉的灰色云团的某处，似乎回荡着巨龙悲怆的咆哮声。

砧

大正[1]二年，春

1　日本年号，使用时间为一九一二年至一九二六年。

温暖的大颗雨滴喧嚣地砸在浅草传法院庭内的池塘中。池畔的柳树枝条在强风吹拂下不断抖动，沙沙作响。齐齐生出一排嫩叶的柳梢在池面上不规则地摇晃着。

　　前天举办了晓斋第二十五周年忌辰活动。做法事时，正巧有两条晃动着长长尾鳍的红色锦鲤，不胜春日暖阳的诱惑，探出了水面。才刚满八岁的阿吉觉得有趣，于是将开斋的饭菜藏在袖子里偷偷喂鱼，最后被里羽数落了一顿。

　　但眼下池水已经成了浑浊的铅色，别说鲤鱼，连只青蛙和水黾的影子都没有。这绝不只是因为雨下得太过猛烈，还因为举办法事的第二天，新书院又开办了"河锅晓斋遗墨展览会"，场面十分热闹。

　　如今已是大正二年的春天。普通民众之间已鲜有人提到晓斋的名字了。但晓斋生前毕竟有二百多位弟子，也常与剧作家和演员有来往。所以光是前来缅怀他的人，就把摆了百余幅屏风画作的客厅挤得连个立锥之地都没有。有人在和往昔同门争相画席画，也有人在隔壁的茶室里聊往事。人挤着人使得空气极度憋闷，使人头痛。

"我出去透个气，后面先拜托你了。"

过了中午，人潮总算退下一波。一大早就在玄关附近忙碌的阿丰此时站起了身。她把后续工作扔给了弟弟记六，走出了新书院，在附近的屋子边找了个没人的围廊，坐了下来。

被大风吹进来的雨沫打湿了阿丰发烫的双颊。从年底起就忙着做准备，如今已是疲惫不堪。她随意倚靠到濡湿的高栏上。

"怎么了阿丰师父？怎么在这儿坐着？石川光明师父好像要去了哦。"

听到这洪亮的声音，阿丰回过头，正看到一个蓄着精致胡须、身穿西服的男人从廊下跑过来。阿丰慌忙起身。

"是吗？但他刚刚才来呀！"

"哦哦，石川师父最近身体不怎么好。美术学校那边的课也总是缺课。我也有些担心他呢。不过虽是如此，他还是把展出的画全都看了一遍哦。"

这个滔滔不绝口齿清楚的男人叫海野美盛。他和雕刻家石川光明一样任教于东京美术学校，是位金雕师。虽然当时拜师晓斋只有两年，但却为了这次遗墨展的准备工作出了不少力。

"但是，至少也喝口茶再走吧……"

"啊，是哦。但他肯定也觉得留在这儿有些难受吧。"

海野伸手捋了捋嘴边的胡须，向着新书院的方向，用生得十分端正的下巴点了点。他的动作十分气派，与其说是金雕师，不如说更像个实业家。

"毕竟来了那么多人，但真正还在画画的也就那么一小撮了吧。再加上来遗墨展帮忙的，加上八十五郎在内也只有七八个人而已。要是八十吉师父还在世，情况应该会大不一样吧。"

"是啊，如果八十吉叔叔还在……"

晓斋的好友真野八十吉，是在前年冬天去世的。他和当铺的朋友们聚会时整夜痛饮，结果第二天一早晕倒在厕所，突然撒手人寰。

从那时起再往前数四年，当时阿丰下了必死的决心，提出要和高平常吉分居。条件是：年仅三岁的阿吉由阿丰抚养，常吉仍旧住在池之端的家中，阿丰则搬回晓斋死后一直没人居住的根岸家中。妻子突然如此试探，常吉十分迷惑，于是去找八十吉商量。八十吉还因为这件事跑去阿丰的画室质问，掀起好一场骚动。

之所以分居，既不是因为对常吉不满，也不是因为阿丰有了情人。她只是想好好画自己的画，所以没法和这个温柔的丈夫住在一起。不过，如此理由的确很难取得他人的理解。于是阿丰只一个劲儿不作声地低着头。八十吉一改往日的温厚模样，对她大吼大叫着"你究竟有什么不满意的啊！"可是，阿丰告诉八十吉自己心意已定，绝不会改。八十吉被她气得太阳穴直抽抽。他一跃蹦起身道：

"他娘的！随你的便吧！晓斋那家伙要还在世，不知道要被你气成什么样子！"

其实，晓斋性情一向奇特，不论阿丰做什么，只要和画画无关他就从不生气。也正因如此，阿丰没有体会过违背父母意愿的愧疚感。望着眼前既恼怒又悲伤的八十吉，她突然意识到，自己这样做，恐怕就是大家所说的不孝顺吧。

然而，在分居两个月后的一天，里羽担心常吉整日忙于工作，疏于管理家务，于是便去池之端帮忙打扫。可她人刚去没多久，就折返回来。

"那个……师父。"

里羽心烦意乱地对阿丰道。

"那个……我不知道应不应该告诉你这件事，但是又觉得不该瞒着你……"

里羽平日一向心直口快，这样支支吾吾的样子十分少见。阿丰也忍不住端正好坐姿。

"刚才，我去池之端的时候，在玄关的草席上看到一双棉绒质地的女鞋。我开外门时，还听到里面有女人答应了一声。我吓了一跳，就这么急急忙忙地逃回来了。"

逃离之际，里羽还快速扫了一眼房子。她发现院前的杂草已经被拔走，还种上了之前从没见过的草珊瑚。讲完这些，里羽抬起眼望着阿丰。

常吉非常忙碌，所以根本不可能主动收拾家里。就算是请了帮忙打理院子的工人，也解释不了那双女鞋。可是想到这一切指向的那个结论，阿丰竟未感到丝毫的悲哀。她心底里甚至渐渐生出一种释然的情绪，告诉自己：这样也好。

常吉是个温柔的男人。被他吸引，想要做他妻子的女人应该不少吧。而且，常吉和自己不同，他是个能温柔保护妻子和家庭的男人。

于是，又过了一个月，常吉主动发来了离婚协议。阿丰收到后，立即同意了离婚。她明白了，像自己这样一个画鬼的女儿，其实根本不需要那样的正经人做家人。

可与此同时，离婚，和常吉成为陌路人，这也意味着从此以后阿吉要在缺失父亲的情况下被抚养成人了。如果阿丰一直做常吉的妻子，度过安稳平凡的日子 —— 如果阿丰没有选择做画师这条道路，那阿吉的家人就不会被自己夺走。

一想到是自己的选择伤害了年幼的女儿，阿丰就在心底里反复提醒自己，一定不能让阿吉走上自己的老路。因此，她也下定了决心 —— 从此以后，自己要作为一名画师走下去。

知道阿丰和常吉分居后最终离婚，八十吉也没有做出丝毫回应。自那以后，在晓斋每年的纪念法会上，八十吉也都转过身子，根本不和阿丰说话。八十五郎想抹去二人芥蒂，却被八十吉吼道："你小子闭嘴！"最后，直到八十吉去世，两个人都未能达成和解。

但阿丰非常清楚，八十吉之所以这么生气，全都是因为担心自己，所以她才决定要在八十吉的四十九日祭结束之时，举办晓斋遗墨展览会。这也是为了展示自己虽与丈夫离异，对女儿心怀愧疚，但仍决心作为河锅晓斋的女儿继续走下去的姿态。在她心里，这是对八十吉最好的祭奠方式。

"啊，姐，光明老师回去了。这个是他给爹的供物。"

阿丰返回新书院，正见记六在门口坐着，递给她一个金封。记六已经年过四十，泛着白的鬓角配着他那不甚严肃的表情，愈显出记六的懒散邋遢。

　　"那真是多谢他的好意了。明天我写封感谢信，你送去石川师父家吧。"

　　"我知道啦。但也真是没想到，竟然办成了这么盛大的一场展览会哦。摆出来展示的画作得有一百多张吧？一股脑全摆出来，感觉实在太有冲击力了，就好像爹如今还活着，还在骂骂咧咧训斥我们似的。姐姐你真厉害啊，竟然能搜集到那么多爹的画作。"

　　遗墨展的筹备花了近半年的时间，记六则借口说太忙，完全没有出力。也正因如此，他谈起展览时的语气完全像个外人。不过他这副德行也不是一天两天了。阿丰忍了又忍，才把下意识的咂舌憋回去。

　　"那是我到处弯腰低头，一幅一幅借来的。能让父亲的画作如此齐聚一堂，这恐怕是唯一的机会了。你也给我好好看看啊。"

　　"好好，我知道啦。之前领头的是大哥，如今大哥死了，姐姐就用和他一模一样的语气在这里敲打我哦。"

　　记六这句话本来并无什么深意，只是随口一说。可阿丰却突然有种迎头被浇了一桶冰水的感觉，她意识到自己的脸颊有些僵。

　　长兄周三郎和晓斋一样，都是患胃癌去世的。他死在阿丰和常吉分居的半年之后。她去通知大哥自己已从池之端搬回了根岸的家中，却没想到那是见周三郎的最后一面。

——为了画画对吧。

当时，距周三郎第一次吐血、医生断言活不过半年的日子，已经又过了一年，他熬过了第二个春天。原本高大的身体已经瘦弱衰颓，在阿丰去看他的最后一天，周三郎连太阳穴和额头都已经没有一点儿肉，变成了平的。尚是黑色的头发也紧紧地贴在他的头盖骨上。

他靠在书桌边一动不能动，唯有双眼在滴溜溜地转着。阿吉看他那副模样，有些恐惧地抱紧了阿丰。阿丰一边抚着阿吉的头，一边轻轻颔首。

——是的。插画的工作我会一点点减少。

——你自然也明白，河锅家的画早已经落后于时代了。我这个人呢，别人怎么说我，我都不会在意的。但是，你这个人本性太过认真诚实，所以绝不能跑到展览会上献媚，只把画卖给那些叫好的人啊。

眼下，一个画家想要打出名声，捷径就是去业界协会举办的展览会上展出作品，再拿到奖，以吸引大众的目光。可是，晓斋擅长的浮世绘和狩野派画风早就被贬斥为陈腐的旧派。如今，阿丰去任何一个展览会展出作品，都必然会遭受批判。

晓斋的弟子们也都敏感地察觉到了世情变化。八十五郎他们近些年都开始善用西洋画法之中的透视法和色彩，很受追捧。可周三郎的性格一向不服输，不论遭受怎样的批判，他都会选择和其他画家正面交锋。所以兄长说出刚才这番话，令阿丰感到有些惊讶。

周三郎身旁的书桌上摊着一张宽约两尺的绘绢，上面画着三只长毛猫咪，扎着缠头带，正在跳舞。颜色上了一半，猫咪的眼睛用金泥点缀，周三郎用细长的手指抚着猫咪那双仿佛活物般闪着光的眼睛。

——说到底，我们都无法从老爹的画中逃离啊。所以呢，也就没法超越他。包括这幅画也一样，我是模仿记忆里老爹的一张作品画出来的。

——真少见啊，哥哥竟如此示弱。

——那个老爹，就是我们的地狱啊。倘若你已经下定了做画师的决心，那将来你一定会明白。就是可惜了，看不见你到时候那副哭脸了。

周三郎微微露出一个暗淡的笑容。此时，阿吉终于忍不住放声大哭起来，于是二人的对话就此结束了。

然而，当阿丰时隔二十余年回到了根岸的家，在榻榻米早已受潮的画室之中展开画纸的瞬间，她握着画笔的手却微微颤抖起来。

这些年，她一直坚持写生，她觉得自己已经做好了画挂轴和屏风的准备。可是当她端正坐姿，正式拿起画笔时，脑海中却不断冒出在池中游动着、一边扭着身子望向自己、一边大张着嘴的鲤鱼，还有在风中飘扬的鲤鱼旗中猛然冒出一张脸的恶鬼……这些都是晓斋作品中的画面。注意到这一点，阿丰不禁愕然。

从她五岁那年春天，也就是晓斋第一次为她示范那一刻起，阿丰便全身心地沉浸在他那华丽绚烂宛如毒药的画作之中。从那以后，对阿丰来说，所谓画自己的画，其实只不过是向父亲的作品不断靠近罢了。

如果是普通弟子，自然可以逃离师父的桎梏，去迎合世人喜爱的画风。然而眼下世人早已开始唾弃晓斋，自己作为他的女儿，总不能也背弃父亲的画。更何况，她还十分清楚自己的能力远不及父亲。

周三郎说得对，晓斋就是地狱，自己和哥哥就是被他锁在其中的可怜囚徒。选择画下去，就意味着被父亲永远囚禁下去。

父亲——从她口中吐出的这个词，竟如此生硬。永远无法超越的师父，只把女儿当成弟子的父亲——她对晓斋的憎恶与敬爱高涨得无以复加，在她胸中卷起旋涡。

阿丰一把将画笔扔下，双手紧紧揪住眼前的画纸。那个可恶的兄长，他当时的痛苦此刻正紧紧攥住阿丰的胸膛，她再难忍耐住呜咽，肩膀不住地颤抖着。

周三郎是在一个晚风异常寒冷的盛夏夜晚，手握画笔咽气的。当时除了酒之外，他几乎不再吃任何东西了。妻子阿绢想让丈夫至少再垫垫肚子，于是跑去根岸的笹乃雪豆腐店，就在她出门后……

那之后，又过了五年。正如此前早已心知肚明的那样，阿丰的画作因为鲜明地保留了晓斋的遗风，所以几乎卖不出去。不过与此同时，因为她在女子美术学校教书的经验，近些年一些富商和有爵位的贵族家庭，会请阿丰去做"自家小姐的绘画老师"。

好人家的孩子个个都举止稳重大方，就连她们握笔不稳的模样都很惹人喜爱。陪在她们身边，教她们如何选颜料、如何运笔的日子是那般平稳安然。但也正因如此，一旦返回自己的绘画之中，笔触就会变得更加明晰锐利。当然，阿丰的作品也同周三郎一样，开始和父亲的作品极度相似。自然，她也一样永远无法超越父亲。

这一次的遗墨展，阿丰挑选了自己和周三郎的作品各一张，摆在正厅深处的祭坛左右。自己的作品，她选的是在周三郎葬礼那一晚画的观音图。周三郎的作品，则是他快要离世时完成的猫又[1]图。

观音一向是晓斋比较青睐的主题。所以阿丰选择在展览上摆出自己画的观音图，也是暗含着向父亲发出挑战的意思。然而仔细一看，画中观音坐在乘风破浪的鲤鱼背上的模样，到底还是和父亲的作品太过相似了。以海野美盛为首的晓斋弟子看了这幅画，交口称赞"不愧是师父的女儿"。然而那赞美的呼声越高，阿丰越感觉看不见的桎梏正死死卡着自己。

画风狂放的父亲，在死后仍用他的画作束缚着自己的子女。周三郎是否也曾一边画着和父亲极度相似的作品，一边为此苦恼呢？他是否会面露惯常的冷笑，去爱、去恨、去挣扎着想要逃离自己那伟大父亲的阴影呢？如此想来，周三郎最终身患和父亲相

---

1 一种幻想出来的妖怪。长着猫的眼睛，大小和狗接近，尾巴分成两条，常作怪害人。

同的疾病而亡，似乎昭示了他在和父亲这跨越多年的纠葛之中，最终败下阵来了。

说到底，组织遗墨展的工作本就不该由阿丰这个女儿来做，而是应该由身为长子的周三郎来张罗。结果如今变成自己在一波又一波参加展览的热闹人群之中奔走忙碌，这事实又令阿丰不由得发出苦笑。

"哎呀，恭喜恭喜，展览真是热闹非凡呀！"

正在此时，恰有新的访客到来。阿丰便将迎客的工作交给记六，自己向大厅走去。大大小小的挂画、屏风、隔扇，还有各式展开摆放的绘卷……五十叠的大厅里色彩丰富得惊人，再加上熙熙攘攘、摩肩接踵的访客，整个空间华丽得几乎令人目眩。这时，身穿一身正装和服的八十五郎分开人群走过来，轻轻拉了拉阿丰的衣袖。

"阿丰姐，茶席的糕点好像不够了。让我家这边的人去买点儿行吗？"

"当然行啊。辛苦你了。不过，今天不是一大早就从长门那边运来羊羹了吗？"

靠里的八叠间设了茶席，还找了临近的茶师点些薄茶招待客人。八十五郎的妻子阿江和两个儿子主要负责这片区域。茶席比较混杂，这一点他们心里都有数。但谁也没想到茶点会这么早就吃完了。

"毕竟下起雨了，很多人为了等雨势小些再走，都纷纷跑来吃茶用点心了——啊，阿江，你等等。"

八十五郎喊住了绑着和服绑带，身穿围裙，正准备跑出大厅的妻子。阿江伸手接过八十五郎递来的皮革钱包，一双细长的眼睛不经意地瞥了阿丰一眼。

阿江年纪要比八十五郎还小三岁。他们两家都是做当铺生意的。十四年前阿江嫁了过来，如今公婆都已离世，她独自张罗起了当铺的生意。

上一次和阿江交谈，还是在八十吉的葬礼上。阿江肤色微黑，爽快干练的气质十分惹人注目。阿丰对她行了个礼道：

"辛苦你了。我也是没想到竟然会这么热闹。而且现在下着雨，还要你跑出去一趟，真是抱歉。"

"没关系啦阿丰姐，这家伙早习惯忙忙碌碌的啦。"

八十五郎和他父亲八十吉不同。八十吉一直到最后都把绘画当作副业，一辈子努力张罗本职所在的当铺生意。但是八十五郎大概五年前就在服部坂下打理出一间画室，最近几乎都不管自家当铺的生意了。家族产业全都交给了阿江。对此早有耳闻的阿丰，一听到八十五郎把话说得这么随意，急忙竖起眉毛训道：

"说什么呢！能随心所欲地画你喜欢的画，还不都是人家阿江的功劳吗？别乱讲话好不好！"

"没关系的，阿丰师父。"

阿江语气有些拘谨地打断了阿丰，将钱包握得更紧了些。

阿丰稍移开视线，就看到了阿江身后的两个身穿簇新条纹和服的少年。十二三岁的年纪，脸长得也很相像。两个孩子正向他们这边看过来。个头稍高一点儿的是长子松司，脸型还略显圆润的是次子小满。昨天，八十五郎把两个儿子介绍给了阿丰认识。

见阿丰看过来，两个孩子急忙背过了身。阿江露出一副不必在意他们俩的表情，再度面向阿丰道：

"刚才茶席这边来了一对夫妇，似乎找阿丰师父有什么事。他们告诉我说，如果您有空了，请一定去见见他们。"

"找我吗？哎呀，会是谁呢？"

开办这次展览会的消息，阿丰在报纸上也登了通知。而且，也给有亲缘关系的人和帮助过晓斋的人送了邀请函。不过，已经十多年没有联系的大姐阿富早不知搬去了哪儿。她也发了邀请函给阿绢，周三郎死后，阿绢应该是搬去龟户了。可是邀请函却因收信地址不明，又返了回来。

从小就对根岸的家厌恶至极的阿富是不可能来见阿丰的。阿绢虽曾是周三郎的妻子，但单凭这一点判断，应该也不会是她吧。可能是父亲的熟人？阿丰疑惑地歪着头，撩开了分隔茶席和大厅的红白幕布。她环视着坐在红色毛毡垫上的宾客们，随后，视线停留在相靠着坐在最角落的一对中年夫妇身上。

对方似乎也注意到了站着的阿丰，是女士先看到的，她将手中的茶碗摆到了膝前，扯了扯丈夫的袖子。

啊！那男人眨了眨眼睛。眼角的皱纹极深，但阿丰突然有种直穿透胸口的感觉。或许是看了太多晓斋的华丽画作，那男人瘦削身体上套着的旧绸布夹衣反而有些醒目。

"阿丰小姐，好久不见。你如今真是成大器了啊。"

"清兵卫大人……真是好久不见了。"

阿丰担心被周围人听到，有意压低了声音打招呼。鹿岛清兵卫则面露苦笑。眼下他早已没有被人喊作"今纪文"的贵气，如斧凿般细长鼻梁的两侧，是深沉的暗影。

"这名字实在有些丢人，请您别这样称呼我了。如今我已经习惯了三树如月这个名字了。"

阿丰没听过这名字，表情瞬间有些慌乱。于是清兵卫便摆了一个手持横笛的姿势。他吹笛的姿势和一般人不同，身体大幅度地向左扭着。不过比起这个动作，他左手大拇指从指肚部分就齐齐断掉这一点更引人注意。

"以前学过的笛子帮上了一点儿忙。现在我已是森田家的笛子伴奏。平时会上台演出，赚些小钱。三树如月算是我的艺名吧。"

森田家本是观世座[1]专属的笛子伴奏。过去清兵卫还是鹿岛屋主人的时候，曾把大量金钱都花在绘画、摄影、莳绘、歌舞音曲等等的修习上。吹笛方面更是能力出众，甚至获得了森田家家主初太郎的认可。

"艺多不压身，看来的确不假。毕竟学习了不少技艺。"

或许是注意到了阿丰的眼神，清兵卫会意地将左手抬到眼前。

"这还是在本乡经营照相馆时的事，当时镁粉容器不小心摔

---

1 大和能乐四座（表演团体）之一。以仕手方（主角）观世流为核心，包括胁方（配角）、杂子方（伴奏）、狂言方三种角色的能乐演绎组织。观世流由观阿弥、世阿弥父子创立并壮大。

碎爆炸了。于是大家都传言我这个拍照的师傅能力不行，不能信任。到最后照相馆也倒闭了。不过剩下的手指正好够吹笛子，这还真是奇妙的巧合。"

清兵卫左手的手心和手背上都留着极为丑陋的疤痕。伤口部位仿佛被生生剜走了一大块肉。从他那伤口的模样也看得出，受伤后，清兵卫的伤并没能接受细致周到的处理。

"今年秋天我会在厩桥的梅若舞台参演《砧》。方便的话，请您届时来看看吧。"

清兵卫的语气和过去一样，沉静安宁。但眼下这语气反而更加凸显出他的落魄。阿丰努力维持日常的姿态，回礼道"感谢您的邀请"。

"不过，晓斋师父已经去世二十四年了……我也上岁数了呀。"

清兵卫亲切地感慨着。一旁的品太则一口一口，小心翼翼地大口吃着怀纸上摆着的干点心。

阿丰在心里默默算了算，品太如今也年过三十了。昔日那人称东京花街第一美妓的漂亮脸蛋，如今早已难抵生活的苦难与岁月的沧桑，皮肤也失去了往昔的紧致。

过去品太曾跑到阿丰的住所，不由分说地大骂了她一通。两个人甚至连一个正式的招呼都没打过。事到如今，虽然已过去快二十年了，阿丰仍感觉得到自己的姿态有些僵硬。可品太却好像把之前的事忘得一干二净似的，一脸清爽自在地坐在毛毡垫上。她那模样令阿丰愈发觉得瘆得慌。

话又说回来，阿丰现在就住在根岸，那是过去清兵卫常去的晓斋旧宅。倘若是想找阿丰叙旧，直接去根岸拜访即可，何必特意在下雨天大老远跑到浅草来呢？

如果画家开展览，亲属或支持者前来观看时会私下送些祝礼。所以入口位置的接待区域一定会坐着两个人，警惕有人趁乱偷东西。这么多年一直不见，还偏偏是在今天这个日子跑来……阿丰不由得对二人产生了些微警戒心。可虽说如此，一想起过去曾受过清兵卫那么多恩惠，她又不愿不分青红皂白就把二人赶出去。

"那个……清兵卫大人，接下来我们会举办个简单的宴席，宴请为这次展览会出力的宾客。方便的话，请二位也出席晚宴如何？"

"不，不必了。"

清兵卫当即拒绝了阿丰的邀请。随后仿佛寻找什么似的，在怀中摸索。片刻，他小声念了一句："啊，找到了。"随后从怀中抽出一张薄墨写就的纸张，能看到上面"梅若观览能"几个字。看来是能乐表演的节目单。

"我的落魄样子已是尽人皆知。倘若和往昔相识同席，别人定会在我背后指点：鹿岛清兵卫如今就落得这样的下场啊。这一点我还是很清楚的。所以，晚宴便罢了。但请阿丰小姐一定去看看《砧》。主演是梅若万三郎，表演上可能会比较朴实沉稳。我家品太会陪您一道观看的。"

由世阿弥创作的《砧》这部作品，是一部展现被丈夫抛弃的妻子如何悲痛的四番目[1]。因为晓斋原本也修习宝生流的能乐表演，所以阿丰现在在神田猿乐町的宝生座也有自己的专属观演位置。但是说到据点在厩桥的梅若家，这一系和主系观世家围绕表演许可的颁发事务吵得不可开交，所以那些一向喜爱能乐表演的人，因为讨厌引火上身，会有意避开那边的演出。

因为这层关系，阿丰迟疑了片刻，没能立即答应他。然而清兵卫却用毫不让步的语气，将手里的节目单塞到阿丰手里道：

"表演是在十月十五日。《砧》差不多是下午两点开始。请您一定要来，我等着您。"

他不依不饶地又强调了一遍，随后站起身。品太也立即起身凑过来，双手包裹住了他那只残疾的左手，用一种支撑丈夫身体的姿态迈步跟上。望着他们手挽着手走出茶席的背影，再配上一整面墙的红白幕布，这二人宛如戏中行路的角色，又好像天地间只有他们两人相依为命一般。阿丰呆呆地望着眼前的景象，甚至忘了起身送客。

硬被塞进手中的节目单皱了个角，上面微微留着清兵卫的体温。风似乎更强了些，呼啸着发出轰鸣，将幕布一侧吹得猛烈摇晃起来。

倘若清兵卫想直截了当地同她借钱，她应该会去找八十五郎商量吧。可是，看着早已一贫如洗，却仍旧相濡以沫的清兵卫和

1　第四出剧。在表演的五出能之中，位列第四场的能曲的总称。

品太，阿丰却突然觉得自己和他们是那么不同。

"客人……究竟是谁啊？"

听八十五郎这样问，阿丰却含含糊糊地没有直接回答。

品太原本是新桥的名妓，而清兵卫不过是她的一位客人。二人因彼此而落魄，从往昔的荣华富贵，跌进了难以想象的悲惨境遇之中。可即便如此，他们却仍旧如同比翼鸟一般相互扶持。

夫妇之间的关系，是这般坚不可摧吗？果真如此的话，那做了四年夫妻，还育有一女的自己与常吉，究竟算什么关系呢？

听传闻，常吉在和阿丰离婚后，很快就和在高田商会工作的一位女子结了婚，如今搬到了市谷地区。里羽当时撞见的那个女子可能就是他现在的妻子吧？或者也可能压根和她没关系……不过事到如今，也没法知道真相了。

女儿阿吉是个很懂事的孩子，她从不会寻根究底地追问母亲为什么和父亲离婚。虽由单亲抚养，但性格也并不乖僻偏执。可是，眼看着别家的夫妇如此相濡以沫，阿吉那难能可贵的健康阳光，更令阿丰备感愧疚。

浅草寺敲响了日落的钟声，最后一位客人也走出了大厅。阿丰似要将汹涌袭来的思绪甩开一般，猛地将两边的袖子高高扎起。

她将堆在隔壁房间的空卷轴盒子搬到大厅，首先在那幅《钟馗图》面前跪坐下来。八十五郎脱了外套，正递到阿江手中。阿丰指了指反面的墙壁对他道：

"你从那边的开始收拾，我从这边开始卷画轴。"

"好嘞，阿丰姐。"

八十五郎喊两个儿子举好画轴的左右两端，开始卷宽约三尺的观音图。记六还和包括海野美盛在内的一帮老弟子坐在大厅中央，见他们忙活起来，笑着喊道：

"喂喂！没必要那么着急吧？难得请厨房准备了吃食酒水，先慰劳一下来帮忙的大家，再开始收拾也不迟呀。"

"说什么傻话呢？这里到处都是展开的画轴，怎么能直接在这儿吃吃喝喝？再说了，你在这里算年纪小的吧？怎么好意思坐在那儿不动窝！"

这一次，工部省邀请来的旅日建筑家康德尔为遗墨展出借了总计三十幅晓斋的画作。壁龛那边摆着的《枯木寒鸦图》，则是日本桥点心店荣太楼的所有物。据说对方当时为这幅画，付给晓斋高达百元的巨款。

不论康德尔还是荣太楼，虽然这次展览他们没露面，但当时都非常爽快地同意出借自己收藏的晓斋画作，甚至还为表心意，包了金额不小的香火钱。单是为了不辜负他们的这份恩情，也不能弄脏画作，得尽快收进盒子里。

"喊……我知道啦，我帮还不行吗？说起来，老爹也真是，怎么画作种类这么多这么杂哦？又是锦绘又是狂画，还有美人图和山水图，他这样究竟算什么流派呢？连我这个亲儿子都看不出来。"

记六咂着舌站了起来，围坐在他身后的一群老弟子也发出轻笑。这群人基本都是年过六十岁的老头儿了，倒不会擅自就喝起酒来。一边的海野啜饮着寺院厨房端来的白水，点点头说：

"记六说得倒也没错。晓斋师父的技艺的确精妙。若请他画一幅圆山应举[1]风格的美人画，他挥笔就能画出一位丰满的唐朝美女。若说狂画，他也能画出不输北斋的妖怪图呢。"

"是啊是啊。如果委托人觉得成品不符合设想，于是暂不开口，师父就会笑着说'哎呀抱歉抱歉'，然后随手就能另画一张新的，就好像一个身体里住着七八个画风各异的画师一样呢。"

阿丰抬起头，仰望着眼前那幅正准备收纳起来的《钟馗图》。

钟馗左手按住凶暴的赤鬼，右手执刀。描绘服装的线条肥瘦有致，十分醒目。即便同是时常绘制衣服褶皱的浮世绘画家，其他人也多会选择粗细均匀的铁线描画法。相比之下，即便是绘制多色印刷的锦绘，晓斋也要在人物的衣着表现上突出线条肥瘦，这恐怕是受了其年轻时修习的狩野派的巨大影响。

狩野派在画技上尊崇实物写生，在此基础上，晓斋又加入了自己超凡脱俗的想象力。除此以外，他还贪婪地学习大和绘和浮世绘的绘画技巧，从而树立起了他本人的画风。不过反过来想想，要想将头脑中浮现出来的事物原样呈现在画纸上，就需要扎扎实实反复进行写生练习，将目之所及的万物，都用自己的画笔表现出来。也就是说，晓斋绘画的根基，是彻头彻尾的狩野派画法。

---

1 江户中期的画家，起初学习狩野派，后研究明、清写生画及西洋画透视法，确立了吸收透视、写实手法的新风格。

为了能离自己的父亲更近一些，再近一些，周三郎直到死去前都在苦恼。而那位被称作"画鬼"的父亲倘若泉下有知，会对自己的儿子产生哪怕一丝丝哀怜之情吗？

（不——）

阿丰轻轻地摇摇头。

听说，周三郎的母亲去世时，晓斋直接把她的死状画了下来，还用在了自己的幽灵画里。所以，倘若他知道儿子是手握画笔倒下的，大概只会为他拍手喝彩，称他是画家的榜样吧。

画中钟馗那身被风吹得胀鼓飘扬起来的衣服，还有他怒喝恶鬼的面容，自己恐怕一辈子都画不出来。可是，如今周三郎已死，还留在画鬼谱系之上的也只剩阿丰一个人了。阿丰越想越羡慕，也越想越憎恶父亲那恣意妄为的才能。

"这世上没什么晓斋师父画不出来的东西，能比肩师父的画师古今东西也没有第二个了。所以师父其实算是创立了河锅派，不是吗？"

"别胡说。"

阿丰自己也没想到，她竟对周围人极力的赞美如此厌恶。阿丰瞪视着坐成一圈的晓斋众弟子们，说：

"父亲也不是无师自通成了画师的。所以说到底，他应该是狩野派啊。"

围坐成一圈的男人们齐刷刷转过头看着阿丰。众人眼神中似乎都含着些许困惑，这令阿丰愈发感到焦躁了。

"的确，什么流派的画父亲都能画，但是他画风的根基必然还是狩野派。我是这么想的。"

"狩野……狩野哦。嗯，师父的确是在狩野家磨炼了技艺，这一点没错。但是看着眼前师父的这么多作品摆在一起，总觉得直接下定论说他是狩野派，未免太武断了。"

海野抱着胳膊如此说着，几个弟子瞬间互相对上视线，忙纷纷用力点头赞同。看着他们那副模样，阿丰觉得心口仿佛被冰冷的利刃扎透了一般。

自明治维新至今已过去四十余年，江户自古存在的文物往往被斥为"旧弊"，遭世人遗忘，曾是御用画师的狩野派也包括在其中。最后一位大内画师——木挽町狩野家当家人狩野雅信，到了晚年只能在图书寮[1]附属博物馆工作，同时接一些少得可怜的插画工作，勉强糊口。

取而代之的桥本雅邦、横山大观等一众画家席卷画坛。他们明明也是在狩野家打下的笔法基础，可是却从不公开承认这一点。换句话讲，对时下的画家们来说，狩野派已经属于被遗忘的画派了，他们觉得自己的画跟狩野派扯上关系是很丢人的事。

也正因如此，海野等一众弟子都从心理上不愿相信晓斋的根基是狩野派。这其实已经不是在讨论师父的地位了，这是为了维护他们自身立场的一种欺瞒行为。此时此刻，在众弟子和阿丰之间，出现了一道看不见的鸿沟。

---

1 在明治官制中隶属宫内省，设立于一八八四年，主要负责编修皇室系谱、保管古器物和书画、主持美术相关事宜等。

或许是想要清除大厅的紧张气氛，记六煞有介事地用开朗的声音说道：

"哎呀，有什么关系呢？不管老爹在哪儿学的，学的是啥，他就是他嘛。老爹那么多才，一般的画师就是模仿不来呀。所以说他就是河锅派的宗师，这不是很说得通吗？"

"别瞎说，根本没有那么简单。"

什么河锅派，阿丰不接受。要是以后自称"河锅派"，那她就一辈子都无法从晓斋的囚笼中逃脱了。再说，这样一来周三郎也太可怜了。

"大家推崇父亲的画作，这当然是一大幸事。可是，因为这样的原因就曲解父亲画作的本质，那他本人知道了也不会高兴的。"

说到底，这次遗墨展的会场之所以选在传法院，也是因为晓斋生前日夜供香的那尊观音像，现在就供奉在这座寺院之中。而这尊观音像，也正是晓斋过去从骏河台狩野家得来的，当时尚在狩野家修习画技的晓斋，就已早晚面对这尊观音像合掌礼拜。

包含海野在内的一众弟子应该都知道这件事。即便如此，他们还是假装晓斋和狩野派并无关系，真是岂有此理！这时，八十五郎卷好画轴，将其交给松司，对着脸色铁青的阿丰略有迟疑地说道：

"可是，阿丰姐……虽然我这么说不顺你的意，但是我也觉得直接把师父的画风定为狩野派不太对啊。因为狩野家不是严格排斥狂画和浮世绘，还把那种画作斥为劣等没品的东西吗？如果晓斋师父真的尊崇狩野派，就不会画那些画了呀。"

阿丰惊得睁大了眼。没错，八十五郎口中关于狩野家的禁忌的确存在。但晓斋着手绘制狂画，包括认真学习其他画派画风，都是在完成了狩野家的修习，成为独立画师之后才开始的。八十五郎从少年时期就开始出入根岸的画室，他明明熟知晓斋对于古今画作技术的贪欲有多强，可是就连八十五郎，也在否定狩野派和晓斋之间的因缘。

"八十五郎……怎么你也……"

阿丰低吟道，八十五郎立即转过了脸。一边的松司看看阿丰又看看八十五郎，愣在当下。八十五郎则一把抢走他手上那个收着画轴的盒子，有些草率地将盒盖盖上了。

阿丰明白，以真野晓亭这个画号行走江湖的八十五郎，如今风评远比阿丰好得多。名画师的册子里不时也会出现八十五郎的名字，他可以说是晓斋的弟子之中最知名的一位画师了。凭这一点，八十五郎就是这群人之中最不愿意承认晓斋和狩野派有关联的人。虽然阿丰理解这个逻辑，但她仍旧因愤怒而浑身颤抖。

看到阿丰如此盛怒，记六和海野吓得不敢吭声。八十五郎似乎也难以忍受这极度的沉默，准备继续收拾画轴了。正在这时，一个清亮的女声在昏暗的玄关处响起。

"打扰了，请问是这儿在开办河锅晓斋师父的遗墨展览会吗？"

最先站起身的是阿江。她似乎十分不悦地紧抿着嘴唇，在入口处俯身跪下，回复道：

"真对不住，展览已经结束了。"

"啊呀，是这样……那太可惜了。"

对方口齿含混地回应了一句。此时记六却突然对着玄关高声喊道：

"这有什么啊，阿江姐。反正我们也还没开始收拾，就让她进来呗。让更多客人看到作品，这样老爹也会很高兴的。"

阿丰越过阿江的肩头定睛一看，只见门口站的是一个身披紫色披风的女人。大大的庇发[1]在她的面庞上投下阴影，使她整个人看上去像是一个静静伫立的巨大影子。

"那太感谢了！不过……真的可以吗？"

女人嘴上这样问，但已经开始脱鞋。见她将鞋摆放在脱鞋处，又提了提单手拎着的包袱皮，阿丰很轻地叹了口气道：

"可以的。现在留下的都是亲戚好友了。不过像您这样年轻的客人能来观赏作品，父亲肯定会很高兴的。"

"太好了。那我就打扰了。"

这女子说罢，跪坐在大厅的门槛边行了个礼。她看上去年纪只有三十上下，单眼皮，瓜子脸，五官端正，很讨人喜欢。

深深礼毕，她环视着大厅，看清阿丰后，她当即用旧识一般亲昵的语气道：

"哎呀，晓翠老师。"

1　明治末期出现的"束发"造型，刘海儿和鬓发均匀膨起，刘海儿更向前突出，这种发型流行于女学生之间。

说罢，她便小跑着到了阿丰眼前，双手握住了阿丰的手。阿丰一惊，略有些退缩地问道：

"恕我失礼，我们之前见过吗？"

她猜测这女子可能是自己当年在女子美术学校教过的某个学生，但是脸又想不起来了。见阿丰一脸迷惑，女子温柔地笑了。

"您不记得我了呀？这也正常。我叫栗原绫子。之前去读女子美术学校的时候，正巧老师辞职。不过参观宿舍的那天我见过您，还和您说过几句话。"

那夏日的酷暑和焦灼的太阳猛地在阿丰脑中闪回，她轻拍了一下膝头。

"哎呀，是有这回事。那是我女儿出生前了，竟然都已经过去七年了啊。"

"是啊，那之后我开始在女子美术学校学习，现在用栗原玉叶这个画号创作。今天本是去竹之台陈列馆取走美术研精会参展作品的，听说这边开办了河锅晓斋师父的遗墨展览会，简直机不可失啊，于是我就急忙赶过来了。"

"哦，美术研精会。那你是在寺崎广业门下喽。"

海野在一旁插话道。于是绫子 —— 玉叶，非常高兴地点了点头。

寺崎广业如今在东京美术学校任日本画第二教室的教授，还是文部省美术展览会、国画玉成会、巽画会等多家展览会的审查委员。寺崎广业笔触悠然大方，用色高雅，颇有人气。单凭这一点，作为其弟子的玉叶是何画风，可见一斑。

于是，阿丰将刚刚卷好的《钟馗图》再度展开，挂回到眼前的伸缩钩上。

"这还真是有缘，那请你慢慢欣赏吧。"

"太感谢了。对了，晓翠老师。方便的话，能请您也看看我的画吗？"

没等阿丰回答，玉叶已经解起了手边的包袱皮。她取出一个长一尺的小画轴盒子，展到阿丰的膝前。

"名字是《蝶之归路》。上个月我刚在巽画会上展出了《春日》和《小偶人的访客》，拿了一等奖。这幅画也是和它们同时画的。"

巽画会是一个有众多年轻日本画家参与的美术团体。阿丰自身虽然没去看过展览，但据她耳闻，这个展览会的审查员有桥本雅邦门下的菱田春草，还有备受瞩目的上方[1]女画师上村松园。在这样一个展览会上拿了一等奖，这玉叶可以说是很有前途的新人了。

如此带着些强迫意味地把自己的画作塞给别人看，似乎有些太不成熟了。阿丰这样想着，默默将挂轴从盒中取出。

盖上盒盖将画展开，可见画幅中央是留着齐肩发、身穿汗衫的少女。画面一侧斜插入一支粗壮的白梅树枝。少女伸出手指，指尖立着一只白色的蝴蝶。白色的蝴蝶和飞舞飘散的白梅花瓣，使整个画面的风格雪白明亮。阿丰突然回忆起，玉叶当年曾说自

1　京都及其附近，亦指京都、大阪地方和广阔的近畿地方。

己喜欢画小孩子。

少女的脸看上去肉嘟嘟的，胸前还插着一把扁柏骨的扇子。不论是扇坠装饰的彩色丝线，还是那富有光泽的黑发，都为少女的可爱模样锦上添花。这种流畅的美，或许就是当今画坛所宣扬的风格吧。然而，看惯了晓斋那生猛的笔触和新奇的构图，阿丰只觉得眼前这幅画有一种做作的美感。

"您觉得怎么样呢，老师？"

玉叶歪头询问，但表情之中已是难掩的自信。于是阿丰简短地评价道：

"是一幅很美的画。"

随后又补充道：

"虽然我画不出这样的风格，但这就是当下流行的审美吧。"

听她这样说，一边的八十五郎猛地抬起了头。或许是因为他注意到了，阿丰这话绝不是什么褒扬。然而玉叶并不知其中深意，她笑着回应道：

"谢谢您。但是我呀，还希望能愈发精进呢。为此，我觉得很有必要去学习狩野派、土佐派这种老派的绘画，所以能像这样一次性把晓斋师父的画都看上一遍，真是非常难得的机会。"

玉叶此话绝无恶意。可是按她的说法，晓斋的画明显就是"老古董"了。

时至今日，自己仍旧没能超越父亲，而父亲的画却已被贬为老一套。作为他的弟子，阿丰想要袒护。可作为他的女儿，阿丰却很憎恶。这两种情感在她心中角斗着。五脏六腑似乎都搅在一起，疼痛难忍。她拼命敦促着自己动了动指尖，将玉叶的画卷回盒子里，同时努力不被周围察觉地紧咬住后槽牙。

或许是觉得这个意外的客人可以冲淡阿丰的怒火吧，海野和记六都邀请玉叶到宴席之中。而玉叶也是一副很受用的样子，和大家坐在了一起。

最终，等到宴席结束，所有的画都收好，已经过了晚上八点。海野和其他同门都回家去了，另一边，记六还没喝过瘾，硬拉着八十五郎去浅草那边续摊了。

从昨夜开始下起的雨总算停了，或许是因为路上太湿滑，虽然传法院的小僧也帮忙去找，但就是叫不来一辆人力车。阿江准备去藏前的亲戚家借住一晚，于是也和两个儿子步行离开了。后来好不容易叫来一辆车，阿丰也让给了准备回小石川白山那边的玉叶，自己则踏上了仍带有温暾湿气的夜路。

是哪儿开着一丛栀子呢？那清爽的香气在静夜之中沉淀。正在此时，浅草寺五重塔上飘着的　片乌云裂开来，清朗的月光洒下，照亮了脚下的路。

望着地面上五重塔那淡淡的细长影子，阿丰突然回忆起周三郎死时那张仿佛幽灵一般枯瘦的脸。

——地狱呀。

兄长那仿佛冰冻般冷淡的声音，随着浸湿短布袜的泥水凉透了她的整个身体。啊，是啊，哥哥。她低声念着，惊诧地意识到，自己竟是那么怀念兄长。

听了记六的那些感慨她明白了，在弟弟心中，父亲就是那个做画师的父亲。父亲和画鬼晓斋是同一个人，并没什么好矛盾的。可是在阿丰心里却不一样。而唯一理解自己的兄长，已经离开了这个世界。这令阿丰感到悲苦且孤独，她不由得加快了脚步。

"师父，阿丰师父，请等一下。"

身后传来一个有些尖的声音。她转过头定睛一看，一个小个子少年冲着她跑过来，脚下泥水四溅。

"你……是松司还是小满来着？"

这兄弟俩长得实在太像了，单独站在她眼前的话很难区分开。"我是松司。"少年剧烈地喘着气回道，随后仰头直望着她。是因为这夜晚湿气过重吗？这孩子的头发炸得厉害，非常豪放地在额角蜷曲成一片。

"我有点儿事想问您，于是就跟我娘说有东西落下，折返回来了。师父您刚才说，晓斋师父的画属于狩野派，是吗？您说这些话是出自真心吗？"

松司那鲜明立体的五官，和小时候的八十五郎并不相似，但是那种不依不饶的语气却很令阿丰怀念，她毫不犹豫地点点头道：

"当然是出自真心了。"

随后她又问：

"说起来，你和小满的画都是八十五郎教的，对吧？"

"是的。但是我和弟弟其实都特别讨厌画画。所以如果父亲的画是从那种陈旧不堪的狩野家学来的，那可以说是大快人心了。"

这句回答的语气彬彬有礼，但又夹杂着些少年气的恶作剧心态。阿丰不假思索地问道：

"哎呀，你很讨厌画画吗？"

绘画这种东西，本来就是强迫不得的。逼着学不可能学得好。如果这两个男孩是打从心底里讨厌画画，那么她也必须提醒一下八十五郎了。

"是啊！很讨厌。讨厌画画，也讨厌一天到晚都在画画的老爹。都是因为他那样子，我娘才不得不从早到晚扛起店里的一切。而且爷爷之所以会那样去世，也是因为他……"

说到这儿，原本抬高嗓音痛陈的松司似乎突然反应了过来，猛地噤声了。他露出"糟糕了"的神情，后退了半步，可阿丰却迅速抓住了他的胳膊。

"等等，你刚才说什么？八十五郎的画和八十吉叔叔的死有什么关系吗？"

阿丰的身材在女性之中属于比较高大的，而且又很有力气。松司挣扎不开，只得放弃抵抗，眼神仿佛被主人训斥的小狗一般，望着阿丰道：

"因为……爷爷都六十多岁了，还不能隐退休息，都是因为爹一直在画画啊。爷爷也很喜欢画画，所以爹在画画这方面名气越大，爷爷越觉得不能让做生意妨碍了他创作。所以，爷爷身体不好，也要强撑着照料店里。"

不知从何时起，松司言谈之中的那种彬彬有礼已经彻底消失了。少年心中盘踞的怒火过于强大，此刻已鲜明地呈现在他的话语里。

阿丰知道，儿子作为画师名声在外，这令八十吉非常自豪。但她没想到的是，八十吉年过六十仍不肯退休的原因，竟是为了八十五郎。

"那天，爷爷从早起就开始头疼了，所以一直躺在床上。可是又没法爽约不去同行的聚会，所以他没听我娘的阻拦，出门赴约了。要是老爹他、老爹他不去画画，爷爷就不必那样勉强自己……"

看着松司那恼恨的表情，阿丰想起了阿江看向自己时有些僵硬的眼神。

看来，真野家可不止松司一人讨厌画画。阿江整整两日一直在茶席帮忙，估计也对自己颇为厌恶吧。可阿丰竟丝毫没有察觉，只顾着忙得团团转。事到如今再想想，自己简直太蠢了。

"而且我还知道一件事，老爹一遇到能拿来参考的画作，就会瞒着我娘和爷爷，挪用店里的钱买回来。有时候他还会跑去同行那儿借钱，给我娘也添了好多麻烦呢。"

画画这种东西，也不是一画完就能卖的。所以一些有名的画家还要借钱，这也不是稀罕事。可是，偷偷挪用店里的钱，这又另当别论。

话虽如此，八十五郎如今已是个成年男人了。就算阿丰去劝，他也不一定能听进去。再说，眼下他们又刚因为晓斋的画派问题吵过，更加难劝了。

浮云流动，缺了一角的月亮被掩在其后。阿丰犹豫了两秒，随后将手搭在松司肩上道：

"松司，你听好。如果是经历了这么些事，那你讨厌画画也是自然。的确是八十五郎有错。但是，唯有一句话希望你能听我讲：狩野这一画派，绝不陈腐。如今在画坛上活跃的家伙，都或多或少受到过它的影响，所以狩野派是非常优秀的一支画派。只不过，你老爹和其他人不太明白这一点罢了。"

"老爹不明白，但还照做了？"

松司似乎总是把他父亲往坏处想。他的眼皮薄薄的，和他母亲十分相似。那双眼之中流露出探查的神色。

"嗯。如果简单总结，可能就是这个意思。"

于是，松司捏着外套的袖口陷入了沉思，但他很快又扬起头道：

"那么，老师，您能教授我狩野家的绘画技巧吗？老爹不是想表示自己并没有汲取狩野一流的技巧吗？那我就把这一流派学好，在他面前争一口气！"

"别说傻话！再怎么讲，你的师父都是八十五郎啊。"

"我不想跟他那种父亲学画！"

松司眼神十分尖锐。原来如此，阿丰恍然大悟。这个少年其实是非常热爱绘画的，可是看到父亲因为过于投入绘画，从而伤害了自己的母亲和爷爷，他内心之中又对跟着父亲学画这件事产生了怨念。

"我知道了，那如果时机允许，我偶尔也可以教教你。不过，八十五郎那边是否需要说明，这个随你，但一定要有你母亲阿江的允许才行。"

"您说什么呢！我谁都不会告诉的！我要偷偷地变强，然后好好还我老爹点儿颜色看看！"

松司十分固执地回答道。看着他，阿丰突然想：哥哥周三郎是否这样公开违逆过晓斋呢？他自幼被送去别人家做养子，再度归来已是十七岁的年纪。晓斋把他安排在大根畑的别院，每当他去根岸家里露面，和晓斋的交谈内容也仅限于画。看着围在父亲身边撒娇的阿菊和记六，他脸上没有丝毫表情。虽是如此，但每当阿丰画得不好，被晓斋呵斥时，他嘴边就会现出一丝淡淡的讥笑，但紧接着，他又仿佛要掩饰嘲讽的表情似的低下头。

（我们，究竟算什么？）

因为怕母亲担心，松司转身向来时的夜路奔去。阿丰望着松司的背影渐渐远去，抬起头看了看夜空。

如此想来，父亲、自己、周三郎，三人之间或许根本不是靠红色的血液，而是靠一滴墨水、一支画笔联系起来的。那么事到如今，唯有周三郎和阿丰对父亲的爱与憎，才是他们兄妹与父亲之间的纽带，不是吗？

与温柔的常吉之间的纽带，对自己来说只不过是一副枷锁。她十分信任的八十五郎，也会为了自己的业绩需要，毫不在乎地背叛阿丰。她到底还是和温暖的家庭无缘，她的家人最终也只剩晓斋和周三郎而已。

阿丰的下颌微微颤抖着，鼻腔深处猛地酸痛起来。她用力合上微烧的眼睑。猫咪闪着金光的双眸，被钟馗捉拿的恶鬼那赤红的肤色，都在她眼中闪烁明灭。

栀子的香味猛烈起来，紧紧缠住了阿丰的身体。

次月开始，松司每隔十天就会去阿丰的画室拜访一次。正如他本人之前宣言的那般，他每次出入画室都是瞒着家人的，他趁放学回家途中跑来阿丰这儿，学两小时画，就慌慌张张地跑回位于江户川桥畔的自家。

松司手拿画笔时，运笔十分自如。临摹起阿丰手中的那些狩野派的画，下笔也是毫无迟疑。不知他是生来就有此天赋，还是八十五郎教子有方？估计再过些日子，就能分辨出来了。

日子一天天过去，到了盂兰盆节[1]的时候，家家户户房檐上挂着的风铃，都在倦怠懒散的夏风中叮当作响。中庭的榉树枝间发出一阵又一阵聒噪的蝉鸣，将酷热的残暑刻画得加倍熬人。但是对着画帖专注临摹的松司，却完全没有将这些噪音听进耳朵里。

看着这少年人真诚热切的模样，阿丰心中正感慨万千，此时松司却突然转过头来：

"那个，老师，我最近一直在想，狩野派的画，似乎都是线条细长连贯的。"

松司先是临摹了晓斋师从的骏河台狩野家洞白的《菖蒲图》，

---

1 本是佛教活动，传至日本后，演变为七月或八月的十三至十五日举办供养祖灵的法会活动。

然后是其父美信的《竹林七贤图》，再有就是狩野派鼻祖狩野正信的《松竹梅》，今天，他又开始临摹从狩野派独立出来的画师圆山应举的《唐美人图》。

他用眼神指了指从栏杆间垂下来的那幅七寸大小的画。

"也可以说是中规中矩吧，反正就是特别忠实地将一种东西描画下来。但我总觉得这样有点儿不够，不过，我也大致能掌握这个画派的特点了。"

"特别忠实嘛……不过，也有很多画不是这样的哦。"

迄今为止，一有机会，阿丰就会收集狩野家历代画师的作品，但其中狩野永德和狩野探幽都比较擅长障壁画[1]，所以他们的作品阿丰还未收集到。待松司回家后，阿丰便请里羽去五年前开馆的东京市立日比谷图书馆，借来了收录有二人画作的画册。

或许这画册就是面向学画的学生刊行的，十天之后来到画室的松司一翻开那沉重皮质封面的画册，便大呼一声"真是厉害！"

巍巍老松好似冲破隔扇框一般挺立，还有脚踩于反卷金云之上的唐狮子……那笔致将巨大画面的每一个角落都压制得服服帖帖，线条仿佛冲破黑白照片，一副猛然将观者的胸襟紧紧攥住的气势。

"要在六曲一双的屏风或者四间、六间大小的隔扇上作画，光是画得好肯定不行。只有充分熟习你所说的'忠实'笔触，才算具备了绘制这种作品的基本能力。"

1　日本特有的绘画种类，将各类题材绘制于木质隔扇之上。

晓斋之所以能十分巧妙地绘制戏画、狂画，也是他曾在狩野家努力修炼写生功底的结果。再去追溯眼下炙手可热的横山大观、下村观山，也无不是以狩野派为发端。可以说，狩野派是当今日本各派系绘画的源头。

"如果你有志成为画师，那练习狩野派的绘画绝不会有损失。这一点你一定要牢记。"

"您说的什么话啦，老师。我和我爹可不一样。当画师什么的，免了免了。"

明明嘴上抗议，可松司的眼睛却始终盯着画册，分毫不离。阿丰嘴角忍不住泛起一个苦笑，又被她努力忍了回去。

"你喜欢的话，就拿回家看吧。"

"可以吗？"

"可以。月底之前还回图书馆就好。反正月底前你还会过来的，在此之前你就好好翻看吧。"

听到阿丰这样讲，松司眼睛一下子亮了，紧紧抱住了画集。正在此时，阿吉轻声踩着草鞋，从庭园池塘边架着的石桥上走了过来。

阿吉梳着裂桃髻[1]，头发上还装饰着紫色的绉绸。从房檐上坠下的水滴染着浓郁的树影，她向着画室的宽檐廊张开双手，努力地探出身子喊道：

1　明治时期出现的少女发型，将后脑的发髻从中间分成两半，盘成一圈，形状像裂开的桃子。

"你练完画画了吗？"

对年近八岁的阿吉来说，正要从小学毕业的松司就像哥哥一样。每次松司来练画，她都期盼着哥哥快点儿练完，快点儿练完。加小满在内，松司有三个弟弟妹妹，所以他也十分喜爱阿吉，前两天还在怀里揣了铁陀螺过来，和阿吉一起在主屋的走廊上转着玩儿。结果两个人都被里羽念叨了。

"还没完呢，再稍微等等。"

见母亲阻拦，阿吉噘起了嘴。不过她倒也毫无怨言，一屁股坐到了换鞋的石阶上。见女儿那副惹人怜爱的模样，阿丰忍不住动了念头：要不今天就让她进一回画室吧？可一想到这儿，她又急忙在心底里大骂自己：不行！

兄长周三郎没有留下子女。也就是说，等有一天阿丰死了，河锅家就只剩阿吉一个人了。倘若如此，那河锅家的画师血脉，在阿丰死去的同时就该斩断了。自己对父亲的那些复杂纠结的爱憎，她不想再让女儿也感受到了。

风铃下系着的短笺不住地打着转儿，发出清脆的铃声，仿佛在对阿丰表示赞同。蝉鸣声短暂地远去了一瞬，很快又卷土重来，将风铃的声音盖了过去。

或许是对狩野派的障壁画非常感兴趣吧，待夏日解暑，秋风逐日渐凉，松司还去了神田的书市，用自己攒下的零花钱买了一本装在烫金桐木盒里的狩野永德和狩野探幽的画集。

可是，买了那么一大本画册，也很难趁入夜后偷偷躲在被窝里看吧。于是松司直接从神田走去根岸的阿丰家，表情极为严肃地对她道：

"我想师父您多少也察觉到了，我母亲非常厌恶画画。这画册要是被她发现，肯定免不了一通唠叨。所以请您暂时帮我保管这本画册，好吗？我会每天过来看看的。"

"这当然没问题，但是你要每天专门从江户川桥那边跑来看吗？这样也太辛苦了。不然就由我去和阿江夫人讲吧，解释一下你并没有去做什么坏事。"

阿丰蹙着眉如是说。可松司却非常干脆地摇了摇头。

"没关系的。母亲那边，我会找机会和她讲清楚的。总之先拜托您了。"

可是，连半个月都没过，某个黄昏，松司一反平日循规拘礼的常态，气喘吁吁地跑来阿丰家，他甩飞鞋子奔上画室，面对正在乘板上作画的阿丰，猛地两手扶地道：

"对不起，师父！来根岸学画的事被母亲发现了。她抓着我刨根问底，我是暂时甩开她跑过来的。估计她马上就要追过来了。"

听松司这样讲，阿丰只愣愣地说了一句"哎呀是吗？"

见阿丰这个反应，松司双手搔着乱蓬蓬的头发叹道：

"这可不是说哎呀是吗的时候啊！老师根本没见过我娘生气时候的模样，所以才这么云淡风轻的。"

"欸？阿江夫人生起气来那么吓人吗？"

"要只是吓人的话……倒也还好。"

松司正要说下去，突然听到玄关传来"打扰了"的喊声。没过多一会儿，里羽啪嗒啪嗒踩着木屐跑过来，通报他们是阿江来了。

"好啊，请她进来吧。来，松司你也振作点儿，你不是也跟八十五郎学了那么久的画吗？那就没什么好羞耻的，挺起胸抬起头来！"

阿丰理了理自己的衣领，拍了拍松司的后背，于是松司也畏畏缩缩地端正好了坐姿。

不论八十五郎如何疏于管理家业，阿江毕竟还是他的妻子。松司对绘画如此憧憬，她心底里应该不会有怒意才对。

阿丰本是这样想的，可看到从中庭走过来的阿江，她忍不住皱起了眉。

阿江身穿条纹绉纱和服，头扎三笠卷。她的脚步十分缓慢，看上去并不像是紧追着儿子跑来的。然而，那张没化妆的脸上，一双眼睛紧紧地盯住了松司。瞳仁仿佛刷上一层云母般炯炯闪光。

"好久不见了，阿江夫人。这次松司瞒着您学画的事，的确是他不好。不过男孩子有时候做事是比较爱遮遮掩掩的，看在我的面子上，能请您原谅他吗？"

阿丰站在走廊边主动和阿江搭话，可是对方却看都没看她一眼。只见阿江脱下桐木制的后丸木屐，毫不迟疑地走近松司，突然扬起手一巴掌扇到儿子的脸颊上。

这毫不留情的一掌，瞬间将松司打翻在地。于是阿江又跪坐到他身边，这次直接出拳开始殴打松司。

松司抬起双手护住自己的脸，一声不吭地默默承受殴打。阿丰慌忙冲到两人之间去阻拦。

"这是干什么！快冷静冷静！"

见阿丰试图抓住自己的双手，阿江呼哧呼哧地喘着粗气死瞪着她。随后，她无一丝血色的嘴唇紧咬着，一把扯住松司的后脖子。

"回去了。"

她扔下这么几个字。粗鲁地将刚刚胡乱脱在地上的木屐踩回脚下。

"稍等一下，阿江夫人。您突然这样冲进来，究竟是什么意思呢？松司本是八十五郎的弟子，从门派的角度来说，他于我就像外甥一样亲近。虽然您是他的母亲，可也不该在我面前摆这种态度吧？"

估计是被这一番骚动惊到了，池畔小桥边，阿吉紧紧抱着里羽的腰，正偷瞧着画室这边。阿丰见女儿那怯生生的眼神，不由得鼓起勇气：

"总之，我觉得应该听听松司的说法。"

阿丰继续道：

"这个孩子似乎很喜欢绘画。但是他心中忌惮你，所以在家中一直都没提过。这一点还需要你多多理解才是啊。"

阿江的双颊痉挛着，她别开脸不去看阿丰。见她将视线投向摊在榻榻米上的绘绢，阿丰急忙又说：

"那是我从今年夏天开始画的。松司不光自己练习绘画，他还会帮我磨颜料，煮胶水。帮了我很多忙。要不是打从心底里喜欢画画，他是不会愿意吃这些苦的。"

那绘绢上画着的，是一个身居陋室、穿着裰子正在捣布的女人。下个月鹿岛清兵卫将登上梅若家的能乐舞台，这张《砧图》准备届时送给他做贺礼。

就算这画风再怎么老气，只要认真装裱，制成挂画，即便是拿去典当，也能值些钱。如今清兵卫虽是落魄之身，但仍未放下矜持与骨气。所以阿丰深思熟虑，认定送他一幅画作，要比直接送钱更加适宜。

没有哪个父母会因为自己的孩子受到表扬而生气，阿丰正准备再展开讲讲松司如何热忱地学画，笔触又是如何老练得远超同龄人，可那一瞬间，阿江却猛地扯着松司转过了身。

她那张侧脸仿佛抹了厚厚一层粉，苍白而干涸。松司只是满面悲切地仰望着母亲，一句反抗的话都说不出。他甚至没有转过头再看一眼阿丰她们，那乖乖跟在母亲身后的背影，看上去无力极了。

"这、这究竟怎么回事啊？"

里羽这句咕哝仿佛冲破了最后一道防线，阿吉突然大声哭了起来。阿丰匆忙冲过去紧紧抱住女儿。

今年的第一片落叶飘到了她的肩头。

十天过去了，半个月过去了。松司再也没有来过根岸的画室。要是放到以前，阿丰肯定会直接去问八十五郎。可是她一想起遗墨展上八十五郎的样子，总觉得很难踏出这一步，不好去江户川桥那边拜访他。

她侧耳听着尚未收起的风铃叮当作响，无奈只得将精力全都放在了《砧图》的创作上。阿吉虽年幼，但似乎多少察觉到了松司不再来访的缘由，只好每日独自在中庭默默玩耍。阿丰望着阿吉寂寞的背影，忍不住想起那个夹在父母之间左右为难的少年。

到了九月末，阿丰也逐渐习惯了松司不再来学画的日子。她也将完工的《砧图》交付给了常来往的装裱工匠。没过几天，一个自称三树如月使者的小个子女人跑来了阿丰家。

"之前我家主人邀请您观赏的梅若会，因为梅若家有些不便，表演延期了。所以跟河锅师父的约定也只能暂且作废了。"

这女人虽然身穿摞着补丁的围裙，但态度还是彬彬有礼的。三树如月——不，鹿岛清兵卫和品太的生活也可见一斑。想到这儿，阿丰也稍稍心安了一些。

"这样啊，那请您带话给您家主人，感谢他特意来告知了。"

"好的。我家主人说，他总有一天会为《砧》吹笛的，届时一定再来邀请您。"

眼下清兵卫如此落魄，说实话，阿丰再多看他一眼都会觉得心痛。而清兵卫呢，别说财产荡然无存，就连手指都残缺了一根。这么说来，短暂地登上能乐舞台表演，或许就是他心灵唯一的支撑了。若是如此，阿丰作为他曾经的知己，就绝不应该背过身去有意不看他。

世阿弥创作的这出《砧》，内容是一个独居陋室的妻子伴着捣布声诉说自己的寂寞心境，是一出颇适宜在晚秋上演的四番目。因此阿丰觉得，延期至多也就延一两个月，再怎么说都会在今年秋季上演，可令她意外的是，清兵卫家的仆人竟然转年仍未来访，眨眼工夫，已是两年过去了。

松司也再未露面，他那本暂放在阿丰这儿的画册也只有吃灰的份儿了。除了不时擦拭，阿丰也没有别的办法。

少年的一年和成人的一年可是大不相同的。事到如今，说不定只有阿丰单方面在等着他，而松司那边恐怕早已将来这儿学画的日子忘到脑后了。

更何况，从去年七月开始，欧洲再发战事，迄今仍未有停歇的迹象。如今日本也挤进诸列强之间参战，经济也显出一片大好。就连根岸这种大部分是田地的安静场所，也多少受到了些影响。领着阿吉去散步玩耍的音无川边如今正在建一间巨大的肥皂工厂，从早到晚，都能见到男人们拖着货车，伴着刺耳的车轮声在路上来来往往。

天皇即位的仪式尚未举行，眼下却已是大正四年的深秋了。江户的称呼早已陈旧。如今狩野派已经超越了"旧弊"，基本接近"化石"级别了。

（正是在如此动荡激变的时代，才应该多学些恒久不变的画风啊。）

仿佛是听到了阿丰如此喃喃一般，某天过午时分，她听到玄关附近传来一个熟悉的声音。只见一个男人弓着背，悄声迈着毫无气势的步子，走过中庭，走向画室。是八十五郎。

"久疏问候，实在抱歉。主要是实在没法从家里脱身。这阵子我才听阿江说，我家那小子来你这儿学画，受你照顾了。之前一直都不知道，也没和你道谢，真是对不住啊。"

阿丰看着缩在画室一角道歉的八十五郎，发现他双鬓已经开始斑白了。这么一算，八十五郎也已经四十二岁了。不过，他说起话来那个吞吞吐吐的支吾劲儿，倒也不都是因为上了点儿岁数吧。

"松司还好吗？之前觉得直接送过去有些不好，于是就暂时保管在我这儿的东西，你帮我还给他吧。"

阿丰从书架最上层取下那册超大开本的书递给八十五郎，八十五郎则一脸不可思议地翻开了那本书。看到展开页面上印着的那幅狩野永德的《唐狮子图屏风》，他久久没有挪开视线，道：

"这么拼命啊，这书肯定很贵。"

他咂咂舌。

"谢谢啦，阿丰姐。他肯定很高兴。松司去年上中学了，他表面上和阿江说自己在图书馆学习，其实是偷偷在教室画画呢。既然那么努力练画，去我服部坂下的画室画不就好了吗？"

"关于这个事，我正想问你，你是不是满脑子净想着画画，结果害阿江夫人太辛苦了呀？"

既然要来趟根岸这么困难，那他这次到访必然有其理由。阿丰用架在火盆上的铁瓶泡了茶，又准备了些别人送给她的羊羹，一起摆在八十五郎膝前。

八十五郎一副不怎么高兴的样子，拿叉子戳起羊羹直接塞进嘴巴里，几口吃了个精光。随后他又拈着茶杯，喝了两三口茶。好一会儿后，他总算抬起眼来，看着阿丰道：

"辛苦，辛苦哦。你是我姐姐，我说句实话吧，辛苦的其实是我才对。我哪知道阿江她那么讨厌画画啊。"

"这……这是怎么回事？阿江夫人在嫁给你之前，应该就知道你画画吧？"

"啊，对啊。所以说，她刚嫁给我那阵子，也没抱怨过什么。我和老爹在家画到很晚的时候，她还会给我们弄点儿粥做夜宵呢。可是自打松司和小满前后脚出生了，她态度就整个都变了。"

当时八十五郎在日本绘画协会、日本美术院联合绘画共进会、日本美术协会等主办的各种美术展览会上连连展出作品，每一幅画都收获了极大好评。尤其是他二十三岁那年秋天，作品《祇王祇女图》还在绘画共进会上拿了二等奖，被人以二十五日元的高价买走。这件事当时还上了报纸，可以说是相当令人瞩目了。

自己的画作好评如潮，八十五郎本以为在自家当铺帮忙的阿江也会感到高兴。然而情况恰恰相反，丈夫越是变得有名，阿江的脸色就越阴沉，后来干脆一头扎进当铺的生意里去了。

"她后来甚至嫌我在家画得太晚，闹得她睡不着觉，于是干脆拿了铺盖去店里，一住就是好多天，也不想想工作究竟是为了谁啊？算了，既然她来这套，那我也不是吃素的！我干脆就把店里的生意都扔给她，自己就住到服部坂下那儿租用的画室里去了。不过呢，我也不希望有人说我的儿子对画画一窍不通。于是我就开始在那儿教他们画画了。"

八十吉感受到了他们夫妇之间的冷暴力，有些担心，于是劝告八十五郎，稍微控制一下放在绘画上的精力。可是按八十五郎的想法，从一开始把自己带上画画这条路的不就是他老爹八十吉嘛！要是他的画不受欢迎，卖不出去，那倒也算了。可是自己现在人气见长，竟然还要承受不满，这可就离谱了。于是八十五郎便把店里的一切都扔给了妻子和老父亲，自己则一头扎进了创作里。

"可说实话啊，我是真的想不通。你看，晓斋师父家里，且不说阿丰姐、周三郎大哥了，就算把不画画的记六和师母也包括在内，根本没有一个人会对晓斋师父的工作发一句牢骚啊。我又不像师父那样总喝个烂醉地倒在外面，也不会对自己老婆骂骂咧咧拉拉扯扯。没错，我是挪用过店里的钱，也借过别人的钱，但是这样做全都是为了能让自己的画卖得更好嘛。我只是画画卖钱而已，凭什么要遭那种嫌弃啊！"

"可是……"阿丰险些脱口而出的那句话，被她生生咽了回去。

可是河锅家的人之所以都不会反抗晓斋，并不是出于家人的关怀体贴。而是因为早在阿丰出生之前，这个家就是谁会画画谁说了算的。也正因如此，不擅长画画的记六早早就被送去别家做了养子。反之，将晓斋的画风模仿得惟妙惟肖的周三郎，就能获得允许，随意居住在大根畑的家里。他们一家人不是靠血缘，而是靠黑色的墨水联系在一起的。

这一切，八十五郎应该都是看在眼里的。始终痛恨着自己家人的周三郎有多孤独，生前死后都受晓斋操控的阿丰内心有多矛盾，这些他明明都清楚才对。即便如此，他竟然觉得河锅家的做法才算正确，自己家的行为是错的。这么一想，晓斋真可以说是个罪孽深重的师父了。

"我就只是想画画而已，就只是想像晓斋师父那样，画画而已啊。"

八十五郎的语气之中饱含着纯粹的憧憬之情。阿丰端起眼前的茶杯，含了一口茶在嘴里。也不知是哪一步煮得不对，这茶一股子煳味。

"想像师父那样，就是说，你也希望自己的孩子成为画师？就像我和周三郎大哥这种的？"

"是啊！要是真有那么一天，我可要高兴死了！"

周三郎说过，晓斋是把自己比作了他敬爱的浮世绘画师葛饰北斋，又将阿丰对照成了北斋的女儿葛饰应为。他这话如今早已难证真伪，可是看着无比崇拜晓斋的八十五郎，阿丰突然意识到，这种说法似乎并非全无道理。

"但是，我家又和晓斋师父家有些奇妙的相似之处。比如说，二儿子小满倒是很听我的话，可大儿子就完全不行。最近就算招呼他来我画室，他也会找一堆借口避而不来。明明下个月我那幅《秋鹿图》就要参加文展了，还需要他来帮我打打下手呢。"

眼前这个男人究竟是谁啊？阿丰忍不住如此问自己。她认识的那个八十五郎，只是一个眼神充满光芒，一心爱着绘画，同时对周围人的烦恼悲伤都能敏感察觉到的少年。

看着父母如此闹矛盾，小满不可能没有想法。而整日拒绝父亲，但又坚持画画的松司，更是因猛烈的懊恼而自我拉扯。

不知从何时起，自己和八十五郎之间似乎突然拉开了千里万里的距离。

"那么……"

阿丰开口道，她听得出自己的声音有多么虚弱。

"你跑来和我讲了这么多家里的事，是想干什么呢？"

"因为松司那孩子，好像只肯听阿丰姐的话啊。所以，能不能让他还来你这儿学画呢？当然，我老婆那边，我会搞定的。"

"阿江夫人会同意吗？"

"会让她同意的。"

八十五郎语气强硬，眼神一转，变得尖锐起来。

"要是她还理解不了，那就干脆离婚吧，我无所谓。其实，我一个常客的上代家主曾隐居在御行松下，这阵子据说住所被本家收回了。那边还来问过我，有没有意愿住过去呢。"

"御行松下？不就在这附近吗？"

根岸御行松，指的是生长在真言宗寺院——西藏院院内的一棵老松。就连歌川广重都曾在其《江户名胜图》中画过这棵名松。西藏院离阿丰家很近，出门向南走个几分钟就到了。

"我现在这个画室啊，总归是离家太近了。要是把店里和家里做个分割，和阿江离婚，我们不还是会在一条街上抬头不见低头见嘛，太别扭了。要是住御行松下，松司来阿丰姐这儿学画也方便很多了。"

"等等，你这决定未免太草率了吧？不是应该先和阿江夫人好好谈谈，然后再做决定吗？"

就算离婚，也应该有其他办法才对啊——可是，见阿丰这个态度，八十五郎一脸难隐的不满。他估计是想到了阿丰和常吉离婚的事。不过，第二天松司却早早就跑来根岸打招呼，如此推断，虽然他们夫妻之前的关系已是如履薄冰，但仍算是勉强恢复了原样吧。

阿江之所以讨厌绘画，恐怕正是因为丈夫日渐沉迷绘画。那种厌恶近乎嫉妒，所以一旦丈夫提到分手，她也只能被迫暂停斗争了。

八十五郎其实应该再多和妻儿交流交流……阿丰在心底里咂了咂舌，看向穿着校服的松司。

"你长大了不少嘛！高了有一尺？"

"那还不至于……总之，久疏问候，实在抱歉。"

松司原本就沉静稳重的面庞经过了两年的岁月，显得愈发温柔。只有两个粗眉毛和八十五郎简直像一个模子刻出来的。他右手手指上长出了老茧，在细长的手指上显得尤为扎眼。

"虽有些突然，但我想现在就看看你最近的作品。"

"好的。但我这两年都是在自学，献丑了。"

松司一副提心吊胆的模样，拿出画簿。里面是一些写生，画的是站在讲台上讲课的老师以及他的同学们。

松司的笔致舒展大方，但写生只不过是素描罢了，正确地抓准对象描绘即可，这和值得品鉴欣赏的画作之间有着本质的不同。

"我们先好好画一张彩色的作品吧。不过你现在拿学校的场景做绘画主题，画彩色作品还是很有难度的。因为遇到不知该怎么画的情况时，可以参考的作品比较少。画画走过红叶之下的美人也行，总之就按照完成后会装裱起来的感觉，从第一步草稿到最后一步完工，全都自己做一遍吧。——啊，对了对了。"

阿丰拿起一旁桌上放着的明信片。

翌月十六日午后三时，邀您光临浅草厩桥梅若舞台。如月将于曲中演笛。谨以此书信，恳请您赏光前来。

这一行字娟秀工整，文末还写有"惠津子"。阿丰猜测这可能是品太的本名。

"今早刚刚收到的。你喜欢能乐吗？"

"不，姥爷似乎会唱些谣曲，可我长这么大都还没看过能乐演出呢。"

"那下个月你和我一起去看梅若家的能乐表演吧。到时候把舞台上看到的写生下来，再试着画成画好了。"

在能乐演出中，优雅舞蹈的主角自不必说，还有演员所戴的能面和奢华的演出服，将多余细节削减至极限的舞台设置，以及曲中的故事等，引人关注的主题很多，所以自古以来，就有大量画师以能乐为创作主题。将整整一曲观看下来，松司应该也会找到想要用画笔呈现出来的主题吧。

然而到了观演当日，阿丰带着事先用包袱皮包好的《砧图》到了梅若家门前，却被眼前所见吓了一跳。松司身穿制服，一副认真等待阿丰到来的模样。而站在他身边的竟然是阿江。

"哎呀，阿丰师父，我儿子承蒙您多照顾了。"

阿江似乎比松司抢先一步发现阿丰，她打着招呼，脸上露出和过去判若两人的爽朗笑容。阿丰甚至忘记自己一路上被河畔的大风吹得直缩脖子，下意识地挺直了身子。

从阿江和松司家所在的江户川桥到梅若舞台所处的厩桥，一条省线 1 就能抵达。但是看阿江一身银鼠色的和服，搭配一条天鹅绒围巾，那华丽的打扮怎么看都不像单纯只是送松司来看表演的模样。

果不其然，阿丰还没开口，阿江便抢先一步道：

"我听说您今天要带松司看能乐表演……"

她端着笑脸，微微行了一礼。

"我父亲当年也很喜欢能乐表演，我小时候常跟他去各处看表演呢。方便的话，能否允许我一同观赏？当然，戏票钱我会自己出的。"

正在这时，隔着前庭，阿丰用余光瞟到梳着庞发的品太抵达了舞台的入口处，向她们这边跪坐下来。

1　日本原先处于铁道省管辖下的电车线。

为了丈夫这一次的公开演出，她想必用尽了心思盛装打扮吧。配合着红叶挑选的留袖[1]礼服虽有些旧了，但模样却和点缀的腰带相辅相成，自有一派曾是花街柳巷中人的独特洒脱感。

"啊，哦哦，没关系的。"

之所以情急之下答应了阿江的请求，主要是不想让品太看到她们争论的样子。不过松司似乎以为阿丰是考虑到自己才答应的。品太对着阿丰以眼神示意，于是阿丰便向着品太的方向走过去。松司则跟在阿丰身后小声道歉：

"师父，对不起。她就是非要跟过来，根本不听我解释。我也说了这样会给你添麻烦，说了好几次了……"

"这事你不必这么自责。比起这些，一会儿你要好好观察舞台，知道了吗？"

本日的能乐演出由五部作品构成。眼下，上一出戏似乎才刚刚结束，观众席上很是吵闹，好多男男女女站在廊下，交流对演出的评价。

品太从这些观众中间穿过，将阿丰他们引到了离舞台比较近的侧前方看台。

"诸位请坐，我们家人已经把正侧面的位置坐满了，抱歉只能请诸位坐到这儿了。"

她说到"家人"这个词时，语气有意加重。随后便转身离开了。隔壁看台一个五十岁上下的男人一直瞄着品太的背影，随后

---

1 已婚女性的短袖和服礼服，印有五处家徽，衣摆带花纹。

用胳膊肘戳了戳同行的人。

"那可是品太呀。就是当年和宗右卫门町的富田屋八千代齐名的那个名妓。"

"哎呀？那个女人吗？看上去岁数可不小了，但当年应该很美吧。不过，正面看台坐着的可是远近闻名的美人，桦山伯爵家夫人。她当年也是名妓，如今可是荣华富贵之身啊。"

品太、品太……骚动渐起，大家纷纷翘首看起热闹，人群仿佛水波荡漾。然而品太却丝毫没有在意周围人的目光，她在离桥悬¹最近的看台坐下了，双手在膝前摆好，直直面向前方。

随后，仿佛接收到了品太落座的信号一般，从后台传来一阵乐声，宣告演出开始。一侧幕布升起，露出身穿带徽和服、坐在桥悬处的清兵卫。于是，台下又是一阵嘈杂的交头接耳声。

"那不是鹿岛大尽嘛！"

又是两年不见，清兵卫看上去瘦得更加厉害，胸膛仿佛塞了一块木片，平得吓人。毫无光泽的皮肤宛如被打湿的纸张，绷在两侧的脸颊上。

他从大幕旁走出，深凹的眼睛转了转。似乎是被他那双眼睛吓到，一个坐在正面席位、四五岁的小女孩紧紧地抓住了母亲的胳膊。

《砧》的主角是筑前国芦屋的妻子。丈夫为告官司独自去了

1　能乐舞台上，从后台通向正面舞台的设有栏杆的通道。除演员登场、退场外，亦作为舞台的一部分使用。

京城，过去三年都未能回来。为抒发寂寥之情，妻子只好整日捣布，可连捣布也厌烦了，丈夫仍不回来。最终，妻子在等待中筋疲力尽，撒手人寰。而她的灵魂，则在迟迟归乡的丈夫的追悼供养之下解脱了。

在世阿弥活跃的那个时代，夫妻之间倘若久不相见，便可以说是事实离婚了。因此，该曲之中的这位妻子，也可以理解成因认定丈夫对自己的爱情消逝，心生怨恚，所以才含恨离世的。可是，眼前消瘦衰弱的清兵卫，似乎也符合此曲之中的另一层意味。

倘若此为三年之秋梦，唯愿此恨不再，长梦不复醒。然此景并非梦境，竟是独留我身于过去种种，而往昔早已雾散云清。

阿丰一边听着古老的慨叹旋律，一边侧目看了看紧盯着舞台的品太。

清兵卫因品太被逐出家门，钱财散尽，至今已有近二十年了。当初顶着鹿岛大尽的绰号挥金如土的生活和此后落魄模样的反差，自然会引起人们的好奇关注。然而，此刻分坐在舞台上下的二人，却仿佛身处一个只有他们二人存在的别样空间，这空间被静谧笼罩着。比起舞台上那个身穿唐织，捣布以慰藉内心孤寂的主角，反倒是那个拖着残缺的身体立于舞台之上的丈夫和那个坐在台下静静守护丈夫的妻子，更像是生活在不属于这世界的某处一般。

千人千面，夫妻也是一样，每对夫妻的相处模式也各有不同。或许正是因为受尽了世人的嘲讽，所以清兵卫和品太才会如此相依相偎，仿佛走进了一个只有他们二人的透明茧房中。

阿丰轻轻将手放在了身旁的包袱皮上。

清兵卫之所以那般积极地请自己来看《砧》的演出，并不是为了求她同情。在旁人看来极为凄凉的生活，对他们二人来说却是不需任何人置喙的幸福。他只是想将自己的幸福展示给阿丰看而已。倘若如此，那么自己这种想要帮助他的念头，该是何等傲慢。看来，事到如今，她仍旧没能理解所谓夫妻究竟是什么。

喂，师父。

突然，她耳边响起一个声音。阿丰吓了一跳，她没动，只是用眼瞟了一下。随后注意到是坐在自己后座的阿江，她向前探着身，把脸凑过来同阿丰搭话。

"我这是第一次看《砧》这出戏。我觉得啊，这个女主角拐弯抹角的，性格真是不爽快。"

她的声音恰好被激昂的鼓声盖住，估计一旁的松司听不到。可话虽如此，观赏表演的途中交头接耳，这实在是很没素质的行为，阿丰正犹豫是否应该提醒她时，对方却毫不在乎地继续说道：

"要是换作我呢，倘若知道丈夫远行，我自然会耐心等待。当然，肯定也会生气，会觉得寂寞，也会有忍不住大骂'干脆离婚算了'的时候吧，但所谓夫妻，这不就是常态吗？"

"哦，是吗？"

阿丰冷淡地应了一声，又将视线转回到舞台上。可阿江还不停嘴，她压着声音说话的样子，像只喉咙里发出呼噜声的猫。

"知道吗？我们家那口子呢，以前可是有那么点儿喜欢你的。但就单凭画画这一点，他就赶不上你呢，所以只能找我这样一个无聊女人结婚了。"

"没这回事。虽说他以前是拿我当亲姐姐一般仰赖过，但也仅限于此。"

不。其实阿丰确实能感觉到，以前八十五郎对自己是心怀淡淡的思慕之情的。话虽如此，那也不过是年龄相仿的年轻人对身边异性的一种憧憬，归根结底也不会动摇他对妻子的感情。而且，倘若这个弟弟真的喜欢自己，那河锅家的扭曲气氛，他又怎会注意不到呢？所以八十五郎眼中所见的，其实只是那个"画鬼的女儿"，是自己的一层表象罢了。

阿江仿佛吹气一般对着阿丰的耳朵继续低语，似乎根本不在乎阿丰是否回应她。

"但是呢，我很清楚。就因为我是个不会画画的无聊女人，所以才能等着他。你看，像你这样的人，一旦意识到和丈夫脾气不和，立马不就离婚了吗？我们家那口子呀，和我这样的平凡女人才最配呢。"

倘若现在转过头去，她一定能看到阿江满面的笑容吧。但是，那笑容绝不是对阿丰露出的胜利微笑，而是在面对和丈夫之间出现无数鸿沟分歧却仍无法怨恨他的自己露出的自嘲的笑容。

台上的清兵卫倾着身子，瘦削的双颊因为用力吹笛而鼓胀起来。

接下来的岁月里，清兵卫和品太还是眼中只有对方，就这么生活下去。而八十五郎虽然对阿江心有不满，但也不会一气之下强行与她离婚。

夫妻究竟是什么？成长环境和思维方式并不相通的男女二人在互相陪伴的人生之中，就只能彼此舐舐伤口，却又彼此撕咬仇视着走下去吗？那么家人呢？兄弟呢？同门呢？活在这人世间，就必须要被他人的不理解百般折磨吗？

在高亢笛声的掩盖下，阿丰用气声低低说道：

"你啊，你讨厌我，我很明白。这样也好，我都无所谓。但请你至少不要再厌恶画画了。你这副样子，就不觉得八十五郎和松司很可怜吗？"

地面咔嗒响了一声。是阿江一跃而起发出的声音。看台坐着的观众纷纷扭头看过来，就连舞台上的伴唱和伴奏都被她的粗鲁态度惹到，以责难的眼神扫视过来。

阿江似乎是想破口大骂，但又碍于周围人的眼光，无法开口。她的脸一瞬间血色顿失，转身就准备冲出去。阿丰一把抓住了阿江的手腕，将她猛地拉近，将手边那个包袱皮举起来，塞到她胸前。

"没错，我不懂夫妇究竟是什么。可无论是那《砧》中的女人还是你，都是因为心中牵挂丈夫，所以才感到痛苦，不是吗？既然如此，就昂首挺胸吧。有什么必要厌恶我这种只会画画的人呢？"

此时台上伴唱高声吟唱，仿佛在制止二人的争执一般。阿江嘴唇抖得厉害，完全没有余力去检查那包袱皮里究竟是什么，她紧紧抱着那包东西，直接冲了出去。

一边的松司从刚才起就惊得睁圆了眼，看看阿丰，又看看母亲。见母亲跑了，他便凑近阿丰耳边问道：

"师父，您给了我娘什么东西啊……"

"没事。不是什么要紧东西。要是她不喜欢，你就帮她收着好了。"

哦……松司一脸没反应过来的样子，再度把头转向舞台。那一瞬间，阿丰感觉清兵卫手持竹笛，似乎向自己这儿快速地瞥了一眼——不，应该只是她的错觉吧。

对此刻的清兵卫和品太来说，引人关注的骚乱仿佛发生在遥远彼岸。虽然现身于众人面前，但他们已是同凡尘俗世远隔万里的一对夫妇了。今日将阿丰喊来，也只是为了展示他们二人此后仍将携手共度余生的决心。

可是，阿丰和清兵卫、品太夫妇不同。她不会像八十五郎那样羡慕河锅家，也不会像阿江那样，因为喜欢一个人，而去憎恶他人。

因为自己还有绘画。还有靠着一般家族不应有的爱憎联系起来的血缘关系——她的父亲，她的哥哥。

阿丰突然被一种近似孤独，但又十分清爽的感觉所包裹。该不会，自己如今仍旧坚持作画的这种心绪，其实是为了在这斗转星移的凡尘间，切实地体味被抛弃的感受吧。没错，这感觉就像小孩子忍不住硬要去揭开正在风干的伤疤一样，但是这又有什么不好呢？

阿丰用手指戳了戳松司的肩头。

“看完这出戏，要不要顺路去趟上野竹之台的陈列馆？九号开始就是文展，如果能入选，八十五郎的画也会在那儿展出呢。”

听阿丰这么说，松司有些不高兴地噘了噘嘴。

“哦，您说那个展吗？他确实是选上了。但师父您看了估计会生气的。画里层层叠叠枝繁叶茂的胡枝子，还有踩在上面的鹿，从头到脚都和狩野派一模一样。画到那个地步，他还真好意思自称是河锅派呢！”

“那也无所谓，我倒正要看看他画成什么样子了。”

阿丰唇边不禁漾起一个微笑。而此时笛声仿佛要驱散她的笑容一般再次响起，那清澈高远的笛音，听上去仿佛是清兵卫辞别的音讯。

演出结束后，阿丰没有去和品太道谢，直接走出了剧场。松司一脸难掩的惊讶：

“这样可以吗？师父？”

“没关系的，她不也没来找我嘛。”

一曲结束，伴唱和伴奏都离开了舞台，品太仍旧端坐在席位上，纹丝不动。她将人们好奇的交头接耳声权当耳旁风，那张侧脸显出的表情，要比清兵卫的笛声还澄澈。

梅若家的门外停着一排黑色小汽车，最近偶尔会在大街上看到这种车。刚才在客席上见到的那个小女孩被母亲牵着手，钻进了其中一辆车中。汽车喷出一股浓浓的黑烟，疾驰而去。阿丰被黑烟熏得皱起脸，刚巧看到一个身穿华丽绉纱外套的女孩从十字路口对面慌慌张张跑过来。

"啊呀！已经散场了吗？"

那女孩不满地咂舌道。

她十分不甘心地眺望着四散离场的客人，扭头冲向来时的方向道：

"玉叶老师，咱们好像来迟了。所以都和您说了再快些的嘛。"

阿丰循着她的声音下意识一看，只见一个撑着绢丝阳伞的三十出头的女子，正迈着从容的步子走近。她一边骨碌碌地转着伞，一边眯起眼对那一脸不满的女孩道：

"哎呀，阿彦总是贪多嘛。竹之台也去了，还顺路去了港屋，竟然还要看能乐表演。一个人掰成几份也不够用呀。"

"因为……因为很难有机会和老师一起的嘛。您不要一个月只来一周，再频繁点儿去女子美术学校上课该多好呀。"

"就算你这样讲……"听罢女孩的话，撑阳伞的女人微微笑起来，这时，她突然注意到了阿丰。一瞬的沉默之后，女人的表情猛地变得明朗亲昵起来。阿丰想起了这张脸——栗原玉叶，就是当年的绫子。

"真是太高兴了！竟然在这儿见到河锅老师！您是刚刚观赏

完能乐表演吗？"

阿丰无言地点了点头，绫子丝毫没在意阿丰的情绪，她微微歪了歪伞盖，仰头看了一眼梅若家的大门。

"我眼下刚从学校回来。从这个六月起，每月有六天在那儿教授日本画。今天是学生们闹着要去竹之台陈列馆观摩文展，所以就一道去看了。"

绫子使了个眼色，于是那个身穿昂贵外套的女孩急忙低头行礼道：

"我叫笠井彦乃。"

眯眼望着学生的绫子侧脸上洋溢着难掩的自信。

女子美术学校在阿丰离职后不久遭受火灾，现在于本乡菊坂建了新校舍。去年开办东京大正博览会时，皇后还去学校买了在校学生的美术作品。眼下，只要提到"菊坂的女子美校"，全东京可以说是无人不知无人不晓，可见这座学校成长之繁荣。

"说起来，我在文展上也有一张作品被选上了。不过我其实对落选的那一幅画更有信心来着，真是遗憾。"

文展——文部省美术展览会，是一场云集日本画、西洋画各画会的官方展览，由时任文部大臣的牧野伸显促成。因为之前在东京劝业博览会上发生的那起北村直次郎自毁作品事件，文展吸取教训，在审查方面不单会找来创作者，还会请一些美学家、美术行政官员做审查官，以其公平审查的宗旨而广受关注。

"是吗？我们接下来也正要去趟竹之台呢。你的画是在哪个房间陈列呢？"

"就在离入口不远的第三室。不过河锅老师，到时候您可别惊讶哦。"

说到这儿，绫子和彦乃对视了一眼，然后像个小姑娘一样咯咯笑了起来。

"第三室里陈列的全是美人画哦。今年入选作品实在太多了，为了方便前来观赏的人区分，所以主办方就按主题和画派分类，同一主题或同一画派放在一起。我的画就是在超级热闹的'美人画室'里陈列的哦。"

自改元明治至今，东京这座城市已经举办了无数的展览会。但是展示方法比较杂乱，并没有什么区分类别的具体规定。要是有那么多美人画挤进展览会，想必整个房间就像大花圃一样华丽多彩吧。

可是，说实话，阿丰并不喜欢当下坊间人气很高的美人画。在往昔的江户，比起外在美，对女性的刻画更着重于展现其精神之美，并将此作为风雅的象征。可与江户不同，当下的绘画备受西洋画风的影响，很多人心中的所谓"美人画"，就是要以漂亮的现代女性为主题。实际去各种展览上一看，千篇一律都是描绘女性被华丽的流行服饰所包裹的花哨作品，看得人头昏眼花。

倘若这些画作单纯就是西洋画，阿丰倒也不会觉得多么不快。问题就在于，在这些美人画中，有许多一看就或多或少受了狩野派的影响。

既要有变，也要有不变，世间诸事皆是如此，这一点阿丰清楚。可是，当下的美人画越是春风得意，就越是把支撑其根本的狩野派画法弃如敝屣。这一点，阿丰实在是接受不了。

"是吗？美人画室呀……"

松司似乎注意到了阿丰的不悦，他用力抓住了阿丰的手腕。松司看上去骨架细瘦，力气却很大，他催促道：

"咱们快走吧，再磨蹭下去梅园就关了。"

松司语气急迫地说：

"对了，不是还要给阿吉买点儿特产豆包吗？快走吧！"

阿丰甚至都没来得及和绫子道别，松司就那么拉着她，将惊呆的绫子和彦乃扔在原地，大步走上街，向南走去。一直走到扭过头都看不到厩桥栏杆的地方，他才仿佛摸到什么灼手的东西一般，急慌慌松开了手。

"对不起！师父……我下意识地就……"

"没关系，让你费心了。不过，今天就照你说的那样，去梅园喝点儿红豆年糕汤，再买点儿特产回去吧。"

将狩野派踩在脚下的还有八十五郎。或许是因为在松司眼中，这个兴致勃勃地讲述美人画室的人和父亲重叠在一起了吧。

松司的这股聪明和温柔劲儿，同过去的八十五郎非常相似。阿丰不禁露出一个苦笑，又急忙忍住了。

"话虽如此，单是入选作，美人画就能摆一整个画室啊。要是父亲或者大哥听说了，一定会恶声恶气地大骂一番吧。"

如此自言自语着，阿丰突然意识到，自己似乎对父亲和大哥的感情十分亲近。当然，这并不是说她在心中接纳了那两人。可身处大正这一时代，阿丰最终只不过是河锅家的一员。她只能代替一生标榜狩野派的父兄，坚持同瞬息万变的画坛对峙。

此刻正一脸担忧地望着自己的松司，或许终有一天也会和八十五郎一样，离开阿丰的身边。这样也好。随风潮而动，这也是自然。

（但正因如此，我才——）

流行之中，总会生出排斥。当下追捧"美人画"的人，早晚有一天会厌倦，转身贬斥创作美人画的画师们。到时候，他们就会认为绫子那婀娜华丽的画风灵性不足，还会慨叹她的作品缺乏内在美吧。

话是这么说，但已经被烙上老古董烙印的狩野派的画作，估计是不可能再翻身回春了。世事如水，奔流不返。而她只能独自一人，留在父兄曾坚持的道路上。

阿江是否已经看了那幅《砧图》呢？还是说，她压根没有打开包袱皮，就直接将它深深藏起，再重重锁上了呢？

烈风吹过隅田川的水面，皮肤仿佛针扎一般疼痛。那于虚空之中猛烈翻卷的风声，似乎在宣告冬日的临近。

阿丰轻轻敲了一记松司的后背，踏上了大路，路两旁的芒草闪着光芒。大风又起，吹过广袤的天空，推动了一片片流云。

赤月

大正十二年，初秋

从云层逐渐堆积起来的天空一角，隐隐传来一阵远雷。阿丰注意到绘绢上的描线似乎水分太大，于是用膝盖压住了画到一半的《日本武尊图》的一角。

似乎就等着这一刻似的，一股疾风突然从敞开的檐廊吹进画室。瓢泼大雨顷刻而至，中庭的池塘水面被密集的雨滴激起大片白沫。

"啊呀，真是的，怎么下起雨了。"

入室弟子里羽咂舌，从主屋的后门冲了出来。或许是因为她本就生得娇小，所以虽已年过五十，面容上却看不出多少衰老的痕迹。她皱着眉，面对坐在画室的阿丰猛地撑开一把伞，道：

"我这会儿去接一下阿吉。她现在估计正好被困在日暮里的车站那儿。"

阿吉现在就读于本乡菊坂的佐藤高等女校，这所学校是女子美术学校的姐妹校。之所以进佐藤高等女校，是因为女子美术学校校长佐藤达次郎的热情劝说。阿丰当年还在女子美术学校任教时便颇受他照顾。虽说是姐妹校，但佐藤高等女校和女子美术学校的校风大有不同。前者的校风十分开明，重视教育，旨在培养有能力的女性。这似乎和面对万事都很开朗乐观的阿吉性格相合。虽然她成绩平平，但遗传了河锅家的高个子基因，而且很少生病受伤，是个体格健壮的女学生。

"稍等片刻雨就会停啦。不用特意顶着这么大的雨去接她的。"

"可是……阿吉她啊，有时候特别乱来。要是她冒着大雨浑身湿透地跑回来，万一感冒不就麻烦了吗？她那股冒失劲儿呀，比起阿丰师父，倒是更像晓斋师父呢。"

突然一道雷劈下来，天空仿佛撕裂了一角。里羽已经挽起衣服下摆扭头奔出门外，雷电的光芒照亮了她的背影。眨眼的一瞬，又是轰隆一声炸雷，阿丰不由得缩了缩脖子，心里想的是：要如何才能用画笔呈现出雷电的模样呢？

阿丰眼下绘制的日本武尊是神治时代的英雄，有"威猛之仪，如雷如电"的美誉。这幅画的主要线条部分已经绘制完毕，正准备上色。单膝着地的日本武尊用剑将从四面八方攻来的火焰斩断驯服 —— 这个构图本身是没法改变了。但是，熊熊燃烧的火焰对面的景色，或许可以不采用草稿中绘制的那片草木凋零的远山，改成划破天际的闪电如何？这样岂不是能更加鲜明地强调日本武尊的勇猛与果敢吗？

她跪立起来，就近拿起涮笔筒压住了绘绢。随后，将煮胶水的小锅架到一年到头点着火的火盆上。就在这时，刺耳的雨声之中，从主屋方向传来慌乱的喊声：

"呀！这雨真是大啊！都说夏天下起雨都是半山风雨半山晴的，才刚走过上野那边的山，就突然下成这个样子了！"

抬头一看，真野松司正站在主屋的门前，两手绞着小仓裙裤的裤脚。或许是因为淋得彻底，他平时那一头自由奔放的乱发现在正湿答答地紧贴在额头上。

"怎么突然来我这儿了？真稀罕。是店里有事顺路过来的吗？"

"师父您可真是的！您忘了吗？今天不是一年一度的龟户天神祭礼啊。不是说好有东西要请师父鉴定，让我带古董店的人来您这儿，然后顺便去看看天皇出行的吗？"

"哦哦！对哦，我忘得一干二净了。"

松司沿着池畔的踏脚石走过来，从怀中掏出手帕胡乱擦着头发。这阵子他突然近视了，此刻正眯起眼仔细瞧着那幅画道：

"啊呀？神治时代的画？真少有呢。而且还是这么粗犷豪放的风格，真是好久不见了。"

他双手撑着宽檐廊说。

今年春天，二十四岁的松司开始帮忙料理家中本行——当铺的生意了。因为就在前年，长期负责店铺运营的母亲阿江突然中风倒下，如今若没有人照料甚至连饭都没法自己吃了。

然而八十五郎依旧全然不顾家业，今年春天还带上二儿子小满，一起跑去朝鲜旅行写生去了。松司对父亲的做法极度愤怒，一气之下干脆暂搁画笔，抱着继承家业的决心开始在当铺忙起了生意。

话虽如此，松司毕竟是从小学画，眼下又开始大量接触作为典当品的屏风画轴，这就使他的品位愈加提高了一层。最近他对画作的评论，甚至比一些差劲的评论家要强许多。

阿丰拿起熏黑的长柄勺，用力搅拌缓缓化开的胶水。

"这幅画要参加下个月五号本乡教会召开的画会。反正其他参会作品肯定都是美人画，所以想着有这么一幅画也不错。"

"啊，是纪念栗原玉叶去世一周年的活动……但是到下个月的五号，那不就只剩十天了吗？能来得及吗？"

"所以我就急急忙忙赶工，把之前和你约好的事情给忘了嘛。"

哎哟，这可真是……这样不要紧吗？松司一边嘀嘀咕咕地发牢骚，一边用手帕擦脚底。随后他跪坐到火盆旁边，凝视着阿丰的侧脸。

"那个叫什么村松还是松村的作家，不是会来您这儿打听晓斋师父的事情吗？您日子过得这么糊涂，几十年前的事情还能想起来不？"

"你这孩子，也说得太过分了，我还没老到那个地步吧。"

不过，她也明白松司为什么这样说。阿江中风之后，原本执拗的性情变得难以置信的脆弱。阿江还没满五十岁，但已经分不清过去和现在的事了，同样的话总是翻来覆去地讲，据说还总是把松司错认成八十五郎。就是因为和变成这样的母亲整日生活在一起，所以松司才会担心阿丰，毕竟她比阿江年龄还大呢。

没错，阿丰的确老了。她的年龄已经超过了同父异母的大哥周三郎的享年，离五十九岁去世的晓斋也仅剩三年了。

所幸她身体还算康健，眼神更是比早早开始近视的松司强许多。我不要紧啦——阿丰再度强调，随后硬是换了个话题。

"说来，和那位古董店的人是约在这儿见面吗？记得他好像是八十吉叔叔的棋友？"

"不是啦！是直到去年还在我爷爷棋友的古董店里工作的人。嗨呀，您看您……果真都没认真听嘛。"

松司颇为夸张地大叹了口气，理了理裙裤的裤脚，重又端正好坐姿道：

"今天来的这位是广田先生。一直到今年三月都在银座的古董店龙泉堂工作。"

松司一字一句地认真说给阿丰听。

"爷爷如果在典当物里看到宋元时期的壶，总会请龙泉堂的帮忙掌眼。我也是在那儿认识了广田先生，后来我们之间也有了来往。今年春天广田先生自己开店以来，仍旧帮了我们不少忙呢。"

"啊，对对。没问题，这些我都没忘呢。"

听阿丰这样说，松司一脸怀疑地看了看她，喃喃道：

"那就好……"

随后他又补充说：

"总之呢，我们是约好了今天三点在这儿见面。不过看这雨势，他说不定会迟到呢。怎么样呀师父？让我替您煮点儿胶水吧。我偶尔也得上手做做颜料，不然手艺该迟钝了。"

于是，阿丰将煮胶水的任务交给仍对她很不放心的松司，自己又返回乘板上。

可是，她虽很清楚再磨蹭下去就会赶不上即将召开的画会，但一旦暂停画笔，想继续画下去就不太顺利了。平日本就容易感到僵硬的双肩现在更是颇为沉重。阿丰只得一个劲儿在颜料盘沿反复地抿着毛笔的笔头。

之所以会如此，她其实知道原因。那是因为栗原玉叶在去年初秋因心脏病逝世这件事，至今仍令阿丰感到心情沉重。

玉叶——不，栗原绫子敬自己是老师，这一点她心里清楚。可与此同时，她又毫无恶意地称晓斋的画作是"老古董"。

曾宛如蝴蝶一般华丽的绫子频繁创作出少女画及美人画，她的作品正同追捧大都市那种考究、热闹、华丽的世情相符合。往昔，世间也曾大肆追捧过晓斋的作品，而如今，他已被当作陈旧的老派了。还有什么比风评更加瞬息万变的呢？

八年前，上野竹之台举办了第九届文展。展览上陈列出大量的美人画，于是被人称为"女护岛[1]""美人画室"。结果，因为此类作品画风过于华丽，反遭批判。美人画共通的美艳色调和精致笔触在之前一直备受好评，如今却被贬斥"毫无艺术价值"。不过，这种贬斥同时也是敦促大家积极地探寻美人画未来的走向吧。然而绫子却将一切批判的声音，都当成对美人画的全面攻击了。

第二年，绫子在第十届文展上的参展作品全部落选。她动身前往朝鲜旅行，回国后，开始屡屡发表以地方风俗和亚洲女性为

1　日本传说中的地名，指一座位于海上、居住者只有女性的小岛。

主题的作品。同时，她还成立了仅有女性画家参与的画派"月耀会"，开始倾尽全力培养女流画家。不难看出，她的一系列举动都是为了推翻人们对美人画的批判责难。

结果，她却因积劳成疾，年仅四十岁便英年早逝。如今已过一年，世间对绫子逝世的惋惜之声仍未停息。月耀会这边也企划了追悼画会，邀请身在东京的女流画家们绘制作品参展。阿丰虽一再推辞，但最终拗不过，应了下来。但她总觉得，绫子生前被肉眼不可见的所谓"世间的评价"那般反复提弄，实在是太可悲了。

人的喜好绝不会一成不变。更何况，绘画这种东西本就是为愉悦身心而存在的。所以人们对画作的评价，必然也瞬息万变。关于这一点，其实回头看看前人走过的路就能非常清楚了。晓斋的作品虽被称为"老古董"，可它们过去也曾因新颖猎奇而人气极高——绫子怎么就没注意到呢？

"师父，胶水煮好啦，接下来帮您磨些颜料吧。"

松司正说着，雷声却将他的声音盖住了。大雨更加激烈地倾泻下来。雨下得这么大，里羽和阿吉应该也找了地方暂且躲雨呢吧？阿丰正如此想着，此时主屋方向传来一个男人的声音。

"呃，打扰了！请问这儿是河锅晓翠师父家吗？"

"哦哦！广田先生，我们在这儿呢。"

松司敏捷地站起身，踩上木屐冲出了画室。很快，他就带着一位头戴鸭舌帽的小个子男人一起奔回了中庭。

"哎呀呀，幸好真野先生您先到了。这阵雨左等右等就是不停，我想问个路，大道上一个人影儿都没有。眼看二十世纪了，根岸这边的住户还是少得很呢。"

男人热络地说着，用手掌拍打帽子上的雨水。他看上去和松司年纪差不多。此人脑门生得很宽，仿佛葫芦一样的形状。嘴唇又厚，唇形好似粗头画笔所绘。这使得他整个人都显得异常亲切。

见到伏在乘板上的阿丰，男人急忙略略欠身道：

"哦哟，这可真是，失礼了。"

他虽有意说江户话，但听得出不是自幼在本地长大的。话尾带着些藏不住的方言味道。

"今天来您家打扰，实在抱歉。我是在神田连雀町开古董店的广田。上个月，我收到一幅河锅晓斋师父亲绘的挂画。我本人平时常接触的是一些金石陶瓷类的玩意儿，所以看不出这画的真伪。多亏真野先生帮忙，才能来请您给掌个眼。"

听他那滔滔不绝的伶俐劲儿，简直不像开古董店的，倒更像个曲艺演员。而且，阿丰也没想到一个开古董店的老板竟然会如此年轻，她有些模棱两可地点点头。

迄今为止，也的确有人来找她鉴定过亡父的画作。但即便早有此类经验，阿丰仍极不擅长做这种工作。因为在拿来请她鉴定的那么多作品中，真迹屈指可数。一想到对方两眼放光地期待着好消息，自己却告诉人家画是假的，那种沉重感就闹得她胃痛。

阿丰挪动沉重的双脚，将广田请进画室里间。

在这个形式上的壁龛之中，挂着晓斋第一次画给阿丰做示范的那张柿子枝和鸽子的画。广田看向那幅旧画的眼神带着古董商特有的敏锐，不过他似乎很快就对那幅画失去了兴致，转而跪坐下来，将刚刚夹在胳膊下面的包裹解开。

"我自己的店后面是一个菜市场。有个在那儿工作的女子拿着这幅画过来，硬要我收下。我对挂画一向不熟，所以一开始是拒绝的。然而她似乎是要为什么人办法事，实在没钱了，哭着恳求我……"

似乎是因为路上被大雨打湿了，包袱上系着的疙瘩怎么都解不开，于是广田便不问自答地继续道：

"而且那个女人啊，虽然看年龄应该超过五十岁了，但是眉眼之间的气质很能震慑人心，实在称得上是个好女人。不过，她倒绝不是那种美艳的妇人啦。"

广田依旧继续道：

"那一看就是过去在花街生活过的女人。也不晓得究竟为什么会跑去那种又臭又脏的菜市场工作呢……啊，总算解开了。"

广田急急忙忙取出的那幅约二尺宽的画，表面浸染着污渍，一看就搁置很多年了。

晓斋去世至今已逾三十年。在画坛，晓斋的名字早就成了过去。但同时，由于他那奇特的独创画风，至今仍有人深爱着晓斋的作品。就在前年刊行的《帝国绘画》排名中，晓斋还被誉为和葛饰北斋、歌川广重齐名的浮世绘画师。这也解释了为何至今他的作品仍在美术市场上被买进卖出。

话虽如此，如今的日本尊崇的是西洋画以及受西洋画风影响的日本画。浮世绘则相对更低一档。在传统日本画画师之中颇有名气的晓斋，他的作品大概值千元左右。约和晓斋同时代出生，曾被选为东京美术学校教员的日本画家狩野芳崖的作品，则喊得上三千两百日元的高价。与其相比，晓斋的画简直廉价得难以置信。

"那就让我们看看吧。"

不论这幅画是真是假，都不可能有晓斋生前那般值钱。同时，也根本无法颠覆眼下世人对浮世绘画师的评价。然而，颇有些草率地将那幅画在榻榻米上展开的瞬间，阿丰却心下一惊，坐起了身。

老旧发黄的画幅中央，钟馗身骑白虎，手中的剑向斜下方挥动着。那威严的眼神所到之处，是两只赤面小鬼，小鬼踩飞了脚下沙石，正准备逃进茂密的竹林深处。作者还用极诙谐的笔触，描绘出其中一只小鬼冲得过猛，一头撞进草丛中的画面。

钟馗那身被风吹得鼓胀的衣服以及逃跑小鬼的四肢样态，笔触看上去十分遒劲有力，画面略施淡彩，显得紧凑有致。虽不见落款印章，但这笔法的确和晓斋无二。

钟馗图作为驱恶除晦的辟邪图，自古以来就被用作端午节的装饰画，人气颇高。晓斋绘制过很多种类的钟馗图：有的是钟馗骑着牛，有的是钟馗将小鬼踢飞到空中，还有钟馗蓄势捉拿躲在鲤鱼旗中的鬼。而眼前这幅以诙谐的笔触表现钟馗主题的画作，自然也算是钟馗图中的一类。

可是……阿丰的视线定格在慌忙逃跑的小鬼身上。

那个上半身扎进草丛里的小鬼，兜裆布在夸张的动作之下松散开，两颗青梅一般的阴囊从里面露了出来。其上还用细细的线条描绘出阴毛。那阴毛歪歪扭扭的模样，仿佛也在述说这小鬼此时是何等狼狈。

晓斋虽是满眼只有画画，对他人毫不在意的性格，但在有些地方却意外严肃。虽然都说他只要愿意下笔画些春画必然大卖，但晓斋反而很少染指。天气再热，他也不在人前打赤膊。一看到有露出小腿肚子盘腿坐的弟子，他必定毫不犹豫地挥拳胖揍。这样的父亲，就算是在画里，也描绘不出如此没品的模样。

想到这儿，阿丰又凝神一看。果然，钟馗肩膀的角度似乎上翘得过分了些，小鬼脚下散落的胡枝子花瓣的颜色，似乎也太浓郁了。倘若是晓斋来画，必然会更为含蓄内敛。

阿丰僵直的肩膀仿佛被压上了一大块冰。

"哥哥……"

她用只有自己才能听到的声音喃喃道。随后她面向广田道：

"这幅画，您是多少钱买的？"

"拿这幅画过来的女人说要三十日元。但我觉得如果这是真迹，应该还能再给她加点儿。"

按当下的消费来看，五十日元可以让一家四口人饱饱吃上一个月。但晓斋的画如果按三十日元来算，就便宜得过分了。既然有意喊出这个价格，那说明拿画来的那个人自己应该也知道，这画并不是晓斋的真迹。阿丰抚着老旧起毛的绘绢，手指握成拳头。

"那……这画究竟如何呀？晓翠师父？"

听到对方的声音，阿丰方才回过神来。这才发现广田已经凑得很近了。她拢了拢额头两侧的碎发，清清嗓子道：

"很遗憾，是赝品。这幅画是我异母兄长河锅晓云的作品。他是模仿父亲画风的一把好手，所以看不出来也很正常。"

晓云？广田小声重复着这个名字，看样子他甚至不知道晓云的发音应该对应哪两个字，他重复这几个音节时把音调拖得很长。

不过，这也难怪。兄长一直都在尽力模仿晓斋的画风，从未动摇过。而且他也只肯创作挂画和屏风。最终，他的名字彻底被父亲的盛名掩盖，作品大多卖不出去。因此，在当下的东京这片地方，应该没剩多少周三郎的画作才对。再加上这画轴外层已经有了污渍，沾染湿气，可见是长时间将画收起封存的结果。会这样做的人，这世界上恐怕只有一个了。

阿丰干涩的口中，突然泛起一抹金平糖的甜意。双目弯如柳叶，轻敲阿丰肩膀的那个女子。没错，她若活着，眼下自然和阿丰一样，年逾五十了。

阿丰回忆起嫂子的笑脸，她面向广田道：

"话虽如此，这画还是不错的。方便的话，我想出六十日元把它买下来。"

"那可真是……这么一来，付给那女人五十日元，我手头竟然还能剩十日元，当然是件美事。"

似乎是觉得这样的好处来得过于轻而易举，广田的眼中泛起警戒的神色。于是阿丰连忙补充说：

"相应地，我也有事拜托您。请您带我去见见拿画给您的那位女子好吗？我猜，她很有可能是我异母兄长曾经的妻子。"

"啊，原来如此。竟是这样吗？"

大概是在生意场上时常见到这种情况吧，广田心领神会地朝套着喇叭裤的膝盖敲了一记。

"这很简单啦，您什么时候来我店里，我随时带您去找她。"

松司眼中满是好奇地望着摆在膝前的那幅《钟馗图》。阿丰将那幅画的正面挪给他看，脑海中浮现出为周三郎守夜当天阿绢的模样。

阿绢就坐在周三郎的枕边，无论阿丰对她说什么，她都是一副失魂落魄的样子，只一个劲儿含泪低头盯着自己的双膝。蚊香燃起的烟没有消散，而是在檐廊打着旋儿，在漆黑的中庭升起一片缭绕的云雾。

他们两个人是在哪儿相遇，又是为何走到一起的，这些事阿丰全然不知。可是，一想到那个性格古怪的周三郎唯独愿意对阿绢敞开心扉，这本身就令阿丰内心感到安宁了许多。

然而，自周三郎葬礼结束以来，阿绢却和河锅家彻底没了联系。晓斋的遗墨展上也没出现。无奈，阿丰还办了一场周三郎的周年忌辰纪念会，阿绢仍未出现。

埋葬周三郎的谷中正行院的墓地，偶尔能看到有人祭扫的痕迹。所以阿丰推测她应该尚在东京。然而眼下意外获知了阿绢的消息，这也令阿丰内心激动不已。

说起来，来年就是周三郎的十七周年忌辰了，或许阿绢因为要独自操持亡夫的祭礼，所以才无奈舍掉了这幅《钟馗图》吧。

阿绢的妹妹早已不在人世，除周三郎外，她应该也没有其他可以投奔的亲戚了——一想到这儿，阿丰就坐不住了，她得做点儿什么。她从一旁的小文件箱里取出钱包，拿出五张一日元的纸币，当作定金递给了广田。

"那我最近就会去叨扰，您那边的时间如何呢？"

"嗯，接下来的月底我比较忙，五天之后，就是下个月的一号怎么样？"

下个月的一号虽是个星期六，但是神田的菜市场每月的第一个星期六是休息日，所有人都要来店里做大扫除，按广田的说法，到时候店里的女员工也都会去的，当然也包括那个卖他画的女人。

不知何时，暴雨已变成一片淅沥的烟雨。薄薄的日光从云隙间洒下来。到了快告别的时刻，广田开始着手整理《钟馗图》，正在这时，主屋外传来阿吉清澈的大喊声：

"我回来啦！回来晚了，抱歉呀！"

"哎呀！这孩子！别湿着脚往屋里跑！阿吉你怎么就这么不听话！"

在外面一片热闹气氛的催促下，广田一边道别一边站起了身。阿丰拜托松司送客到外面大街，自己则扭头将视线投向画到一半的《日本武尊图》上。

手握长剑的日本武尊一脸少年人的青涩感，左手高高扬起，右手则握着长剑，动作夸张地划向画面深处。这幅画画得绝不能说差，可是的确很无聊。她十分清楚这一点。

（如果大哥还活着——）

导致栗原绫子去世的间接原因——美人画批判，或许也是对只推崇美丽的当今绘画界的一种反对吧。周三郎从不惮于批判以桥本雅邦为首的当今画师们，倘若他还活着，会对这大正画坛有何看法呢？他说不定会意外地为绫子的死击节叫好，还有可能凭借和晓斋如出一辙的不羁画风博得世人喜爱呢。

距离第一次在父亲的要求下拿起画笔，至今已过去五十年了。直到现在，阿丰的画仍旧远远赶不上晓斋。由于兄长过早离开人世，自己就被世人认定为晓斋的后继者。而周三郎的名字则早就连古董店的人都忘得一干二净——这种感受，未免过于荒诞了。

夏季的天空总是易变，眼下竟已放晴了。庭院中的草木还点点滴滴地落着水珠，反射着太阳的光辉。阿吉嘴里喊着"妈咪！"从主屋冲过来，将木屐胡乱踢飞在画室的素土地面上。

"今天是不是要去龟户天神祭啊！现在雨也停了，等松司哥哥回来，我们就直接去吧！"

阿吉所在的年级如今似乎非常流行将日语和英语掺在一起说。她们班上的同学都把"母亲"喊成"妈咪"，把"父亲"喊成"爹地"，这个时髦的小姑娘，一定早就忘了自己幼年时，曾经被瘦成幽灵的周三郎吓得大哭了。

明治早已成为过去。狩野派绘画、浮世绘，还有晓斋这个名字都已飘向了忘却的彼岸，可自己却仍旧无法逃离画鬼的桎梏。

雨后的清香钻进鼻腔里，阿丰舀起一勺胶液，滴进颜料碟中。

"我还有工作没做完，你和松司一起去吧。"

"欸？可以吗妈咪？"

阿丰将视线从脸颊染着兴奋红晕的女儿身上挪开，用胶液化了一包金粉。又直接将颜料碟挂在火盆上，用无名指搅金泥。

金泥的颜色眼看着愈来愈富有光泽，就好似将昏暗的天空猛地撕裂开来的闪电的光辉。

到了和广田约好的五天后，阿丰一早随意吃了两口早饭，就收拾整齐，把五十五日元放进信封，深深塞进怀中口袋。

阿吉在院子里帮里羽洗东西。阿丰对她俩的背影说了声：

"那我就出门了。午饭时候应该能回来。"

说罢，她便踩上了相千两木屐[1]。

天空澄澈高远。

昨夜日暮时分下了一场雨，路上到处泥泞极了。路面驶过的车子溅起泥水，甩到板墙上，印染出一道道黑色飞沫。走下和缓冗长的新坂，再到上野，就能看到省线停车场黑压压的人群。

惨了，忘记今天是周六了。阿丰咂咂舌，没停下脚步，继续沿着广小路向南前进。她穿过万世桥，桥上站着一个蓄着严谨小胡子的警官，正在疏导交通。阿丰又从建着大大小小各种店面的市场外横穿过去。

---

1 将前齿做出一个斜坡形状的木屐。优点是很方便步行，缺点是木屐本身相对略沉。

从她还住在神田神社西的大根畑那时候起，这一带就开了许多卖菜的商铺。有时坐在家中就能听到那争相吆喝的声音随风飘来。今天休业，没有了吆喝声。但取而代之的是一群裸着上身的男人抱着空箱子，慌里慌张地在路上走来走去。菜市场特有的喧嚣气氛扑面而来，阿丰按照广田给的地址，向着连雀町的十字路口走过去，正见到广田深深压着鸭舌帽的帽檐，倚着电线杆，一脸困倦地揉着眼睛。

"您好！您一下就找到这边了吗？"

他看到阿丰，于是冲她扬起胳膊挥了挥手。紧接着又打了个大大的哈欠。

"哎呀，真是抱歉。昨天晚上我和同行聊收购货品的事，谈到很晚。毕竟我独立开店时间不长，一遇到价格略高的商品，我就不敢擅自拿主意了。今天晚些时候，我还得去品川筹点儿钱。"

广田一边引着阿丰向市场方向走，一边兴冲冲地搓着手。

"其实啊，西山那边的同行正收着一把从华族[1]宅子里得来的青瓷壶呢。那个天青色啊，绝对是汝窑的没错。万一错过了，那简直是有辱我广田松繁之名啊。"

"绘画之外的事情，我都不太了解。但来自中国的古董似乎价格都非常高昂吧？"

---

1 明治维新后日本政府颁布了《华族令》，宣布由公卿、诸侯和维新功臣等家族共同组成新阶层"华族"。华族享有许多政治、经济特权。

"是啊。所以说实话，从那幅《钟馗图》得来的六十日元真是帮了我大忙。我从中抽得的那十元钱，也足够付那把青瓷壶的定金了。"

在阿丰还是小姑娘的时代，日本能看到的来自中国的美术品，大多都是宋、元、明代的绘画。但是自明治二十八年甲午战争以来，便开始有陶瓷、金石器，甚至青铜器和佛像等流入日本。相应地，古董店也开始细分品类。

广田未满三十岁，年纪轻轻就独立经营店铺，这也从侧面显现出古美术界眼下有多兴盛吧。说起来，为晓斋的牌位供奉清水的那个小茶杯前几日豁了个口子，现在正凑合用着从碗橱深处翻出来的濑户烧。难得认识了广田，就请他帮忙选一个品相更好的茶碗好了。阿丰正想着，就见广田在一家入口宽阔的菜店门口停下了脚步。

平时堆满蔬菜的素土地面现在空荡荡的。四五个束着袖口的女人正用刷帚刷着地面。广田十分自然地凑上前。

"啊呀？这不是广田先生吗？今天店里休息哦。"

"我不是来买东西的。我是想问，平时你们家不是有一个五十岁上下的女店员吗？我找她有点儿事。"

"哦，您说阿绢啊？"

一个在女性之间也显得身量出奇娇小的中年女人伸伸腰站了起来。她瞥了一眼站在一旁、因为自己猜中是阿绢而大喘一口气的阿丰。随后回道：

"不巧啊，她今天休息。"

"啊呀，这可为难了，我们找她有话聊呢。"

"前天她念叨腰疼，提早回去了。后来就没再来了。平日里要运几十筐的蔬菜呢，一换季就容易犯这毛病呀。"

女人说着，摩挲摩挲自己的腰。

"那您知道阿绢住在哪儿吗？"

阿丰近前一步问。

"品川町吧。反正记得她说自己是住在目黑川河口附近的某个长屋。还说背后很近的地方就是西光寺。估计你们过去就能找见了。"

从神田到品川，可以搭乘省线电车。这么一来还真是骑虎难下了啊……阿丰正要转头看广田，谁知对方倒是抢先她一步道：

"那咱们就出发吧！"

广田一拍巴掌。

"若是品川，反正我也正好有事去那边嘛。晓翠师父应该也是那种讨厌事情拖拖拉拉做不完的人吧！"

说罢，他便转身向来路走去，脚步轻快极了。他们就这样直接奔着省线的车站而去，广田一边走，一边转过头对阿丰道：

"这还是我最早做伙计的那家店的人告诉我的道理呢。不论古董还是人，这世上的一切都是靠缘分维系起来的。有人把那幅画拿给我，这便是缘分，而我能和真野先生认识，也是某种缘分。既然如此，那就尽情地抓住这一线缘分吧。那些好古董啊，往往都是从这样的缘分里淘出来的呢！"

走到车站，正赶上电车进站。两人走进车厢，广田将空座位让给阿丰坐下，自己则抓着吊环站在了她眼前。他弯着腰，冲着阿丰说道：

"说起来哦，那天回去之后我思考了很久。那个画家是叫晓云，对吧？就是师父您兄长的那幅作品，还真是有意思。说不定您那位嫂子手上还有几幅他的作品呢！那不如全都交给我处理好了，这样对我们双方都有很大利好哇！"

这个男人只是被周三郎的奇拔风格所吸引罢了。阿丰对他那古董商特有的奸猾精明感到一丝不屑。但与此同时，她内心又是一阵难抑的激动。

"你觉得……"

她开口问道，声音略有些沙哑。

"你觉得那幅画很好卖，是吗？"

"嗯。肯定好卖！"

广田毫不犹豫地断言。正在这时，车子猛地摇晃了一下，他又着腿用力站稳。

"十几年前我在古董店当伙计的时候，古董全是由那些华族和富商们购买，行情也是由他们左右。但是最近呀，很多艺术家和学者也会光顾各处的古董店。有些古董我们自己会觉得'这玩意儿究竟有什么了不起啊？'他们反倒会以高得令人惊掉下巴的价钱买走呢。"

越是籍籍无名的画家，越是会有人出于猎奇有意购买。广田如此强调。

阿丰目不转睛地仰视着他那厚厚的嘴唇。

也就是说，这个男人觉得正是因为周三郎的作品籍籍无名，所以才有价值。说不定，现在有些人还会故意购买比狩野芳崖知名度更低的晓斋的作品，而他们之所以喜爱并收集这些作品，只是为了展示自己的眼力多么与众不同，并以此自我满足罢了。

晓斋生前从未介意过自己在世间的名声。但这是因为他对自己的画作心怀极度的自负。倘若知道自己可能是因为籍籍无名，作品才被人喜爱并购买，那他得恼火到何种程度呢？

电车已经驶过了日本桥。高高的砖造建筑从车窗外模糊地闪过。街上的景致，就仿佛一个个小盒子连缀在一起。车轮声声，呛人的烟雾从车窗缝隙间钻进来，这是晓斋生前从未见过的银座的模样。

双目可见之物，双目不可见之物。父亲曾想将这世上的一切光景一一画下，倘若他泉下有知，东京如今的变化翻天覆地，那模样自己已认不出来了，那他一定会很不甘吧。

晓斋临死还在描绘自己的将死之恋，随后才咽了气。周三郎则为自己和父亲死因相同而自豪，他还嘲讽过被独自留在世间的阿丰。倘若要作为画鬼之家的人活下来，那兄长的确比自己更加合适。阿丰的年纪如今已和父亲、兄长的卒年相近，如今世人仍不肯多看一眼父亲和兄长的作品。眼下，独留衰老的自己还被遗弃在这样的世间，不知为何，阿丰心底竟涌起一股歉意。

咱们到了。阿丰感觉自己的肩膀被轻拍了一下，她抬起头。车里的人早已走光，电车司机正眉头紧锁地从车站那一侧瞪着他们。眼前的光景和刚才完全不同，这里到处是低矮的民宅。越过成片的房屋，能看到品川波光粼粼的大海。

"抱歉，我想事情入了神。"

"没关系。说来，我需要筹钱的时候就会坐电车。坐电车花钱最少，算是没办法的办法了。"

品川原本是江户的入口，也是一座驿站。不过自明治以来，它近旁的大崎大建工厂，逐渐发展起来。以此为契机，品川这边的住户增多起来，如今，成排的平房大批建起，斜指御殿山。

不过，一走出车站，又能感受到一种和根岸不同的恬静宁和。或许是因为大风卷着海潮的气息，耳边还不停回荡着波浪的声音吧。

长长的沙滩边栽着茂盛的行道松树，这一排树木为惹眼的白色海沫镶上一圈青绿。从海滩方向传来海鸟的声声啼叫，其间还夹杂着向北返回的电车在轨道上行驶的声音。

按照店里那个人所说的位置向着大海走去，只见路边的小杂货店前，一个弯着腰的老头儿打了个大大的哈欠。这时，广田转过身来对阿丰道：

"说来，差不多也到正午了。怎么办呢？咱们先找个地方吃点儿东西吧？我同乡开的店就在下一个十字路口，不过，要是让晓翠师父站着吃荞麦面，也太不好意……"

突然，仿佛一阵暴风发出轰鸣，盖住了广田的声音。阿丰抬起头，正疑惑风为何突然猛刮，眼前却瞬间翻覆过来。仿佛青蓝的海水被风吹卷起，在视野中跃动。不，不是的。翻倒过来的并不是阿丰的视野，而是眼前的景色。是整个世界猛地颠倒了，仿佛一只倾倒的笼子。甚至分不清何处是天，何处是地。

"呜，呜啊啊！"

震耳欲聋的大喊。这喊叫究竟是自己发出来的，还是广田发出来的呢？她想逃跑，可是双脚打绊，趴到了地上。地面在匍匐的身体下，变得仿佛正在凝固的胶水一样不断起伏抖动。是地震。

小杂货店前高高摞起的笊篱唰地倒了一地。一瞬后，那摞笊篱之上，屋顶的瓦片仿佛洪水般倾泻而下。然而，那本该极度刺耳的声音，如今却丝毫没有传入阿丰耳中。

地面、民宅、一派浓绿色的御殿山……统统都在扭动着，摇晃着。眼前的一切都在扭曲，阿丰趴伏在地上，仿佛一颗皮球，被抖动的地面踢得不断弹起。终于，抖动渐渐平息。等她心惊肉跳地环顾四周，才发现自己不知何时已和广田互相紧紧抱着，两个人的双臂都用力环住了对方的身子。

"哇！实、实在失礼了，师父。"

广田脸色铁青着刚向后一让，刹那间，又一股剧烈的摇晃沸腾起来。两人急忙再次互相扶住。阿丰用眼角的余光看到路面上的电线杆纷纷倒地。

他们仿佛被暴风雨蹂躏的一叶小舟，根本无力脱逃。想要发出悲鸣，可牙齿被震得猛烈敲击着，可能还咬到了舌头吧，阿丰感觉口中泛起一股血腥气。

到处都是从家中冲出的人。大家抱着头，倒伏在地上。瓦砾、石柱则不断倾倒在人们身上。空气中扬起分不清是灰尘还是沙土的气味，直把阿丰的嗓子和鼻腔都糊死了。

在东京这地方，地震并不罕见。甲午战争打响那一年的初夏，就发生过一场很大的地震。当时颜料碟全都震翻了，阿丰家的土墙也塌了将近五尺。但是，当时银座丸之内区域的建筑物也就倒塌了些许，老旧的瓦葺屋顶大部分都逃过一劫。和当时那场地震相比，眼前这光景究竟是什么！这简直是青天白日里的一场噩梦啊！

五分钟、十分钟……又或许过了很久吧。震动的潮水总算退去，脚下终于平静。阿丰和广田有些尴尬地互相对视。可是，虽有心站起身，膝盖早已软弱无力，心脏还在剧烈跳动。经历了过大的冲击后，最受震撼的不是心灵，而是身体啊……阿丰还是第一次体会到这一点。

"您、您站得起来吗？师父？"

"啊，嗯嗯。广田先生您呢？没事吧？"

两个人互相搀扶着，站了起来。阿丰恐惧地四下张望。

视野异常开阔。这是因为目之所及的所有民房全都崩塌了。附近那间小杂货店早就没了当初的模样，瓦砾斜倾了一大片，只剩一面大屋顶还在勉强支撑着，仿佛在说"这里曾是一间屋子"。

此时，一个中年女子裙摆乱飞着猛冲了过来，癫狂地尖叫着跑到那屋顶边。

"爹！爹！爹啊！你在哪儿？快回答我啊！"

紧跟着她冲上来一个略上年纪的男人，或许是她的丈夫吧。

他试图反剪住她的双手把她拦下。可是，那女人却伸出胳膊拼命扒着脚下成堆的残砖碎瓦，一个劲儿呼喊着她的父亲。

"不行！快逃吧！爷爷不是说了吗，这附近的海啊，每到大地震之后肯定都要发生海啸的！站起来，求你了，快站起来！"

女人的丈夫带着哭腔喊叫。看到这一幕，阿丰和广田对视着。

说起来，一八五四年那次地震时，正巧赶上晓斋出门去买鳗鱼。他当时走到天神桥旁边，被漫上来的海水淹了个正着，险些溺死。在那场大地震中，道路两旁的民宅全都坍塌了。那么这一次若是也和七十年前一样，地震后海水上涨 —— 也不无道理。

"咱们得快逃！广田先生。"

"逃、逃？逃到哪儿去啊？"

广田年纪尚轻，这或许是他有生以来第一次遭遇大地震吧。他眼神慌乱，那副如履薄冰的样子，似乎连好好站着都很费力。

"我也不清楚，但总之要往高处跑。你不是专门跑品川来筹钱的吗？至少对这片地方有些了解吧！快，咱们快跑吧！"

此时，大地仿佛催命般地再度发出轰鸣，他们脚下又是猛烈的震动。一声仿佛裂帛般的轰鸣声响起，阿丰扭过头，只见刚刚还勉强能看出形状的小杂货店屋顶，这一次直接崩塌在大路上。

千钧一发之际，女人的丈夫猛地把妻子从房檐边扯开了，可是还没等倒塌的屋顶腾起的烟雾平息，女人就挣开了丈夫的手。

她已经喊不出声了，只是再度冲回废墟，扒开碎裂的砖瓦。

根岸的家里还好吗？阿吉、里羽、松司，还有无法自理的阿江……

宣告正午来临的炮声，自东北方向发出一声钝响。平日里根本不会有人留意的那迟缓冗长的炮声，将眼前的凄惨光景衬托得愈发骇人。阿丰用力钳住了广田的胳膊。

刚刚还没有一丝云彩的秋季天空，如今已经笼上了一层朦胧的沙尘。在沙尘之中，北方的天空升起几道浓浓的黑烟。应该是一些倒塌的民宅失火了。即便不是民宅失火，地震之后的火灾也是在所难免。再加上，眼下恰是人们开始准备午饭的时候，此时发生如此剧烈的地震，这可要引发多少火灾啊！想到这儿，阿丰的眼前已是一片黑暗。

广田拉着她拼命地赶路，在此期间，地层下的轰鸣声仍旧不绝于耳，脚底仿佛不断被冲击似的反复弹起。即便脚下不听使唤，阿丰仍旧一刻不敢停下脚步。因为如果不这样做，她一定会因为过度恐惧，不断发出不成句的惨叫声。

街两侧的房屋全都倾斜倒塌，层叠的残砖碎瓦之上，哪一家能剩个屋顶都算是稀罕了。

"危险！危险！大家快跑啊！酒精要爆炸了！"

在省线西侧一座围着长长板壁的工厂门前，有四五个工人一边挥动手里的卡其色帽子，一边高声叫着。他们身后那栋涂着泥灰的建筑的墙壁已经如雪崩般坍塌，散发着刺鼻的异味。

"快啊！快逃啊！"

仿佛在应和工人们的叫嚷一般，那坍塌的墙壁裂缝中涌出了白烟。瞬间，阿丰的眼睛和喉咙感到一阵猛烈的刺痛，她急忙用袖口遮住嘴巴咳嗽起来。

大街上那些和阿丰一样想尽量离海边远些的人们原本正匆忙地四散奔走，此刻，恐怕是被突如其来的异味催促刺激了，好几个男人大嚷着"让开让开！"伸手猛地将附近的人推开。

人潮猛烈地波动，所有人的脚步都变得更快。广田用布满血丝的眼睛左顾右盼一番后，背对着阿丰蹲下了身。

"晓翠师父！我背您走，您上来吧！再这么下去，海啸没来，我们就要被人潮卷跑了。"

可是……阿丰还有些犹豫。

"快啊！"

广田强烈坚持道。

"再走一段路，就是二本榎町。如果那边也发生刚才那种程度的震动，整个坡道都会塌陷。拜托您了，快上来吧！"

此刻，他们背后跑过来一个刚刚洗完头的披头散发的女人，为了避开半蹲的广田，那女人不小心摔倒了。阿丰慌忙伸手想要拉她一把，可那女人根本看也没看阿丰一眼，她从地上一跃而起，大骂了一声"你干什么呢？蠢货！"随后便跑远了。

阿丰紧咬着嘴唇，趴到了广田的背上。刹那间，又是一阵剧烈的地动山摇。东宫御所的树木仿佛被暴风雨蹂躏一般，枝条发出巨大的响声。

转过头，向着高轮台方向的坡道上已经挤满了逃难的男女老少。看上去就仿佛一道宏大的逆流。说不定，那人群中也有阿绢呢？阿丰不由得定睛去看。然而，趴在不断摇晃着奔跑之人的背上，她连人们的五官都看不清楚。

高轮台这边原本寺庙众多，尤其是泉岳寺西侧的二本榎町，更是建有成片的寺院，有"寺町"的别称。话虽如此，这么多民众突然一拥而上去避难，真的可行吗？正在阿丰心下担忧之时，坡道之下突然响起一阵欢呼声。

"御所的大门打开了！"

"太好了！有救了，有救了！"

品川东宫之主乃是当今皇太子，今年二十三岁。他协助病弱的父帝摄政，据传言说他是一位十分关心人民生活的英明青年。

明治维新之前，东宫御所曾是熊本藩细川家的宅邸。它占了高轮台几乎一半的面积，可以说是占地广袤。那么大的一片地方，就算让品川逃难而来的所有人都在此处躲避，也不过近乎养了一群小麻雀而已。

"怎么办呢？晓翠师父？咱们掉头回去吗？"

广田背着阿丰摇晃着奔跑，声音之中还夹杂着粗气。阿丰则果断摇头。

"不必，你这样背着我跑下坡也很困难吧。我只要有个地方坐下就行，随便哪家寺院找个角落都可以。"

明白了。广田点点头，背着阿丰迈开步子。二本榎町的寺院个个山门倾斜，落下的瓦片在院舍周围堆积成山。不过，这边高地的地基到底还是和近海处的不同。并没有寺院像车站附近的建筑那样损毁得面目全非。

"可、可算得救了……"

广田的肩膀剧烈地上下起伏，他无力地蹲下身。阿丰从他背上下来，尽量找到一处避难者比较少的寺庙，催广田进去休息。

"不介意的话，请用些水吧。"

僧侣们挽着法衣的袖口，不停地从橘树环绕的井边汲水。阿丰道谢，接过被井水濡湿的长柄勺，此时，她注意到升腾而起的黑烟已经遮盖了北边的大半天空。

"市内好像起火了。"

阿丰正如此嗫嚅，突然从皇居的方向传来炮声，盖过了她的声音。那可能是告知市民进入戒严状态的炮声。听到她这样讲，一个帮僧侣们汲水的小和尚手里拎着吊桶道：

"哎呀，阿姨。火可不是什么好对付的东西哦。"

为了不输给每隔一定时间就要响起的炮声，他这句话说得近乎嘶吼。小和尚的秃头泛着青色，简直和一旁橘树的叶子一模一样。

"我刚才跑去了三光坂，看到市内处处都冒着烟呢。隅田川都因为烟太大了看不见踪影。听人讲，代代木那边已经一片火海了哦。"

"小子！说过了慎传流言蜚语！"

他边上一位四十岁上下的僧侣如此呵斥道。他厚厚的眼皮下，一双眼睛神色犀利。于是小和尚反驳道：

"才不是流言蜚语！"

他粗暴地将吊桶扔进井里，继续道：

"看那个架势，隅田川近旁已经过不去了。劝阻一些不知情的人，别让他们再稀里糊涂往那儿走，使他们免受伤害，这不也算是拯救众生的一件大事吗！"

"谢谢你啦。多亏你提供的珍贵消息啊。那你知道根岸那边情况如何吗？"

阿丰慌慌张张地岔开他们的争执，打听消息。于是那小和尚一副赌气的模样，没好气地说了一句：

"谁知道！毕竟当时眼前的那烟可怕得很，根本都看不清对面呢！"

说罢，他又补充道：

"不过抛开代代木不提，皇宫西边倒是没多少烟。阿姨，你们家是在根岸那儿吗？要是非得回去不可，那就绕省线的山手线西侧回去吧。可千万别靠近新桥、神田那边哦！"

"你说什么！喂！和尚！你是说神田也着起大火了吗？"

广田猛扑向小和尚，那架势仿佛要一把揪住他的衣襟。

"是啊。"

小和尚点点头。

广田登时无力地跪倒在地上。

"那……那我的店可怎么办啊……那把青瓷壶可怎么办啊……"

广田头上的鸭舌帽不知何时跑丢了。他用力挠着头发。看对方这副模样，那小和尚一脸迷惑。阿丰赶紧将手里的长柄勺塞到小和尚手中，匆匆跪坐到广田身旁道：

"还都不清楚具体状况呢！神田那边范围也很大，青瓷壶说不定被留在店里的伙计抱着逃命了呢。"

"今天……店里唯一的伙计，因为他母亲身体不适，所以请假没来……他娘的！"

倘若出现盗窃或是过失，总归还能有个责备的对象。可眼下这种天灾，实在是有怨没处发。就是因为深知这一点，所以更是怒火难抑——广田紧握着拳头，猛地砸向地面。

浅草、神田附近是离海较近的平地，所以清晨傍晚都会刮起猛烈的大风。在往昔的江户，火灾大多从千代田的城郭东边烧起来，一路被风刮着烧到海边才能停下。所以，一旦着起火来，就不可能简单平息。

话虽如此，但这种情况也仅限于东京市区东侧。根岸接近上野的山岭，相对比较少风。荒川的支流——音无川也流经根岸附近，就算是发生火灾，应该也不至于发展成人火。

僧人们在寺院里搭起大锅，已经开始准备做饭了。甜美的饭香很快飘散过来，驱散了鼻孔中沉淀的土腥气。阿丰紧抿住双唇，随后开口道：

"总之，我得赶紧回家。你是怎么打算的呢？"

广田此刻正伸出双手搓着他那张流满汗水和泪水的脸。他用力地吸气又呼气，两下、三下……

"问我怎么打算……我哪知道呢……"

他呻吟道。

"连雀町那边看来是毁了，看状况，估计银座的龙泉堂也是一样吧。这种情况，我也是骑虎难下了。那我就陪您一块儿回根岸吧。不过，倘若您家宅安稳，那也拜托您允许我在您家借住一段日子……"

"嗯嗯，我明白了。回去的路上能有广田先生陪同，我也更安心一些。"

"喂喂，阿姨呀，你们也太心急了。再稍等一下嘛。"

见阿丰和广田迈步就要离开，刚才的小和尚急忙拦住他们。他用尚未完全蒸透的白饭捏了几个饭团，用竹皮包好，又把去涩谷的路告诉了他们。

"回去的路上，一定要多多小心啊。要有人离开我家寺院之后倒毙路旁，那我们可就连觉都睡不好喽。"

阿丰他们在小和尚的担忧声中出了寺，向着高轮台西面走下去。眼底延展开的东京街景已萦绕起一整面的黑烟。如同一潭深不见底的古沼。随着大风吹拂，斑驳之中翻滚着火焰的颜色，不时还有暴风骤雨般的声音在敲击着耳膜。南方的天空仿佛裂开了一个口子，其间显露出一片青空。可此时，这青空反而使得眼前的一切愈加恐怖了。

"怎么竟会是这样啊……"

沉浸在悲伤之中，只会让脚步变得迟缓。广田哽咽着说不出话来，阿丰用力地拉着他的胳膊。

他们尽量寻找比较宽阔的道路，一边前行一边四下张望。比较意外的是，一些看上去似乎是自江户时期就建起来的老宅子，很少有全部倒塌的。而土窑、砖瓦房却大多坍塌得看不出原貌了。瓦砾将路面掩埋，这使得他们总遇到走了一半才发现无路可走，只得折返的情况。

阿丰现在居住的那座位于根岸的房子，是她外祖父在做上野宽永寺的武士时修建的。晓斋从丈人那里接过这座房子时，还找来工人仔细修缮了一番。当时他还被嘲笑说：

"弄了这么多结实的柱子来修补，那还不如直接找人建个新房子来得快些呢！"

一想到那栋老房子梁柱倾颓，只勉强保留一丝原貌的模样，阿丰就加快了脚步。不安和期待纠缠在一起，使得她的呼吸越来越急促。

"哎呀，虽然咱们是绕路，但是电车线路看上去还比较安全。反正省线和市电全都停运了，咱们干脆直接走到轨道上好了。"

看起来，这么想的还不止广田一人。眼下已经有很多人翻过挡板，用电车停运的轨道代替大路，从北向南走去。一路上和擦肩而过的人打听下来，他们得知：代代木的车站彻底坍塌了，但是未发生火灾。不过，新宿站及附近的建筑物都深陷火海之中。而且，沿着脚下这条轨道一直走下去的话，到了池袋前就会被一辆脱轨电车堵住去路。所以在那之前，还要先折回普通道路上才行。

"听说日比谷那边的警察局现在整个都着了，火烧得正猛呢。所以那帮警察现在也是完全使不上力气哦。"

"是啊，那边算是彻底完了。神田呢？神田的情况如何？尤其是连雀町附近……"

"哦，你问那边？那边也全完了。今川小路现在也着了大火，结果这当口，配水管道还破了。一时半会儿是去不了海边了。"

来来往往的行人传达的信息有的准确，有的错误，全都掺杂在一起。不过看样子代代木那边的残砖碎瓦似乎将一半的线路都掩埋了。但新宿站东侧却只有星星点点的一些火光，车站本身尚且无事。

小型余震还在接连发生，但只要还在轨道上走着，就不会觉得有危险。线路东侧很远的地方，整个都被黑烟覆盖的日比谷、浅草方向的天空，仿佛在催着阿丰他们再走快些。

刚走过目白站没多久，就看到有几个貌似青年团团员的男人，叉腿抱臂，将前路挡上了。看样子，刚才听到的传言是真的，再往前看来是走不通了。

"抱歉，请大家去走马路吧。"

眼下天色已渐晚。可是道路左右竟一处光亮也不见。看来是因为市内全部停电了。阿丰按照青年团团员的指示，和广田一起穿过一处裂开的挡板，返回马路上。可能是在卵石铺面的铁轨上走了太久，一回到沙土路，就感觉脚心一阵阵地发疼。

"广田先生，咱们在这附近休息片刻吧。"

"反正很快就到杂司谷的墓地了。咱们去那边休息如何？平时咱们一般比较忌讳去那种地方，但是看今天的情况，那边应该有不少过夜的行人吧。"

杂司谷墓地由东京市管理，那儿是一片广阔的公共墓地，其中生长着茂盛的银杏和枫树。平日里，这片墓地十分清幽闲静。可今天，墓与墓之间的空隙里都聚满了人。其中甚至还有抱着被褥躺着的一大家子。

小路上有一些人在烧火做饭，这使得沉沉暮霭之中星点地亮起微光。万一再来一波大地震，这些火苗都有可能引发大火啊。阿丰和广田沉默地互相点点头，横穿过了黑漆漆的墓地。

走到距根岸最近的墓地东侧，在能够眺望旭川大路的茶屋前，地面豁开一个二间见方的巨大窟窿。黑色的土壤被冲了出来。而在更深的洞底，还汩汩冒着水，发出拍击声，蔓延浸润了近旁的地面。市内各处水路管道都是如此破损开裂，的确没办法用来救火了。

太阳已经彻底落山了。可是，地上熊熊的火焰映照着奔腾直上天空的黑烟，仅有西南方向的天空还微有光亮。在阿丰眼中，那片刻不停、灼灼摇摆的火光，就仿佛一头巨大的赤色生物，在地面爬行。

（——如果是父亲……）

晓斋能用手中的一支笔，将地狱之恐怖和极乐之美丽统统画尽。那么，此情此景，他又会怎样去看呢？那可怖的、闪着光的天空之下，延绵不绝的都是前一日所有人做梦也想不到的凄惨景象。如果是晓斋，一定丝毫不会把回根岸的家中这种事放在心上，他会一手拿画纸，一手拿笔，直奔向火焰的中心而去吧。年轻的晓斋连自家着火时都会对着大火写生，所以这种做法对他来说实在是合情合理。

茶屋在黑暗中静静伫立着。房檐下的长板凳甚至都崩到了参道上。广田就近拼了两条凳子，一骨碌躺了上去。但紧接着他又急忙坐起身，将系在腰上的竹皮包裹取了下来。

"说起来，咱们俩都还没吃午饭呢！"

"哎哟，还真是的。当时实在是太过震惊，连吃东西这件事都忘了。"

阿丰这一天就连早饭也是随便对付了两口的。可即便如此，她拿在手中的白饭仍是很难咽下。正劝自己无论如何也要填饱肚子的时候，耳边突然传来仿佛巨石滚进河中的水声。片刻后，传来一声疯狂的惨叫。广田手里捏着饭团一跃而起。

定睛一看，茶屋前那个豁开的大洞里，此刻正跌坐着一个高个子青年。阿丰和广田急忙跑了过去。只见那人在水里扑腾得白沫飞溅，努力想要站起身。

"这、这是哪儿啊？这池子是怎么回事……"

"这可不是池子。这是水管裂了。话又说回来，天这么黑了，你是要去哪儿啊？"

广田哗啦哗啦地踩着水进到那坑洞里，拉着那个看上去未满二十岁的青年的胳膊，帮他站起身。

"要、要去川崎的冢越。我爹在那边做电工。听说南边震得格外厉害，我实在是坐立难安，于是就从浅草吾妻町出发了。"

这青年穿着喇叭裤，上身是一件白色平纹布的衬衫。虽然一身洋装，但是脚下却穿的日式短布袜，踩着草鞋。俨然一副准备长途旅行的模样。

据他所说，虽同是位于河对面，但从浅草到两国、龟户一带早已是一片火海。吾妻町那边多亏居民们汲了隅田川的水，及时灭了火，才幸得无事。他路上听闻电车已经全线停止，于是将病弱的母亲先托付给上野的菩提寺，自己孤身一人从南千住途经田端一路走到了这儿。

"哎呀，这么说，你可真是孝顺孩子。不过这可才到杂司谷，从这儿去川崎，起步就要一整日啊。"

杂司谷……青年喃喃道，仿佛泄了气的皮球。广田随意找了个长凳推到他眼前，拍了拍他那骨骼突出的后背。

"哎呀，你就先歇歇吧。再年轻，也不能这样折腾自己。"

"对了，你刚才说自己是从田端那边过来的？那根岸附近情况如何啊？"

阿丰插话进来。

于是青年难掩疲态地回答：

"根岸没事。我大概是傍晚从那儿路过的。那边没有起火，也基本没有倒塌的民宅。您二位是住在根岸吗？"

"不，我是住神田的。也是实属无奈，如今只能先做最坏的打算了。"

"虽然不是亲眼所见，但是神田那边似乎已经被神田川南边和秋叶原附近的大火波及了。再加上骏河台的崖壁也塌陷下去，将城壕都埋起来了。就连浅草那边的十二阶，也整个断成两截了哦。"

浅草十二阶实际上就是"凌云阁"，是三十三年前建成的高层建筑。里面有装置了升降电梯的展望室，可以乘坐其中，将关八州[1]一览无遗。此处也因此备受好评。阿丰也曾拗不过女儿阿吉的苦苦央求，陪她乘坐过两三次。

"简直是……就在半日前，谁能想到东京会变成这幅光景！真是做梦都想不到啊。我老娘她心脏不好，万一老爹有个三长两短，都不知道她会成什么样呢！"

"所以你才要千里迢迢去川崎看看，是吧。"

阿丰将留在凳子一角的饭团用竹皮包住，塞到了青年手里。

"抱歉只剩这么点儿了，你就拿去吧。我走到根岸就算到家了，可你还有很长的路要走。"

"谢谢您，真是帮大忙了。"

青年小心翼翼地将饭团收进背上的包袱皮里。他一遍又一遍地鞠躬道谢，随后离去。此时，薄云的缝隙之间，绯红的半月探出了头，猛然照亮了他的背影。

倘若是酷暑难耐的盛夏倒也罢了，可眼下已是九月的夜半，此时此刻月亮竟是如此颜色，好像有谁自空中打翻了颜料那般不真实。眼看着那青年越走越远，阿丰紧紧盯着他的背影，挪不开双眼。

正如那青年担忧他的父亲，阿丰担忧女儿和里羽一般，一轮赤月之下，有多少人在焦急地捶胸顿足，不断祈祷着心中牵挂的

1　江户时代关东八国的总称，即武藏、相模、上野、下野、上总、下总、安房、常陆。

那个人平安无事呢。

对一个人来说，家人就如同自己的血肉一般珍贵。家人就是要守护的对象。这么看来，其实晓斋心中的"家人"，并不是阿丰或周三郎，而是从他笔下诞生出来的那些画作吧？看来，他们之间的关系的确不是父女，而只是师徒。

（可是，我和阿吉的关系，并不是这样的——）

正因如此，她如今才会对那一片片暴虐的火场视而不见，一个劲儿向着根岸赶回去。

想到这里，刹那间，阿丰发现自己竟第一次出于自己的意志背叛了晓斋。是啊。自己并没有跑去描绘那赤月之下的地狱图景。是她自己主动选择不去画画，而是赶回自己的家。

阿丰蹬飞了自己脚下的木屐，卷起了铭仙绸的和服下摆。她踩进咕嘟咕嘟往外冒着水的坑洞里，双手掬起一捧水，猛地撩到自己脸上。

她虽然累得浑身瘫软如一团棉絮，但这一场灾难发生得过于突然，导致她竟丝毫感受不到困意。而且，既然都已经走到这里，那根岸也是近在咫尺了。

"广田先生，很抱歉，我反悔了。我还是想现在动身走回根岸。索性今晚月光明亮，也不必担心走夜路。"

"确实，虽然我这两条腿走得僵了，但是只要再鼓鼓劲儿，也还能走呢。既然都到这儿了，咱们就再加把劲儿走回去吧。"

仿佛在为自己加油打气一般，广田用力跺了跺脚。

倾泻而下的月光将道路照得比刚刚明亮许多，还在他们的脚边拉出一道淡淡的影子。广田打头走在前面，爬上从护国寺前到千石的一连串坡道，他嗫嚅着：

"说来，晓翠师父您啊，真是坚强刚毅之人。其实，倘若不是有师父您，我现在恐怕还在二本榎町的那家寺院里大声哭泣，无所适从呢。"

那红得浓重的赤月，将广田的后背染成桃色。他的衣服被汗水打湿，贴在背上，连凸起的骨骼都能看清。阿丰对着他的后背道：

"坚强吗？只是没什么别的能做啊。"

她又继续道：

"倘若是我父亲，遇到这种时刻，会径直跑去火灾现场拼命写生呢。和他相比，我脑子里却只有对家人的牵挂，所以，我只是个凡人吧。"

"也正是因为您是如此一位正直之人，所以真野先生一边做着本行工作，一边还会时不时地去您家打扰吧。他呀，总是这么说：要看画作是否好卖，那说实话，我老爹要比晓翠师父强。但是要比画师的为人，我老爹就连晓翠师父的脚指头都够不到呢。"

"松司这样说的吗……"

是啊。广田回答着阿丰，但依然没有转过头。月亮略微染上一层阴影，模糊了阿丰脚趾上洒下的阴影轮廓。

"因为晓翠师父时至今日仍在坚守早已被世间遗忘的古老画风，是吧？可他三心二意的老爹却净追着当下流行的风格去画，在我看来，真野先生非常仰慕晓翠师父这种执拗的态度呢。"

"他那么说呀，可能只是为了方便把你引荐到我这里吧。我这么说或许有些失礼，但广田先生并不精通绘画，他又怎么会和您坦白到这个地步呢？"

"是吗？也不见得哦。可能正是因为我不精通绘画，他反倒能够坦荡地倾吐真正的想法吧。这种事不也挺常见的吗？就是那种对自己的亲生父母都难以启齿的话，反倒能对露水之情的风尘女子倾吐出来之类的。"

"我倒是没招过风尘女子，所以您的比喻我也不太能懂呢。"

阿丰有意打了个哈哈。广田却执意继续道：

"当然了，正如师父所说，我这个人就是不懂画嘛。不过师父您应该也知道吧？真野先生非常厌恶他的父亲。所以他才会那么憧憬您。因为您一方面坚守着晓斋师父的绘画，一方面还能坚持创作属于您自己风格的作品嘛。"

不是的。自己并不想坚守父亲的绘画。是父亲把自己和哥哥扔进绘画这座牢狱之中，而她只是想对那个画鬼报以爱憎难分的反击罢了。倘若将其视作坚守晓斋的绘画，那松司也实在是高看自己了。反倒是松司，在阿丰眼中，他能率直地反抗自己的父亲，励志走上完全不同的生活道路，才是多么夺目耀眼。

自己时至今日，仍旧仰望着那颗高得难以企及、令人不由恼恨的明星。正因如此，自己才会既以父亲为傲，又对父亲无比厌恶。

——回过神来，她发现走在自己前面的广田已经停下了脚步。不知何时，他们已经从千驮木登上了三崎坂，走到了能够俯瞰根岸的山崖上。在一轮赤月的照耀下，阿丰屏住气息，俯视眼底的风景。

一幢幢家宅仿佛沉在深深的水底，寂静无声。一道黑烟、一束火光都看不到。随处可见一些下陷的屋顶，反衬得其他平安无事的家宅愈发醒目了。

如此沉静，阿丰不由得陷入片刻的迟疑，直接走到大街上是否合适呢？可是，当她从省线轨道一端的石阶往下走时，脚步却忍不住越来越快，终于，她跑了起来，将地上的泥水踩得飞溅，简直要把木屐的屐齿都跑折了。

熟悉的小路，还有那个从过去起就有些歪斜的木门 —— 欢欣之情敲得她的胸膛扑通狂响。

"师父！你一切都好吗？"

阿丰刚一冲进门，就见里羽从黑漆漆的院子深处跑了过来，险些摔倒。她看上去整晚都没合眼，身上套着围裙，还整整齐齐地系着红色的束袖带。稍迟一秒，玄关侧面三叠间的拉门猛地推开，双眼红肿的阿吉大喊着"妈咪！"冲了过来，紧紧抱住了阿丰。

"太、太好了。我听人说品川那边全毁了，我……我以为再也见不到妈咪了。"

阿丰紧紧抱住哭喊的女儿，四下查看。主屋这边各种家具摆设全都倒了，看上去仿佛被飓风席卷过一般。或许是因为猛烈的震荡将池中的水泼出去了，面向中庭一侧的走廊，甚至一直到玄关边上全都被水泡了，连个能坐下的地方都没有。

所以，确认女儿和里羽的平安，也使得阿丰更觉珍贵。一种深深的安心感浸透了她全身。双腿的知觉逐渐远去，阿丰就这么抱着女儿，直接跌坐到了水泥地面上。

"姐姐，你还活着呀。"

一个熟悉又令人生厌的沙哑声音响起。弟弟记六从玄关侧面的小竹林里站起了身。不知为何，他头上绑着一条毛巾卷，浴衣的一角也掖了起来，胳膊下面还煞有介事地夹着一把生了锈的备中铁锹。

记六居住的赤羽家离这边只隔着三户住宅，所以这大半夜突然嚷嚷着露脸，倒也不算稀奇。可是他那副架势实在是太吵闹了，阿丰不由得睁大了眼问：

"究竟怎么了，你那身打扮怎么回事？"

"你就这么和我打招呼吗，姐姐？听说那帮朝鲜人晚上正趁机成群出袭呢。今晚各家各户的男人都不能睡了，都得出来值夜班。你不是一路走回来的吗？肯定看到了吧。"

十三年前日韩战争爆发之后，东京的朝鲜工人激增。每到休息日，也常见到田端那边造纸工厂的劳工结伴出行。

可是，记六的那番话，和阿丰印象里那些肩挨着肩走在一起，哼着故乡小曲，笑得十分快活的人们，无论如何都联系不到一起。再说，阿丰他们从品川跑回根岸的途中，遇到的都是在突发的大地震之下拼命想要活下去的人，根本没有谁提到过朝鲜人的事。

记六倒是没理会情急之下词穷的阿丰，他只轻轻用手抹了一把生锈的锹头。也不知道这铁锹是从仓库的什么角落翻出来的，锹身和锹柄的连接处已经朽了，老旧得很，锹身一碰就晃晃荡荡的。

"那帮家伙呀，为了一雪前耻，会在水井里下毒，还会在雇主家投放炸弹呢。神奈川那边还有被灭门的，连那家的小孩子都没放过，真是太可恶了！"

坐在门边的广田对阿丰稍稍侧目，微微摇了一下头。阿丰立即会意。

就连阿丰和广田二人，也是从品川刚刚到家的。东京这里的电车和电力全部瘫痪了，关于神奈川的风言风语又怎么可能准确？正如二本榎町小和尚讲到的代代木火灾和一路上听传言提到的新宿大火灾都是假的一样，记六仿佛亲眼所见一般惟妙惟肖讲述出来的朝鲜人暴动，也是毫无根据的无稽之谈。不过，考虑到记六本人轻佻浮躁的心性，倒也能够理解他为什么会相信这些风言风语。

话虽如此，但听他喋喋不休地这样讲，阿丰也觉得实在太累了。于是她抬起一只手挥了挥。

"哦哦，好的好的，我知道了。"

她打断了记六的絮叨。

"总之，你还是先让我歇歇吧。对了，这位广田先生从今天开始要暂住在咱们家。之前来过一次。和八十五郎还有松司都是旧识。可不要对人家失了礼数。"

"松司哥哥的朋友？"

阿吉一向开朗活泼，此时她的声音里却十分罕见地带着怯懦。毕竟经历了如此恐怖的地震，所以阿丰也并不觉得过分异样。此时，她又将刚刚脱下的木屐踩了回去。

沿着后门走到中庭，她发现画室上面的瓦片一片不剩，全都脱落下来，在屋檐下堆成了小山。走廊这一侧大敞着门，廊上是一个又一个仿佛被甩飞出来摔碎的颜料碟、颜料盒。即便是在夜晚，也能看到一片片鲜艳的色彩。

平时被阿丰当作工作间来使用的这个房子里，不论书架还是收纳画材的架子，统统都翻倒在地，连个下脚的地方都没有。之前在画室正中央摆着的那幅尚未完成的《日本武尊图》早不知被甩到哪里去了。她平时一点一滴收集起来的狩野派历代画作也乱七八糟地撒了一地。而覆盖在这一堆画作上面的，是平时一直开着火煮胶水的那个火盆里的灰尘。眼前这幅景象可真是狼狈至极。

师父。

阿丰听到有人喊她，于是扭过头。只见里羽正站在已经干涸的池边。

"哎呀，这可要好一顿收拾了。"

阿丰对着里羽苦笑。

里羽则皱着眉头道：

"关于这个，我有些话想和师父讲。和阿吉也有关系。"

"那孩子怎么了？"

"那个……我想师父应该也有感觉吧，以前阿吉就很喜欢松司，不是吗？所以呀，其实阿吉她总会趁师父出门的时候，跑到画室里去练习画画。我倒是跟她说过，要是想画画，直接和师父学就好了。但是她总觉得，为了接近松司所以学画，这个理由太丢人了，所以她一直都是偷偷照着阿丰师父和晓斋师父的画作学习呢。"

啊呀呀？阿丰有些意外地脱口而出。

说起来，大概就是这一年有余，她不时会发现自己从没用过的画笔立在洗笔筒里，或者买回来放着的纸张有所减少。

阿吉年幼时，阿丰曾严格禁止她进入画室。迄今为止，阿吉在阿丰面前从未显露过丝毫对绘画感兴趣的样子。这样的女儿，内心竟然因思慕之情而产生了变化。这令阿丰感到震惊、愕然，心绪复杂。

"今天师父出门之后，阿吉也和平时一样，偷偷去画室练习画画了。可紧接着就是地动山摇的地震。阿吉她扔下画笔画纸光着脚就飞奔到了中庭。紧接着她就放声哭起来，怎么都止不住。就刚才，她才稍微平息下来。"

"啊呀，这又是为什么啊？"

里羽没有回答阿丰的疑问。她弯下腰，将落在脚边的画笔捡起。或许是在地震时从画室飞跌出去，受到了冲击，画笔的笔管断成两截，笔顶部分已经没了。里羽一边用手指轻抚乱蓬蓬的笔头，一边转向阿丰，开口道：

"因为，倘若是阿丰师父或晓斋师父，遇到地震，肯定也要先把自己画到一半的作品、绘画的工具都抱在怀里再跑吧。可阿吉她单是为了保护自己就已经耗尽了全力，所以把所有东西都留在了画室里。她自己恐怕是觉得太难堪、太不甘了，所以才哭得止不住呢。"

"可不能这么想啊，毕竟对我和父亲来说，绘画是工作。就算没做到我们这样，她也不必哭嘛。"

"是啊，您说得当然没错。但是阿吉她一定希望能成为师父这样的人啊。"

"成为我这样的……"

阿丰总是在操劳绘画的工作。阿吉这些年能平安长大，大部分功劳都应该算在里羽身上。阿吉也是一样，比起自己真正的母亲阿丰，她其实和里羽更亲近。料理、洗衣、裁缝、家务……这些大部分都是里羽教她的。可即便如此，女儿仍旧关注着母亲工作的模样，并且还想尽量接近她吗？明明自己光是做晓斋的女儿就已经拼尽了全力，甚至到如今都不知道该如何做一个妻子、做一个母亲。

或许是夜空在渐渐泛白的缘故，池底的淤泥宛如螺钿[1]一般闪着青光。阿丰握着那截折断的笔，捂在怀里。她径直去了主屋，阿吉就睡在各种倾倒的家具之间的夹缝里。阿丰跪坐到她的枕边。

"喂，阿吉，你还醒着吗？"

---

1 漆木工艺的一种，将贝壳有珍珠光泽的部分磨平、切碎，将其镶嵌在漆器等器皿上。

女儿没有回答她。但她并未睡着。因为她那双紧闭的眼睛轻跳着，抖了一下。于是，阿丰凑到女儿的耳畔，道：

"你就这样听我说就好。你没能好好珍惜那些画作，这并不是坏事。其实呀，我也想把那些画丢掉，想得不得了。可是我和父亲——我和你的祖父呢，是紧靠着绘画维系关系的父女。所以啊，我和我的哥哥都没有其他办法，只能拿起画笔……"

周三郎挣扎到了最后，都未能超越父亲。他就那样在高不可及的壁垒之外徘徊，直到咽气。晓斋给她和周三郎留下如此印象，阿丰对晓斋可谓有着无尽的怨恨，同时亦感到极度的荣耀。这样畸形的亲情，阿丰不想让阿吉体味分毫——所以，只要自己还是晓斋的女儿，同时，又成了阿吉的母亲，她就只能让阿吉远离绘画。

"就算不靠画画维系，你也是我的女儿。所以，你就按照自己喜欢的样子去活吧。不要像我这样被束缚着，你就自由自在地活着吧。"

某个轻微的声音响起，仿佛轻风敲了敲阿丰的耳朵。"欸？"阿丰正开口要问，阿吉却猛翻了个身。她望着女儿的后背。那模样既有女孩子的丰润，又带着一丝丝童稚。

自己那死去的父亲，可曾有哪怕一次，像自己这样默默守望着女儿的背影呢？怎么可能有啊……想到这儿，阿丰愈发觉得眼前女儿这康健的后背令自己胸口发紧。

于她而言，晓斋师父的身份要先于父亲的身份。而正因为阿丰将晓斋视作他山之石，所以她的女儿才不必成为画师。倘若晓斋作为父亲并不存在，那自己恐怕会将阿吉养育成另一个自己——然后，她可能也会赋予女儿和自己一样的苦恼。如此看来，正是因为父亲和她离真正的父女关系远得可怜，所以晓斋才毋庸置疑地引导了阿丰的前路。

豁了个大口子的拉门纸雪白、静谧。被日头晒得发黑的格挡显得愈发醒目。阿丰望着女儿的后背，悄然站起身。

天上有一颗星星，闪耀着照在落光瓦片的画室之中，随后缓缓地融化在拂晓的天空里。

"神田那边只残存了佐久间町一片地方，剩下的统统烧成荒地了。哎呀，毁得一干二净……不知该说是痛快还是恼火……"

隔天一大早，广田没听阿丰和里羽的劝阻，执意出了门。等到太阳快下山的时候，他浑身煤灰，返回根岸。

西边的饭田桥、东边一直到龟户区域全都被大火波及。这场火烧了快两日都还没有完全熄灭，剩下的火苗把地面都烧焦了。阿丰借给广田穿的那双木屐的屐齿也被烧得黢黑，整双鞋都热得像炭一样。

跑到厩桥东南的本所被服厂空地避难的三万五千余人被火烧死了。据说，跑来寻找亲人的人们，就在那片烧焦的荒地里没日没夜地徘徊。阿丰他们在杂司谷墓地遇到的那个青年和他母亲倘若晚一步逃难，估计此时也已经身赴黄泉了。

江户川桥那边的真野家虽然家宅坍塌，所幸松司和他母亲阿江都被近邻所救，跑去御行松下那边八十五郎的画室避难了。另一方面，因为断水，里羽不得不跑去本乡找水，回来时，又将躲在学校操场上露宿的阿吉的同学一家带了回来。于是，阿丰还没能彻底着手收拾画室，就开始为照顾亲人和暂住者而辛劳奔走。

而莺谷、根岸地区的家家户户都收留着房屋被烧、无家可归的亲戚。还有不少家庭只能在房檐底下铺张草席，席上也要住着五六个人。为了讨水，阿丰和里羽去央求未受损害的米店，战战兢兢地用一根绳子去庭园的古井边汲水，拼了命才能弄到一点点清水。

市政府在靖国神社和神宫外苑，还有各个小学都设置了烧饭点。可是，经常是到了中午，领早饭的队伍还排得老长。没了家的人，光是东京据说就有一两百万。而且其中有人已经放弃了东京生活，就那么孑然一身返回故乡了。听到这些传闻后，阿丰觉得，和初次见面的阿吉的同学的祖母一桌吃饭，也没什么好抱怨的了。

"对不起呀阿姨，给您家添了这么大麻烦。今天要洗的都交给我，您放在那儿就好啦。"

阿吉的这个同学叫铃木喜久，她表达歉意时的语气也显得十分爽快麻利。喜久之前就不时会跑来她们家做客，是个身材娇小的女孩子。

"没关系，遇到困难就是要互相帮助，别这么客气。"

其实，阿丰早已习惯了三个女人的平静生活。可现在，又添了广田、喜久及其双亲，还有喜久的祖母和两个哥哥，说实话，生活一下子变得局促起来。可是，那一晚过后，阿吉便不时地露出一副和她平时的开朗不相符的沉思模样。幸好喜久很有江户女孩的气质，是个性格很好的姑娘，有她在，也令阿丰松了口气。

那一晚，阿吉究竟嘀咕了一句什么呢？阿丰想再找她问个清楚，可是眼下借住的人比她们自己家人还多，实在是找不到和女儿独处的机会。

就这样过了一阵子，烧毁的遗迹上建起了一部分临时住房。喜久的父亲和兄长们就先暂时搬去了那边。紧接着，没过几天，广田出了一趟门之后回来说："我差不多也该告辞了。"

他又继续道：

"是这样，我之前那家店的附近建了些临时住房，眼下正在出租。我也不能一直这样赖在您家叨扰。这几天我就搬到那边去。之前我独自开店算是倒了霉，这回我准备找个同行合作开店。"

最近这段日子，他白天几乎都不在根岸，天天去那些没有受灾的古董店搜寻，为了再开新店努力积累货品。听广田这样讲，阿丰不由得感慨，他虽很年轻，但着实顽强努力。

"那我们得为广田先生开启新篇章庆贺一番才行啊。所幸今晚有中秋朗月，我们就来点儿特别的，一起赏月如何啊。"

眼下电力系统仍未恢复。夜空之中悬着一轮满月，再加上这晚又是个大晴天，那月亮闪耀得无比庄严神圣，月光洒在檐廊上。阿丰准备了食盒，广田一脸感激地对着食盒双手合十，道：

"说起来，我白天在上野的山脚看到有芒草抽出了花穗。当时没注意是中秋近了，早知道的话，应该采个一两根带回来呀。

真是抱歉。"

"这种事不必介怀啦。说起来，您到时开了店，请一定通知我。我会买点儿礼物去祝贺的——哦哟，又来了。"

阿丰正要把乘着汤碗的托盘端过来，突然听到地下传来一声钝重的轰鸣，她立即跪坐到了檐廊边。原本在中庭赏月的阿吉和喜久也急忙弓起身跪下，紧接着，整个房子都激烈地抖动起来，木碗中盛得满满的汤汁也不断震荡着。

按街上张贴的告示所说，自那天地震起到第二天早上，又大大小小地发生了合计二百二十回余震。又过一天，发生了三百回。再过一日，是一百八十回。再后来，是一百五十回……每日余震的总数的确在降低，但是时至今日，地震仍旧会不分昼夜地突然降临，大家早已习惯了。

"哎呀，那可真太好了。如果有什么需要，您也尽管吩咐我。说起来，师父一直挂心的省线那边，就我能远眺的极限区域内，已经有不少旅客在乘坐了哦。虽然眼下车子的速度慢吞吞的，和以前没法比，但比直接走去品川还是要省力多了呀。"

关东全域的铁路线被震得支离破碎，不过山手线在震后第二天起就有临时列车运行了，眼下品川和田端之间就有往返列车。一开始，车厢里装满了救援物资和避难民众，连个立锥之地都没有。如今将近一个月过去了，听说车上已经出现了不少空位。

"是吗？"

阿丰点点头。

"那我差不多也要再去趟品川了。这次要是能有阿绢的消息就好了。"

"真抱歉，其实我应该跟您一道去的，但是我眼下实在走不开……"

广田搔着后脑。于是阿丰微微一笑：

"您别在意。倘若见到阿绢，我会把您想买下她手中画作的事情讲清楚的。为了这个，也请您努力经营店铺吧。"

"谢谢您。我准备为新店起名'壶中居'，届时还请您多多惠顾哇。"

很快，广田就要搬出去了。喜久她们家早晚也会返回之前居住的地方。倘若见到了阿绢，那请她住过来也好啊。本来河锅家就是一个靠绘画将陌生人连接起来的地方。既然如此，多一位没有血缘关系的亲人，倒也没什么奇怪的。

阿丰心中惦记着这个决定，走出了品川站。她发现道路上的瓦砾虽然已经收拾走了，但是站西侧那些倒塌的民房却还被原样丢置。

或许是因为少了遮挡物，吹拂的海风比之前更强劲了。阿丰顶着风头往前走，正见到几个在屋檐倾覆的水井边煮饭的女人。

"请问，这附近是有一个西光寺吗？"

"哦，西光寺啊，你就在这条路上直走，下一个十字路口就是了。那寺院的主房顶还塌在原地，所以你到了就能认出来。"

阿丰按照女人们指的路往前走，果不其然，十字路口上倒着巨大的寺院屋顶，把大半的路都堵了。她不断四下张望，却发现周围没有一家还是好的。遍地都是房屋残骸，仅剩一些类似长屋那样的老旧杂院的屋顶。

处处都破败不堪，有些顶梁柱子就露在外面。这些痕迹或许是救出那些被压在下面的人时留下的吧。阿绢那天因为腰痛，所以休假在家。那么她也有可能和邻居们一起跑去什么地方避难了。

转到西光寺的一角，阿丰见墓碑连片倾倒的墓地一隅，有一个弯腰驼背的老头儿正在烧卒塔婆[1]。或许是个寺院杂役吧。他粗壮的小腿上还缠着绑腿。阿丰隔着坍塌的土墙搭话道：

"您好，我想跟您打听一下，您认识这后面长屋里以前住的一个叫河锅绢的人吗？我正在找她。"

"河锅、河锅啊。这边之前的确住过一个叫阿绢的，但我记得她好像是姓上田，估计不是一个人吧。"

"哦，不不，她也有可能姓上田。那您知道她去哪儿了吗？"

见那人已经抬脚离去，阿丰慌忙接话，于是对方又停下了脚步。他用探寻的目光望了望阿丰，然后又用手里的棍子将掉出一节的卒塔婆戳回火中。

"您和阿绢认识？"

"我是她妹妹。我去世的哥哥和阿绢是夫妻。"

哦哦。听她这样讲，对方发出一声叹息，随后这样回答她：

"倘若知道你专程跑过来，阿绢她应该很高兴的。方便的话，请为她上炷香吧。"

---

1 为了供养、追念而立在坟墓等处，上写梵文及经文的塔形细长木牌。

一阵寒意逐渐爬上阿丰的脊背，她一时发不出声音。于是那人用眼神指了指倾颓的寺院。

"没错啊。阿绢那天跑到寺里，说要为自己死去的丈夫和之前流产的孩子做法事。结果她和住持一道被压在了正殿下。等来办法事的众人慌里慌张把她拉出来的时候，人已经……"

寺院杂役稍稍清了清嗓子，伸手指着墓地一角。那儿有一座土皮颜色尚新的坟冢，上面立着崭新的卒塔婆，白得格外醒目。

"这片地方还有很多人死了，我们把她和其他人一道火化，把大家的骨灰聚到一处供养起来。我们寺里的住持和从长屋里挖出来的她家孩子的牌位，也都和她埋在一起呢，这样，想必她也不会寂寞了。"

等等——阿丰想喊他留步，可那人却转身走了。她越过崩塌的土墙，脚下踉跄着踏进墓地。

海风喧嚣，敲击着她的面颊。浓重的海潮气息，不知为何激起了她脑中那个白日里仍旧幽暗的大根畑冢的玄关。

（孩子——）

阿绢和周三郎是在哪儿遇见的？阿丰并不知道。不，她甚至都不清楚这两个人究竟是什么样的一对夫妇。

"说起来，你这是几个月了啊？"

阿丰拼命回忆，却只能想起周三郎唯一一次对自己表现出关怀，就是在她怀着阿吉的时候。而她最后一次去大根畑看望兄长时，周三郎虽已被病魔侵蚀得不成样子，但对当时表情怯懦的阿吉也并未显示出冷淡。

究竟有多少人长眠于此呢？阿丰走近了才发现，这座土冢甚至超过了自己平视的高度。或许是堆砌的时候混进了草根，坟脚边歪斜着冒出一根已经枯萎的芒草，在大风吹拂下不停摇晃着。

长眠于此的是阿绢和她的孩子。虽然心里明白这一点，可不知为何，她总觉得那已化为骨灰的母子身边，还有瘦弱衰颓的周三郎陪伴左右。

"哥哥，你——"

倘若阿绢将自己的孩子抚养长大，那周三郎眼前一定会展开一条完全不同的道路吧。对，就好像阿丰，她既是画鬼的女儿，但因为阿吉的存在，她也成了一个孩子的母亲。

秋风烈烈，芒草骚然。阿丰凝望着眼前这凄然一幕，原地跪坐了下来。

抓起一握坟前的泥土，冰冷刺骨，她紧咬着的牙关发出轻轻的响声。

画鬼之家　大正十三年，冬

恣意吹来的北风呼啸着，将已经光秃的银杏树梢吹得簌簌响。门松已经撤下了，多亏了连续几日的大晴天，洒在河锅家祖坟墓碑上的冬日阳光温柔和煦。

小和尚们似乎正在后厨烤年糕片吧？阿丰闻到了一阵香气。她皱皱眉，将念珠收进怀中。

四个月前发生的那场大地震，使得东京市内各处都燃起大火。所幸有上野山峦遮挡，阿丰居住的根岸和此处的谷中免于火灾侵袭。虽是如此，可从那天起，吹来的风总是带着一股浓烈的煤味儿，不论怎么洗头发、换衣服，这煤味儿都死死染遍全身，甩脱不掉。过了一个新年后，一切虽有所好转，可是一闻到烤年糕和烤红薯的香味，又会勾起她对那场恐怖地震的回忆。此处没有其他参拜的人，墓地到处耸立的墓碑使得那段记忆愈发鲜明起来。

"那我可就撒了啊师父。可是，这样真的好吗？之后要是被住持骂了，我可不管哦。"

听到松司这样说，阿丰点了点头，从袖兜里掏出一个叠好的纸包。她将纸包展开，里面是一捧红白相间、颜色令人精神一振的金平糖。她扭头对着一脸困惑的松司道：

"嗯。你就用全力去撒！阿绢可是个好女人。总该为她弄得盛大一点儿才行。"

紧接着，一阵仿佛霰雪落地的声音遮住了阿丰的话语，在墓地回荡起来。松司用撒豆子的手法，高高地把手中那一握金平糖撒了出去。

冬天的墓地中，除了他们二人，再没有别人的影子了。金平糖有的在灰色的墓碑上跳起，有的弹到了石板路两侧茂盛的杂草丛中。一颗颗糖果将恬淡的日光反射出斑斓的色彩。

河锅家的祖坟是由阿丰的曾祖父——河锅喜太夫信正所建。其中沉睡着阿丰的母亲、妹妹阿菊、兄长周三郎。她原本应该将嫂子阿绢的遗骨也移进来，可阿绢的遗骸已经和同样死于那场地震的人们一起火化，葬进了品川的墓地之中。

今天阿丰来到正行院，是为了拜托住持为阿绢和她的孩子做永代供养[1]。还有，虽然稍早了一点儿，但到今年夏天兄长周三郎的十七周年忌辰时，阿丰还准备把阿绢的一周年忌辰活动一起办了。

或许是从怀中拿出来的时候漏下的，阿丰低头看了看自己的胸口，黑外褂的衣襟附近掉落一粒白色的金平糖。她用指尖轻轻拈起，平静地放入口中。

---

1 由寺院或陵园代为管理遗骨，供养故人。

冰凉的糖粒迅速融化，很快在口腔中泛起一种有些恶心的甜味。阿丰硬着头皮咽了咽，抬手轻轻将砂糖的粉末掸掉。

"好了，咱们回去吧，这会儿八十五郎应该会去我家。"

听她这样讲，松司的表情十分明显地阴郁起来。他有些没体统地将双手插在怀里，迅速地抬头瞥了一眼天，道：

"对了师父。难得咱们这次来了谷中，不然，就去浅草走走好了，今天可是十八号，有观音菩萨的庙会呢。"

松司平日里一向十分沉稳，所以抢先提出这种建议实属罕见。他等不及阿丰回答，就迈步走在了墓碑之间，继续道：

"毕竟呀，浅草都烧成一片荒原了，但只残留下那一个地方。浅草寺的信徒们可都抢破了头哦。一寸八分的金色菩萨本尊伴着圆光一起出现在观音堂屋顶。四方是奔涌的流水 —— 这张图在寺院的商店街卖得好极了。据说用来保家宅平安和祛除灾祸，都很灵验呢。咱们去买一张送给里羽阿姨，她肯定很高兴。"

"—— 松司。"

阿丰叹息着喊住他，松司停下了脚步。咔啦 —— 他的草鞋底下传来金平糖被踩裂的声音。

"八十五郎时不时往根岸跑，就是因为想见你一面啊。再说了，你一直不回家，阿江夫人也会很不安的。所以，你差不多也该回御行松下了吧？"

"不必了吧，反正老爹也在。他都不知道我们因为地震吃了多少苦，年关将近的时候都还在到处闲逛。自己的老婆总该自己照顾照顾吧，这才比较合理，不是吗？"

撂下这句话，松司便穿过了寺院的冠木门[1]。他的背影看上去出奇僵硬。阿丰一边避开石板路上的金平糖，一边小跑着追在他身后。

去年春天起就跑去朝鲜写生的八十五郎，一直到年关将近的一个月前才回来。他出现在松司和阿江暂住的根岸御行松下的画室时，还小心翼翼地背着个木箱，里面装的是从朝鲜买回来的特产人偶。

本来，松司之所以扔下画笔承担家业，就是出于对父亲弃家舍业的愤怒。结果这回发生那么大的一场灾难，八十五郎竟然连一封询问安否的书信都没寄来，却小心翼翼地背着自己爱不释手的人偶回了家。这件事使得松司对他忍无可忍，彻底翻脸。所以，八十五郎回家的第二天，松司就只拎着一个包，跑去了阿丰家，还直接和里羽、阿吉一起煮了杂煮庆贺。

地震刚结束时就借住在自己这儿的铃木一家已经全都搬走了，所以单是收留松司暂住当然不是问题。可是，且不提八十五郎，就连他弟弟小满跑来找他，松司也是铁了心不见。这股子固执劲儿，着实令阿丰心中苦闷。

走下一直通到根津的冗长下坡，正看到公共汽车喷着铅色的烟雾停在车站边。松司一副毫不犹豫的模样，径直乘上了汽车，看他那侧脸上严峻的表情，似乎是遭受了来自父亲和弟弟的极大伤害。

1　两根木柱上搭一根横木组成的门。

过去，八十五郎曾为了购买绘画材料和绘画范本，从店里偷支钱财，还问亲戚和同行借过钱。因此，松司才刚二十岁的年纪就接手家业，最先处理的内容，就是整理父亲的各种欠款。虽然借款数额都不大，但只花了一年多就把账面整理得漂漂亮亮，甚至还在去年春天又买下左邻的商铺，扩大了自家店面，这都多亏了松司擅长经商的头脑，不过，他本人似乎还没这个自觉。先前的大地震把他们家的店面全都震塌了，八十五郎之所以天天跑来根岸，其实就是想仰仗自己长子的经商手腕吧。

　　过了御徒町，又渡过隅田川，车中再次充斥起那股煤味儿。伴随着这股味道，路两边的风景也变成了无穷无尽的焦野。其中星星点点地建着一些临时房屋。可当公交车靠近浅草寺时，阿丰顿时被眼前的热闹景象震得睁圆了双眼。

　　寺院的大门已经因地震倒塌，只剩一点儿基石了。然而前来参拜的人摩肩接踵，从参道到正堂，队伍排得老长。薄铁皮板材加一些烧焦的木板搭成的临时特产商店前，摆着一排排纸糊的人偶和土铃，眼看着那些红蓝的色彩，突然令人产生一种他们刚刚走过的那片焦土并不存在的感觉。

　　层层叠叠的临时店铺也被游客里三层外三层围了个水泄不通。大家都奔着那家贴有印刷观音图的店面而去。

　　和阿丰他们一起下了公交车的人们也互相扯着衣袖，仿佛被什么力量吸引着一般纷纷向那儿走去。一边的松司见了，也顿时抬高了音量：

　　"看！那就是最近人气超高的观音图！咱们先买一张去吧！"

松司让阿丰站在路边等着，自己则分开拥挤的人潮，向那个挂着红白幕布的店门走过去。然而，仿佛专等着这一刻来临一般，店门前原本热闹的人潮突然沉寂，随后便见店伙计们匆匆忙忙收拾起来。紧接着，排在参道上的队列徐徐散去，开始向正堂流去。阿丰正觉得有些蹊跷，只见松司快步折返回她身边，咂咂舌道：

　　"可惜呀，就在眼前，最后一张给卖掉了。"

　　"这店也才刚开了没多久吧？人气真旺啊。"

　　这时，只见一个套着印半缠[1]，脖子上系着围巾的工人模样的游客，满脸喜色地单手捂着衣怀离去，看样子是抢到了最后的观音图吧。路上走着的男男女女都一脸妒意地望着他离去的背影。

　　"那天，跑来浅草寺避难的有几万人，竟奇迹般地没有一个人被火烧伤。所以，一些被大火烧伤的人的亲属，还有一些从事重建工作的工人，也会为了求得保佑，跑来买观音图呢。"

　　"虽然余震比以往少了很多，但东京要想回到原来的模样，还得花很长时间呢。"

　　"明天再来吧！一大早就来，这样肯定赶得上。"

　　看样子，松司还是丝毫不愿回御行松下。阿丰正咬着嘴唇思索该如何是好的时候，突然注意到原本已经开始收摊的店门前又喧闹了起来。她正准备扭头去看时，一个女人高亢的怒吼声便隆

1　在衣领和背后等处印着商号、姓名等的和服短褂。江户后期起，一些手艺人常穿此类服装。

隆响起。

"卖光了？什么意思？我昨天不是专门拜托你帮我留一张观音图吗？昨天你可还死皮赖脸地收了我的定金呢，这是不是太没道理了啊？"

"我、我说你啊，嚷嚷太大声了吧？那么多人都往这边看呢。"

只见一个宽脑门的四十岁模样的男人，正一脸狼狈地抓着那个上了年纪、吵吵嚷嚷的女人的手腕。可那女人瞬间便甩开了男人的手，愈发大声地嚷道：

"我就是要让大家看看！"

看清那女人的脸，阿丰不禁惊讶地睁圆了双眼。

"你没脸没皮地先收了钱，那狡猾劲儿已经让人很恼火了。现在你又毁了约，于情于理都很过分。本来嘛，我丈夫从前天开始要过三十七天的斋戒，我原是想买一张给他的。结果卖这画的竟是你们这种家伙，看来买回去也得不到观音菩萨的保佑。"

那女人明明比阿丰矮了一头，声音却十分高亢有力。

她那双眼威风地上挑着，故作姿态地环视着四方围观的群众。眼角虽已有些皱纹，但那双眼睛却如精心雕刻一般漂亮。

"你们这些人啊，相信这种店家可没好结果。要是真那么虔诚，就应该去拜拜观音像本尊，那才是最好的。"

"你这女人，这么说话也太过分了吧？只要是人，多多少少会犯那么一两个错误，不是吗？"

店里那个男人仿佛是想把女人遮住，不让围观人群看清她一般，向前迈了一步。与此同时，人群之中站在靠前位置的一个老头子突然"啊！"地大叫一声，哆嗦着伸出手指着那女人道：

"是品、品太！就是被那个鹿岛大尽赎了身的名妓！"

"你说什么？"

"说来，最近都没再听过她的消息了呢。"

窃窃私语和喊出她名字的声音愈来愈高，人群骚动起来。就连那个卖佛像图的店家也睁圆了眼。于是，品太眉间的皱纹变得愈发深刻起来。

"总之，这种狡猾的店铺，我看就应该趁早倒闭！给我让开，你这棒槌！"

品太骂骂咧咧地迈开步子，于是人墙左右分开了一条路。然而，阿丰之所以盯着她久久不放，并不是因为她那宛如炸毛猫一般的怒火，也不是因为她年过四十却风韵犹存。

她身上那件木贼纹的铭仙绸衣服看似脱俗，但袖口却摞着补丁。长发绾在耳畔，发髻根部插着一支玳瑁做的簪子，可那簪子也被油脂染得雾蒙蒙的。鹿岛清兵卫靠着自己风流挥霍时代学得的技艺，成了能乐表演中的吹笛人，至今已有十年了。不过，原本与清兵卫亲近的梅若家，在三年前和宗家观世家之间的关系恶化，最终，梅若家独立出去，自立门户为梅若流。清兵卫本人似乎也比较避讳和梅若家的关系，阿丰也没再听闻他登上能乐舞台的消息了。

"你在这儿等我一下。"

阿丰快速扔下这么一句，没等松司回答她，就转身跑了。

从特产商店乱哄哄的人群中离开的品太，步履快得宛如少女。阿丰拼命地在她身后追赶，登上了隅田川边的河堤。眼前，吾妻桥还立在河川之上，但已经被大火烧得只剩几根骨架，愈发显得河对岸极其遥远。

品太正在阳光的照射下眯缝着眼，凝望着奔流的河面。阿丰呼哧呼哧地喘着粗气跟上来时，品太一脸厌恶地扭过头来：

"我说怎么感觉有点儿脸熟，原来是你啊。"

说罢，她摆出一副看到脏东西的表情，咂舌道：

"还真让你看到不愿被人看到的一面了。怎么着，你还专门追过来了，要干吗啊？"

阿丰有心理准备，品太不可能给她什么好脸色。不过，在雪亮的冬日阳光下凑近品太的脸，她才发现对方的双颊已经凹陷下去，仿佛漂白过似的皮肤上浮着一层脂粉。她已经如此衰老了吗？阿丰一时语塞。看她那愕然的模样，品太的声音愈发尖厉起来：

"怎么？当年的名妓现在成了拖家带口的妇女，就那么好玩儿吗？一年年像个母狗一样不停地生孩子，光是应付家务事就整日筋疲力尽。你要是想嘲笑我，那就尽情嘲笑好了。"

"我没有那个意思。我想问，清兵卫大人还和以前一样吧？"

"怎么可能和以前一样？你这女人还真是一如既往地惹人厌啊。"

虽然嘴上不饶人，可是品太并没有拔腿离开。这或许是因为她心中还残存着"关于清兵卫的情况只有她自己能讲"的自负吧。只见品太唇边紧接着漾起一抹微笑，说：

"本乡的家里没有遭火灾，但是九月份的余震把房顶震塌了，没法住了。一直到修好为止，我们一家都在梅若的宗家，就是万三郎大人位于镰仓的别院里住着呢。"

"那你今天是从镰仓赶过来的？"

"是啊，万三郎大人的二儿子龙雄前几日去世了，才刚二十一岁呢。为了给他祈冥福，要演一场《关寺小町》，还决定选我们那口子在演出中吹笛呢。"

《关寺小町》这出戏，讲的是年事已高的小野小町[1]讲述自己年轻时的华丽过往，同时解析和歌奥秘的内容。该曲乃是能乐曲目中难度最大的极秘之曲。不是技艺登峰造极的专业人士，甚至都不被允许表演。更何况是从观世流中刚刚独立出来的梅若万三郎登台，届时这场演出一定会被整个东京坊间津津乐道吧。

如此大曲，选用清兵卫做吹笛人，品太为此无比自豪。所以没等阿丰开口，她就兀自滔滔不绝地说下去：

"听说当时发生地震后，龙雄从厩桥独自一人走回镰仓的万三郎身边。就是因为太过逞强，所以他才弄坏了身子。结果呢，那些在京都的弟子们又一个劲儿求他出家门，闹到最后丢了性命。龙雄死后，大家眼看着万三郎大人整日叹息消沉，实在替他难受，所以才劝他举办一场追念演出呢。"

1　平安前期的女歌人，六歌仙之一。据传她是一位绝代佳人，有关她的奇闻异事很多，也是诸多谣曲、净琉璃的题材。

听了品太的话，阿丰忍不住想起了大地震那一晚在杂司谷遇到的那个青年。那一晚，一定有无数人像他那样，走很远的路去寻找身在异乡的家人。可是，这份亲情，最终竟导致珍爱的亲人离世，那独留人世者，又该遗恨到何等地步呢？

可是明明谈论的是如此悲伤的话题，品太的脸上却盈满了掩盖不住的喜气。阿丰顿觉后背的寒毛都竖了起来。

"那可真是……的确是很重要的角色了。"

像《关寺小町》这样的大曲，一般都是起用剧场自有的伴奏来承担四拍子[1]的工作。就算笛子吹得再好，让清兵卫这样一个非专业出身的人负责吹笛，这属实是极大的提拔。

听到阿丰好不容易回的这么一句，品太就仿佛久候多时一般连连点头。

"那当然，那当然了。所以啊，我家那口子才说，要尽量去体会老朽的小野小町的风情，所以他决定一直到演出那一天为止，只吃点儿白粥，绝不碰其他食物。我为了求观音菩萨保佑我家那口子，才从镰仓跑过来两趟……哼，店家那个骗子！"

"那场演出是在什么时候？"

"五月二十日。不过万三郎大人可说了的，只有专门邀请来的客人才能去看。你不够格哦。"

怎么样？是不是很不甘心？品太笑得愈发高兴起来。然而，阿丰之所以在意演出的时间，并不是为了去看戏。

1　指能乐演出伴奏用的鼓、小鼓、大鼓、笛子等四种乐器。

之前在厩桥观看演出时阿丰就注意到，清兵卫的身形比过去要清瘦干瘪，就连皮肤都鲜有生机。就算他没有继续消瘦，年龄也已经接近花甲。如此高龄，他还要只靠些白粥坚持到五月份，这实在太伤身体了，这么下去，万一上了舞台使不上劲儿，该如何是好？

可是，品太却以为了挑起大曲重任决心斋戒的清兵卫为傲，她看上去没有丝毫担心，满脸写的都是只属于在世人的批驳声中努力忍耐、相濡以沫的二人之间的自信。

"我说，品太。方便的话，能否允许我去镰仓拜访一次呢？我这么一想，以前请我去厩桥观看梅若家表演能乐，散场后我都还没来得及和清兵卫大人道谢……"

"刚才起我一直没说，你一张嘴就是清兵卫大人清兵卫大人的，真是口无遮拦！如今我家那口子的名字叫三树如月。"

品太的大声盖过了阿丰的声音，还把一双眼睛眯缝起来。她那模样，好似到手的猎物被横刀夺走的蛇一般，无比阴鸷。

"这可真抱歉了。其实，前一阵子，有人曾经来访，说是想找我聊聊我父亲的事。不过，毕竟我父亲已经连三十三周年忌辰都过完了，过去那么久，很多事我也忘记了。要是能和如月大人聊聊，我或许还能回忆起一些往事呢。"

她并不是在撒谎。地震发生的三个月前，的确有一个名叫村松梢风的男人，拿着月刊杂志《中央公论》主编泷田樗阴的名片前来拜访。据他讲，《中央公论》准备刊登一篇自安土桃山时期[1]至明治时期的四十位画家评传，因为也想写写河锅晓斋，所以请求阿丰一定同意和他聊聊自己的父亲。不过，阿丰拒绝了村松的请求，将他拒之门外。可没想到自那之后，村松依然热情不减地屡屡拜访根岸，阿丰最终败给了他那股执拗劲儿，同意了他的采访请求。

"呵，要谈晓斋师父是吗？我家那口子当初可是又照顾生病的晓斋师父，又独自包揽了葬礼的一切环节呢。凭什么找你采访？直接找我家那口子不是更好吗？"

"嗯嗯，我也是这么想的。"

哥哥周三郎已经死了。当初人数众多的晓斋弟子，如今大半都已经去世，活着的学生中，以八十五郎为首的那群人早已将晓斋忘在了脑后，全情投入地活在当下。晓斋曾描绘并生活过的那个世界，早已成了过去。

其实，阿丰觉得自己根本没有资格去谈论晓斋。可同时，这世上除了阿丰，恐怕也再没有别人能够谈论他了。

绝代画师——画鬼。阿丰和周三郎的师父——同时也是他们的父亲。这个名为河锅晓斋的男人，既可以说是一个猥杂戏狂的浮世绘画师，也可以说是一个将忠实写生作为画技之根本的狩野派画师。甚至根据情况，阿丰还可以噤口不言，就这么让他们

---

1 一五七三年至一六○三年（一说）之间，又称织丰时代，是织田信长与丰臣秀吉掌政的时代。

以墨代血的河锅一家，彻底消失在人们的记忆之中。

一旦意识到这些，阿丰就对采访这件事恐惧得浑身颤抖。其实，地震后村松曾写信请阿丰定一个采访日期，可阿丰却对回信感到无比棘手。

话说回来，和如今的品太讲述自己内心的纠结，这着实没什么道理。所以她也就只能生硬地点点头。

"呵。"

品太小声回道。

不单是河面，就连深川、浅草一代也都被烧成一片毫无遮挡的荒地了。所以，从河上吹拂而来的风要比平时强劲许多。品太单手按住了被风掀起的和服一角，点点头说：

"好了，我知道了。不过采访的时候，可要把我家那口子的名字好好告诉记者哦。你现在之所以成了厉害的画师，多亏了我家那口子的照顾呢。"

一阵苦涩从心底里飘散开来。什么是厉害的画师啊？阿丰想。

像晓斋那样，面对自己的亲生孩子也要掂量他们的绘画技艺，一听到警钟响起就不顾人命关天，抓起画笔跑到最前线的——就是厉害的画师吗？倘若真是如此，那么画师不就是如假包换的"画鬼"吗？这个职业，原本也应是饱受忌讳的行当吧。

品太找了张纸，写下他们暂住地的地址，随后向着河堤南边走去。长长地拖在外面的和服一角再度被风吹得摇曳起来，朱红色的下摆里子不断翻动。那颜色已经老旧褪色了，但看上去反而更加醒目。这色彩竟和那晚投映在低垂云朵上的红色火焰重叠在了一起。

晓斋的画早已成了老古董。而阿丰作为一名画师则远不及父亲，这个画鬼之家，已是后继无人了。

晓斋有意将自己看作当今北斋，还想以北斋的女儿为范本去培养阿丰——可他倘若看到阿丰现在的样子，想必会咬牙切齿吧。

可是，这样就好。以墨代血维系亲缘的画鬼之家，只有阿丰一人知晓就足够了。而明明自己为绘画奉献了生命，却仍将阿丰他们推进火坑的晓斋，他真正的模样，阿丰只能一辈子噤口不言，一直带进坟墓。

是风向变了吗？吹来的风突然夹杂了一股极重的煤味。或许是自己胸中那团想将父亲永远埋葬的火焰发出的味道吧。她这样想着。

阿丰刚把拒绝接受采访的信发出去，村松梢风就一声招呼都没打地冲到了根岸这边。里羽向他转达了拒绝采访的回复，可村松却没有理会，而是将双手拎着的一大捆杂志放到了玄关的门槛上。他快速解开了绑杂志的粗草绳，展开其中一册喊道：

"总之，总之请务必让晓翠师父读读这些！"

说着，他粗暴地拍打着杂志。

"虽然说像佐藤春夫、芥川龙之介一类的文人，都贬斥我的文章太过没品。可是，就因为我写的东西受到了读者们的认可，所以才能承担起如此海量的连载啊。尤其是这本杂志里连载的

《近世名匠传》，已经马上要被改造社修订成册并出版了。关于晓斋师父的文章，就是准备用来接档《近世名匠传》的。我可以担保它的品质！"

看样子，是村松误会了阿丰反悔的原因，他以为是有其他作者插手，所以阿丰才不同意接受采访的。就算松司代为解释，村松仍旧不愿缴械，就这么拉拉扯扯地过了一个多小时，村松还是硬把那摞杂志扔在她家门口，留下一句"只要读了这些，她一定就明白了"。随后离开。

"怎么办呢？阿丰师父……总不能把这堆杂志扔掉……"

松司一脸不耐烦地从扔在门槛上的成堆杂志里拿起一本。此时阿丰晾了件短褂子，正从画室返回主屋。于是松司翻开折了角的那页，递给她道：

"我大致翻了翻，感觉他也不是专好猎奇和恶趣味的作者。他这个人感觉有点儿难缠，但是文章倒是挺流畅好读的。"

"我本来也不是因为怀疑他的能力才拒绝他的呀。"

阿丰不情不愿地接过松司递来的杂志，眼前那一页的标题是"桥本雅邦"。看到这几个字，阿丰不由得想起那老人单薄的背影。位高权重，令人厌恶——可同时，他又是悲哀的，是绘画的奴隶。她啪的一声把杂志合上了。

虽然只见过几面，但是阿丰清楚，村松是个极度热忱的文人。所以，她很怕自己一旦读了村松的文章，下定的决心又要再次动摇。

"说起来，那个村松先生在门口嚷嚷的时候，壶中居的广田先生还露了个脸。可能他见到我们这边有客人，所以只是把带过来的一个包袱皮塞给了我，就走了。"

"谢谢。包袱皮里应该是我拜托他装裱的《钟馗图》，记得不？就是之前你也看到过的那幅图，我哥哥画的。"

那包袱皮就摆在玄关一角，从其中取出的画轴盒是崭新的，带着木头的香气。画幅四周改用古旧的条纹织物装裱。擅长处理陶瓷器皿的广田这么一经手，装裱顿时贵气起来。看上去像是会在茶席上挂出来的华丽物件了。

第二天，阿丰在收着《钟馗图》的木盒外又包了一层包袱皮，拿在手上去了镰仓。

当时那场地震过后，神奈川沿岸发生了海啸，据说百余户人家都被大水冲跑了。可是，品太写的那串住址是在一处高台之上。那一片区域零星有一些看不出是别院的雅致家宅，鲜有能让人回忆起当时那场灾难的痕迹。远远就能听到其中一户有热闹的鼓声和吟唱谣曲声，那儿估计就是梅若家的宅邸了。

阿丰将来意告知在门前扫除的侍女，那女孩年仅十五六岁，她伸出皲裂的手，向着庭院深处一指，说：

"三树大人一家就在那边的偏房里住着。不过眼下早就过了正午，也不晓得他究竟醒没醒着。"

很快，阿丰就明白了侍女这话的意思。走到被竹篱隔开的偏房，只见面向庭院的宽檐廊上放着把藤椅，上面正深深坐着一个高个子老人。听到阿丰走过来的脚步声，他方才睁开一直紧闭的双眼。

"哎呀哎呀，是阿丰小姐。我之前听惠津子说你要来，一直非常期待这一天呢。我有些没力气动弹，请允许我就这么坐着吧。失礼了。"

他的声音很轻很轻，几乎要被主屋传来的歌谣声和击鼓声盖住。见他羸弱得宛如一把枯骨，举手投足没有一丝力气，阿丰震惊得甚至忘了开口打招呼。

"你不必这么震惊，毕竟我要吹奏的曲目，可是以百岁老妪为主角的《关寺小町》呀。要是台上坐着的是个肥胖又孔武有力的男人，来观看的客人们一定会扫兴的。"

"可是，清兵卫大人……"

阿丰好不容易挤出这么一句话。于是，鹿岛清兵卫那干巴巴的双唇有气无力地向上弯了弯。原本就高耸的颧骨下，那两片黑黑的阴影显得更加醒目了。

晓斋和周三郎最后都是罹患胃病而亡，所以死前二人只能吃进去一点儿豆腐和酒。可是今天阿丰才第一次知道，他们死的时候脸上竟都还算是有肉的。

"不要紧，其实我每天还是会好好喝两顿白粥的。我毕竟只是个凡夫俗子，不这样做的话，实在无法体会百岁老妪的心境。"

清兵卫微微挥动了一下搭在扶手上的手掌，看样子似乎是在招呼她过去。于是阿丰便踏上了刚冒出新芽的草坪。紧接着，清兵卫又以眼神示意阿丰坐到他身旁。

"可是，演出不是在五月举行吗？眼下才刚三月，接下来要是再消瘦下去，可能正式演出的时候会体力不支的。"

阿丰按清兵卫的意思坐了下来。透过树木交叠的庭院尽头望去，材木座的大海正闪耀着光辉。或许是在附近筑了巢穴，不时还会传来家鸽略有些蠢笨的咕咕声，那啼叫倒是和眼前这宁静的春季海滨十分契合。

"多谢您记挂我。可是，眼看着万三郎失去自己珍贵的孩子，整日哀叹，我实在做不到饱食三餐，再站到舞台上演奏啊，失去孩子的父亲的悲痛，我毕竟也体会过。"

据说，清兵卫和品太育有十二个孩子。其中有几个孩子出生后没过多久就死掉了。所以，阿丰下意识觉得清兵卫一定是想到了这些孩子。可在她含混地应和了一声之后，清兵卫却微微眯缝着双眼道：

"阿丰小姐也是知道的吧。我的长子年仅五岁就夭折了。"

清兵卫以极为明白的语气说道。

"长子……难道是……您在鹿岛家那时候的事？"

"啊，是呀。就是我那已经死去四十年的第一个孩子。要是他还活着该多好啊。那样的话，我根本就不会去过放荡的生活，我应该会成为一个好父亲、好丈夫，一直留在鹿岛家吧。当然，我也就不可能学习照相和绘画，也不至于和惠津子……"

咔啦。他们背后突然传来一声响。扭头看去，只见通向套间的隔扇边，品太正僵立在那儿。

看上去，她应该是察觉到阿丰来了，正准备端茶过来吧。品太的脚边掉着一个托盘和两个茶杯。撞上阿丰的视线，品太不由得浑身哆嗦着后退了一步，紧接着便转身逃向了里间。清兵卫瞥了瞥她跑远的背影，讷讷地继续道：

"……沦落到这步田地。"

然而，他说罢轻咳了一声，那侧颜写满了自嘲的笑。

"没关系的，阿丰小姐。惠津子和我都清楚，我们两个人只有彼此可以依靠了。可即便如此，任何一个契机，都有可能勾起过去的回忆。人啊，就是这么可悲。"

套间传来一阵啜泣声，但很快被鸽子的叫声掩盖住了。见阿丰语塞，清兵卫又重复道：

"没关系的。其实惠津子也清楚，倘若我没有失去儿子，没有为了填补空虚和悲伤而挥霍游戏，也就不会遇见她了。虽然我的人生尽是不如意，可却让一个名叫品太的女人获得了自由。对她来说，这仅有的事实也是她唯一的骄傲吧。"

或许是不愿再细究下去，清兵卫此时话锋一转，说道：

"阿丰小姐今天是有事要找我谈吧。听说是关于晓斋师父的采访，对吗？"

"是啊，不过我准备拒绝这次采访了。"

听到阿丰这样说，清兵卫并没追问"为什么"。他就只是凝望着阿丰。于是，阿丰避开他那沉静的目光，转而解起了自己怀里抱着的包袱皮。

"我听说清兵卫大人在行斋戒，所以带了一幅《钟馗图》来。不介意的话，请您装饰在壁龛里用于驱邪吧。"

"真是太感谢了。是阿丰小姐的画吗？还是晓斋师父的画呢？"

阿丰没有回答清兵卫的问题，转而走向没有装饰任何花朵画轴的壁龛。

她在积了薄薄一层灰尘的踢脚板上跪坐下来，拿起了摆在角落的丫杈，一口气将《钟馗图》挂了起来。看到眼前这幅画，清兵卫深吸了一口气，道：

"啊，这可真是令人怀念。这是周三郎的作品吧。不过，阿丰小姐竟然会拿周三郎的作品过来，要放在以前，可是绝无可能的。晓斋师父要是知道了，应该也会很高兴吧。"

"怎么可能呢。毕竟我拼尽了力气，都还赶不上我兄长呢。父亲当初那么拼命训练我的画技，他倘若知道我现在这副德行，一定会觉得我这个弟子丢尽了他的脸。"

见阿丰面露苦笑地坦白，清兵卫恍然大悟般地点点头。

"哦哦，原来是这样。阿丰小姐如此妄自菲薄，所以才不愿谈及晓斋师父啊。"

并不是这样的——阿丰急忙想要如此解释，可她却咬住了嘴唇，望着眼前周三郎的这幅画，她重重叹了口气。

"或许是这样吧……不，一定是这样的。毕竟，我已经是河锅家的最后一名画师了，却到底没能画出父亲所期待的作品。倘若是兄长倒也罢了，可我这种人，竟然要对河锅晓斋妄加评价。身在黄泉的父亲和哥哥一定会气坏的。"

她这最后一句之中，还带着一丝颤音。并不是因为悲哀，而是因为她打从心底里羡慕清兵卫那年仅五岁便夭折了的儿子。自己就在和他儿子同岁的那年，拿到了那张画着柿子枝和鸽子的范本，从此被迫走上了画师之女的道路。可清兵卫的孩子时至今日仍活生生地留在他父亲心里，是他父亲疼爱的宝贝。

晓斋是习得了各个画派技术的画师，所以，本来也没有什么人能够继承他的画风。可即便如此，晓斋又为什么非要让她和哥哥去做画师呢？父亲是那么贪婪无耻，可又是那么专心致志。他是不是觉得，光是自己一辈子做画师还不够呢？

周三郎为了挑战这样的晓斋而焦躁、苦闷，而他却将这些痛苦视如欢欣，并最终死去。当阿丰意识到，绝不能让自己的孩子也去体会那种近乎悲哀的烦闷时，她应该就已经不能算是父亲的女儿了。

紧握在膝头的拳头颤抖着。她感觉到，晓斋的女儿和除此之外的另一个自己，正在将她一分为二。

"喂！三树师父，三树师父，起来了没有？"

正在此时，一个清晰的呼喊声响起。紧接着，一个四十岁的高个儿男子分开了一丛茂盛的三色堇，出现在他们面前。一见阿丰，男人"哦哟"自语了一声道：

"真是抱歉，您这儿有客人啊。"

他搔了搔剃成方形的脑袋。

看他那一身条纹和服，阿丰估计此人应该是梅若家的成员。但再看他那剃得很短的发型，还有被日头晒黑的精悍面庞，总觉得此人的气质更适合穿军装，佩军刀。

"是这样，哥哥现在要为六月举办的民众娱乐能乐的节目做准备，所以想问三树师父，能不能为《小督》吹笛呢？大仓的宣师父会吹《竹生岛》。不过很抱歉，这个演出还得麻烦您去趟京都。”

“无妨，既然是一番目，应该没问题的。”

“那可太好了。那就拜托您啦。”

男人说罢，对阿丰微微行了个礼便离开了。望着那男人的背影消失在竹林对面。清兵卫笑道：

“梅若流用起人来可是相当无度的。尤其是万三郎大人，他嘴上常挂着这么一句话：往后的能乐，就得取悦得了所有人才行。所以他还策划了在野外演出，还有在各地公众集会厅的民众娱乐会上演出，显得极其随便。不过报纸上倒是很少会提到这些。而且观世流的态度也还是老样子，这些都让万三郎大人极其恼火呢。”

“不过呢”——清兵卫继续说着，身子靠回到藤椅上。

“我其实深深地觉得，人这种东西啊，或许就是为了感受喜悦，才被带来这世间的。”

大概是因为身体太轻了吧，清兵卫坐下去的时候，藤椅甚至都没有发出嘎吱的响声。他那宛如枯骨的样貌和口中吐出的这句话实在极不相称，阿丰仰头望着清兵卫的侧颜说：

“为了感受喜悦？”

“是啊。不论是操劳卖命地工作，还是游手好闲地混日子，到最后，人去了那个世界，都是两手空空的。如此说来，难得来人世间走一趟，自然是享受喜悦、欢愉度日的活法，才能让我们在断气前那一瞬得以瞑目吧。当然，这种喜悦并不是从事绘画和演出才能得到。渔夫、官差、商人……这世上的一切都是如此，只有自身享受喜悦，同时又能为周围带去喜悦的人，才是最终的赢家呀。"

说到这儿，清兵卫满面感怀地眯起眼。

"说起来，晓斋师父真是厉害啊。举行茶会的骷髅，美艳诡谲的地狱太夫[1]，还有在美女面前扬扬得意的阎罗。麒麟、白泽、土蜘蛛、狐火……能够如此取悦观客双目的画师，古往今来，也只有晓斋师父一人了。加之，即便他人已仙逝，可是他的画作却能流传百世。虽然也留下不少难题，但他的人生真是令人羡慕呀。"

飘在天空之中的薄云裂开了缝隙，此刻，眼前那无垠的大海之上洒下一束光。那令人目眩的光芒晃着双眼，瞬间眼前的一切都笼上一层朦胧的白色。

不知何处，鸽子仍在鸣叫。那啼声和树梢摇动的沙沙声融为一体。

清兵卫的双眼似乎望着很远很远的地方。他继续道：

"我啊……离开鹿岛家，我对他人的那种说不清道不明的厌恶有如山高海深。可即便如此，让惠津子获得自由的欢乐喜悦，却从未消失。其实，有无数次，我深夜凝望着熟睡的她，内心会燃起恨意，想着：倘若没有这个女人就好了。随后对着她那细弱的脖子伸出手去……可是，我却又那么需要她，无法离开她。活

---

1 室町时代传说中的妓女，身上披着绘有地狱图的外衣。

在这人世间，哪怕仅仅知道一种获得喜悦的办法，那么所有痛苦和悲哀也都能一笔勾销了。所谓活着，一定就是这么一回事啊。阿丰小姐，此生还一次都未感受过喜悦吗？"

清兵卫的声音很小，但是却清清楚楚地叩击着阿丰的耳朵。

"就好似无论遭遇何种事，我都没办法和惠津子分开一般。阿丰小姐您到了这个年纪，仍在坚持作画，那多少应该也是为了从中收获喜悦的，对吗？或许您是因为自觉逊色于晓斋师父和周三郎，才有意不去面对自己心中的喜悦，不是吗？"

人应当喜悦，应当快活。这和活着的痛苦与悲哀之间绝不矛盾。不，不如说，正是因为人世间充斥着苦恼，所以那转瞬即逝的光芒，才是照亮生命的明灯。

阿丰深深地、深深地叹息。

幼年时代，晓斋将她抱在自己膝头，然后，她看到了从父亲笔下诞生的那幅画。当时俘获自己的是什么？是她对画师父亲心怀的畏惧吗？不，当父亲说着"这幅画给你了"并将那张柿子树的枝干上停着鸽子的画递给她时，尚年幼的自己根本没有意识到成为画师的未来已静悄悄来临。她只一个劲儿地为那可爱鸽子的模样感到雀跃不已，不是吗？

那一刹那的喜悦豁然澄明，其中不夹杂一丝对生的苦闷或对父兄的憎恶。如此说来，晓斋真正送给阿丰的东西，其实并不是一座延绵不绝的画师的火宅[1]，而是宛如火花般绚烂夺目的、永不

---

1 佛教《法华经》之中，将充满苦难的现世喻为遭遇火灾的家宅。

消失的光辉啊。

闪耀夺目的大海和天空之间，是无尽的留白。父亲 —— 阿丰几乎要脱口而出。她用力地咬紧了牙关。

如果阿丰的人生没有了绘画，那么自己就不会遇见清兵卫和品太，还有松司、里羽、自己的宝贝女儿阿吉。所有这一切，都有某一处同自己的绘画相连。既然如此，那阿丰也一样是个以墨代血的画师。既疏远晓斋和他的画，同时又心怀无比爱意 —— 正是因为这种心绪，才有了现在的阿丰。

不知何时，日头已经西斜。清兵卫坐在走廊上的影子也已经拉长到壁龛的柱子那里。斜射进屋内的夕阳，照到装饰在壁龛中的《钟馗图》上，那怒目圆睁的钟馗眼上刷绘的金泥，闪着淡淡的光辉。

阿丰全都知道。散漫堕落、任性放纵的晓斋，对于绘画是多么一丝不苟。而他的画，过去又曾震惊了多少人，又为多少人带去了喜悦。即便到了今天，他的画被喜新厌旧的世人侮辱嘲笑，遗忘抛弃，可画鬼河锅晓斋有多可畏可怖、多出类拔萃，全都只有自己知道。

倘若阿丰不开口，那么画师河锅晓斋以及步他后尘的河锅晓云，他们的名字和画作迟早会被遗忘，甚至连活过的痕迹都会被抹消干净。她不是为了父亲和兄长才去讲述，而是为了那些接下来可能会因他们的画作而感到喜悦的人们，为了他们，她才必须要讲出来。这就是她，是独自被留在人世间的画鬼之女的责任，不是吗？

小聪明，好啊，猥杂戏狂，太棒了。这才是晓斋多年绘画的精髓，是自己和周三郎永远无法企及的高峰，也是燃烧在他们兄妹脚下的永不熄灭的一盏孤灯。

（我们——）

缭绕的淡云早已染上丝丝靛色，天空和大海的分界处已有晚霞显现。天空尚明亮，不知何时却闪耀起了启明星。那星辰宛如钟馗的双眸一般，闪着凛然的冷光。

一颗流星匆匆掠过它的近旁，很快消失了踪影。

据说到梅若流追念演出还有近半个月的时候，鹿岛清兵卫就衰弱得更厉害了。将这传闻转达给阿丰的是村松梢风。

"听说他已经离开了镰仓的梅若家别院，回到自己修复好了的本乡家中。但是，不论谁苦苦央求，他都只肯喝点儿粥，着实骇人啊。大家都犯嘀咕呢，不晓得他能不能撑到追念演出啊。"

村松担心阿丰再度变卦，所以他每隔四五天，就要跑去根岸一趟，丝毫不在乎里羽和松司满脸的阴沉。每回来访，他总会侃侃而谈自己之前采访到的逸事以及市内的各种流言蜚语。搞得偶尔碰见他的八十五郎也一脸惊讶。

"阿丰姐这么认真严肃的性格，竟然会让那种奇奇怪怪的人进出根岸，这光景简直就和晓斋师父活着的时候一样。"

"你还记得？那时候你还只是个十来岁的小鬼头呢。"

今天松司也知道八十五郎要来，于是跑到楼上暂住的六叠间里蹲守不出。无奈，阿丰只好端出茶来请八十五郎在画室檐廊边坐坐。

"我当然记得呀。"

八十五郎扭头看了看堆满了画帖和挂轴的画室。

"师父总是背靠着佛龛柱子嘛。然后跑来练画的弟子们就轮流在火盆边不停搅拌煮胶。阿丰姐也在其中，师父耳语几句，你就要跑前跑后地去张罗。我当时总是想，周三郎大哥几乎从来不在画室出力干活，净是阿丰姐忙前忙后，凭什么啊?"

"如今想想，那么小的房间，竟然能容纳那么多人出出进进啊。"

不知何时，阿丰的思绪飘远了。

周三郎擅自从画室拿走颜料，搞得晓斋直咂舌；阿丰为快要燃尽的提灯补充灯油；八十吉对着瞎胡闹的八十五郎挥拳头；颜料的粉末一年四季都在那间狭窄的画室飞舞。每个人的笔下都涌出这世上或美或丑、千姿百态的事物。令自己知晓了刹那间的喜悦，从而一边逃避一边却又不断追求的，正是那段岁月，正是那严酷、冷淡，可在小小的画室之外却不曾存在的一切。

"说到松司那孩子呀，八十五郎。"

"嗯。"

"他很喜欢你，也喜欢你的画。所以他才会对你那么生气。"

"我知道的，阿丰姐。"

怎么可能知道? 八十五郎已经老了，也已经把晓斋忘了。画鬼之家只剩阿丰一个人了。一切都已远去了。

阿丰凝望着弓腰啜饮茶水的八十五郎鬓间的白发。她自己的头发也和他的一样斑白，而且，那白色永远不会消失了吧。

"说起来，你想好要和那个叫村松的人讲些什么了吗？"

"嗯，没到那一天，我也不知道啊。不管怎样，那都是半年后的事情，不需要你操心。"

无论如何雕琢言语，河锅家到底都是栖息着鬼魅的地方。那么想要掩饰这一点，也就相当于掩饰掉了阿丰的一切。

追念演出当天，清兵卫在品太的搀扶下走进后台，他出色地完成了表演。可听到这一传言，阿丰内心却不可思议的平静。又过半个月，听闻他遵守之前的约定，扛着病体在京都表演，并在归途中倒下。阿丰内心仍旧未起一丝波澜。

"这次估计是真不行了。大家都这么传的。我来根岸时中途跑去看了一眼，他们本乡的家里已经围了一帮记者了。"

之前约定好的采访日，是一个从清早起就闷热无风的夏日。太阳都还未彻底升起来，村松就跑来了画室。他大大咧咧地盘腿坐在阿丰拿给他的坐垫上，下巴冲着本乡的方向指了指。

"是吗？毕竟是这么热的时节了啊。"

周三郎死时，是在冷得不像是夏日的某个黄昏。晓斋死时，是在氤氲着浓雾的某个春日清晨。

"——阿丰姐！刚刚落了颗流星！"

自己曾亲眼见证了数颗流星陨落。有的星辰落下时壮志未酬，有的则已尽情活了个痛快。可即便这些星辰消失了，他们曾活过的事实，却仍高悬空中，闪耀着光辉。倘若没有人抬手去指明他们的所在，那不论他们散发出何等闪耀的光芒，总归都会被人遗忘。

仿佛在催促噤口不言的阿丰一般，村松清了清嗓子，端正了坐姿。他握着铅笔，面对着在双膝上展开的笔记本，摆好了准备记录的架势。见状，阿丰也缓缓伸直了蜷曲的腰背。

"呃……那就，先从师父们的出身讲起吧。我记得您家祖先是下总出身的，对吗？"

"对。我的祖父，也就是晓斋的父亲，是下总国古河藩藩主土井家的家臣，名叫河锅喜右卫门。喜右卫门本非武家出身，他是本地粮食商人家的二儿子——"

周三郎一定会嘲笑我吧。晓斋也一定会斥责我：有那个闲工夫，赶紧去画画啊！可是，自己身上还肩负着这两位已经亡故的人无法履行的责任。

阿丰一边仔细玩味自己的话语，一边环视屋内。已是早上了，可这画室仍旧昏沉阴暗。那微微飘散开的胶味，无疑正是往昔曾于此处闪耀的明星留下的残影。

主要参考文献

书籍

《河锅晓斋翁传》，饭岛虚心，Pelican 社，1984 年

《河锅晓斋 —— 近代日本画的奇才》，落合和吉编，筑波书林，1984 年

《本朝画人传》，村松梢风，中央公论社，1985 年

《河锅晓翠》，河锅楠美，财团法人河锅晓斋纪念美术馆，1990 年

《明治国家与近代美术 —— 美的政治学》，佐藤道信，吉川弘文馆，1999 年

《观众的成立 —— 美术展·美术杂志·美术史》，五十殿利治，东京大学出版会，2008 年

《女子美术大学百年史》，女子美术大学一百周年编辑委员会

编，女子美术大学，2003 年

《女子美术教育与日本的近代 —— 女子美大 110 年的人物史》，女子美术大学历史资料室编，女子美术大学，2010 年

《四海余滴》，北村正信编，个人出版，1929 年

《装点明治时代的女人们》，千谷道雄，文艺春秋，1985 年

《东京灰烬记　关东大地震》，大曲驹村，中公文库，2006 年

《梦二与花菱、耕花的关东大地震见闻》，竹久梦二、川村花菱、山村耕花，Kress 出版，2003 年

《关东大地震 —— 消防、医疗、志愿者的检证》，铃木淳，筑摩新书，2004 年

《古董里与表》，广田不孤斋，国书刊行会，2007 年

《龟堂闲话　能乐随想》，十二世梅若万三郎，玉川大学出版部，1997 年

《游鬼　吾师吾友》，白洲正子，新潮文库，1998 年

图录

《河锅晓斋·晓翠展》，东武美术馆，2000 年

《巡游日光的画家　河锅晓斋及其门人 —— 以真野晓亭为中心》，小杉放庵纪念日光美术馆，2001 年

《绘画的冒险者　晓斋 —— 连接近代的桥梁》，京都国立博物馆，2008 年

《死后 130 年　河锅晓斋》，兵库县立美术馆，2019 年

《河锅晓斋的潜力》，东京站画廊，2020—2021 年

《栗原玉叶 —— 生于长崎，英年早逝的女画家》，五味俊晶编，长崎文献社

《桥本雅邦与梦幻四天王 —— 西乡孤月·横山大观·下村观山·菱田春草 ——》，松本市美术馆，2015 年

《150 周年诞辰纪念　寺崎广业展》，秋田市立千秋美术馆，2016 年

论文

《东京劝业博览会与文展创设 —— 以北村四海的"霞事件"为中心》，迫内祐司（《近代画说》16，2007 年）

《评传·北村四海》，迫内祐司（《文星艺术大学研究生院研究科论文集》2，2007 年）

《雅邦·日本画近代化的背景》，细野正信（《三彩》516，1990 年）

《不幸的画家　西乡孤月》，中村溪男（《三彩》274，1971 年）

《文展开设前后"美人"表现的变化》，儿岛薰（《近代画说》16，2007 年）

《茅町时代的晓翠》，大柳久荣（《晓斋》1，1980 年）

《河锅晓翠所藏前观音由来概略》，河锅丰口述（《晓斋》1，1980 年）

《忆晓翠》，田中百郎（《晓斋》2，1980 年）

《以大柳郁所闻所写为中心的"晓翠点滴"》，大柳久荣（《晓斋》43，1991 年）

《续·忆吾师晓翠》，小熊忠一（《晓斋》52，1995年）

《河锅晓斋与鹿岛清兵卫》，鹿岛实（《晓斋》52，1995年）

《杂志〈三眼〉所收晓翠师父插画及祖父晓关》，佐藤晓子（《晓斋》85，2004年）

《晓翠师父的弟子·佐藤晓关的"日记"》，佐藤晓子（《晓斋》87，2005年）

《关于河锅家两代的入室弟子——晓月》，田中百郎（《晓斋》6，1981年）

《晓斋住居考》，吉田漱（《晓斋》7，1981年）

本书执笔过程中，获得了河锅晓斋纪念美术馆理事长、馆长河锅楠美，北斋馆馆长安村敏信的极大帮助，借此机会向二位表示由衷的感谢。

图书在版编目（CIP）数据

星辰陨落之后 / (日) 泽田瞳子著 ; 董纾含译. --
北京 : 九州出版社, 2023.5
　　ISBN 978-7-5225-1686-8

　　Ⅰ. ①星… Ⅱ. ①泽… ②董… Ⅲ. ①长篇小说—日
本—现代 Ⅳ. ①I313.45

中国国家版本馆CIP数据核字(2023)第038201号

著作权合同登记号：01-2023-1013

星辰陨落之后

作　　者	［日］泽田瞳子　著　董纾含　译
责任编辑	周　春
封面设计	所以设计馆
出版发行	九州出版社
地　　址	北京市西城区阜外大街甲 35 号（100037）
发行电话	（010）68992190/3/5/6
网　　址	www.jiuzhoupress.com
印　　刷	嘉业印刷（天津）有限公司
开　　本	880 毫米 × 1092 毫米　　32 开
印　　张	11
字　　数	237 千字
版　　次	2023 年 5 月第 1 版
印　　次	2023 年 12 月第 1 次印刷
书　　号	ISBN 978-7-5225-1686-8
定　　价	62.00 元